Ronso Kaigai
MYSTERY
246

亀は死を招く

Elizabeth Ferrars
Hunt the Tortoise

エリザベス・フェラーズ
稲見佳代子［訳］

論創社

Hunt the Tortoise

1950

by Elizabeth Ferrars

目次

主要登場人物

シーリア・ケント……………………イギリス人ジャーナリスト
マイケル・バトラー…………………徒歩旅行中の自称イギリス人
ムッシュー・オリヴィエ……………ホテル・ビアンブニュの元支配人
マダム・オリヴィエ…………………ホテル・ビアンブニュの元支配人の妻
ジャック・オリヴィエ………………オリヴィエ夫妻の息子。ホテルの現支配人
クローデット・オリヴィエ…………ジャックの妻
ジュヌビエーブ………………………ジャックとクローデットの娘
ジーン…………………………………ホテルのウエイトレス
ピエール・ジャメ……………………カナダ人ダイバー
ルース・ジャメ………………………ピエールの妻。同じくカナダ人
バーティー・ファンダクリアン……アルメニア人の闇商人
ムッシュー・バレ……………………六人の子持ちの株式仲買人
ムッシュー・ヴァイアン……………パリの宝石商
マダム・ヴァイアン…………………宝石商の妻
マダム・ティシエ……………………パリの仕立屋
ポール・スタイン……………………謎めいたスイス人
マグダ・スタイン……………………ポールの妻
パトリス………………………………カフェのオーナー
ジジ……………………………………ムッシュー・バレのペットの亀

亀は死を招く

第一章

列車がラ・マレットで停車すると、シーリア・ケントはプラットホームに降り立ち、物珍しそうにまわりを見回しながら立ち尽くしていた。つまるところ九年というのは長い歳月だった。それでもあたりに漂う松やギョリュウやローズマリーの濃厚な香りに気がつくと、匂いというものが、長い時間を経て欠落した記憶を埋めることもあるとわかった。

彼女は鞄を二つ持つと出口へと向かった。薄い綿のワンピースを着た小柄な娘に切符を渡して、道へ出た。とうとう着いたのだという思いに、いくらか勝ち誇った気分を味わっていた。もっとも歩きだすとすぐに、その村は思っていたよりもずっと遠そうだとわかった。道も、こうと思い込んでいたものとはちがい、見覚えがないように思われた。急に不安感に襲われた。自分が〈ホテル・ビアンブニュ〉を訪ねても、その場にいる誰も彼女に気づかないのではないかと。マダム・オリヴィエですら。

現に、ホテルへと続く階段を昇りつめたところに立っていたジャック・オリヴィエは、シーリアが階段の下に現れたのを見ても、何ら彼女と気がついた様子はなかった。それに、彼女がホテルに入って来ようとしているとも思わなかったようだった。彼女を一瞥すると、彼の関心は一緒にいた二人の男に戻っていった。

一人は小柄で白髪混じりの、神経質そうな凡庸な男で、もう一人はどっしりとした筋骨たくましい男だった。二人ともレインコート姿で、手に鞄を持っていた。

　シーリアはまる一日以上も旅をして来たので、疲労と興奮とで神経が張りつめていて、つい鞄を地面に落としてしまった。咄嗟にジャックが駆け寄って来てくれることを期待したが、男ぶりのいい浅黒い顔には何の関心も読み取れず、彼女はひどくがっかりした。

　シーリアには一目見てジャックだとわかっていた。彼は、十六歳の少年だった頃を知っている者なら誰しも予想がつくような、すこぶるつきのハンサムな若者に成長していた。中背でどちらかと言えばがっちりとしており、均整のとれた逞しい体つきをしている。肌は夏の日差しで真っ黒に焼けていた。黒みがかった髪は短く刈りこまれ、格好のいい頭が露《あらわ》になっている。顔の造作は小さめでよく整っていた。少年の頃にはいくぶん備わっていた慈悲心が失われ、無慈悲がそれに取って代わっていたとしても、だからといって魅力的でなくなったということはないようだ。彼は青い綿のワイシャツを着て、袖をまくり上げて襟を開けており、米軍のパンツを穿いて、足元は白いエスパドリーユという格好だった。

　彼と一緒にいた二人の男のうちの小柄なほうが彼の手をつかんでいた。

「わたしたちが心から感謝していることはわかってください」と男は言った。「あなたはわたしたちに新しい人生への希望をくれました。あの借金はわたしたちには到底返せない額でしたから」

　シーリアの耳に飛び込んできたのは驚くような言葉だった。もっとも文脈から言えばひどく感情のこもった言葉だったのに、その口調はいたって熱のないものだった。男は精神的に疲れ切っているらしく、そのせいで感情というものが枯渇してしまっているようだった。

「いえ、いいえ」と、奇妙な冷淡さでジャックは答えた。「僕は何もしていません」

「幸い、二度とあなたを煩わせることはないでしょう」ともう一人の男が言った。「わたしたちは決してあなたに絵葉書なんか送ったりしませんから」

この言葉にジャックは、まるでそれが意味不明なジョークででもあるかのように、不安げに声を立てて笑った。「そんな、もちろん僕はあなたたちのことは気がかりですよ」彼はそう言いながらも、どちらの男も見てはいなかった。「でもおそらく、それに越したことはないでしょう。やはり――」

「もちろんです、もちろんです」と小柄な男がうんざりしたように答えた。「これきりご迷惑をおかけするつもりはありません……」

そのときシーリアの立てた何かの物音に、男たちはみな見知らぬ女がまだ階段の下にいることに気がついたようだった。

ジャックが彼女を不審そうにじろじろ見た。シーリアは、少年の頃の彼の顔にいくぶん気難しげな疑り深さがあったことを思い出した。それは愛情深い母親に甘やかされている息子にはごく普通のことのように彼女には思えたものだったが、彼は今でもまだそうなのだと気づいた。

「あなた、ジャックでしょ、そうよね？」と彼女はためらいがちに切り出した。言ってしまってから、ムッシュー・オリヴィエと呼ぶべきだったのにと思った。

最初、彼には何の反応もなかった。無意識に眉をひそめた以外には。だがじきに彼女の口調に、彼女が何者なのか思い当たったようだった。階段を駆け降りてきて、彼女の両手をとると、興奮して振り回しながら大声で言った。「マドモアゼル・ケント！　きみだとはわからなかったよ」彼はいくぶん後ずさると、目に笑みを浮かべながら彼女をためつすがめつした。「だけどどうしたらきみだとわかるっていうんだ？」

「今日わたしが着くことになってるの、あなた知らなかったの？　わたしの手紙は行方不明になっちゃった？」

「もちろんきみが到着することは知ってたよ。でも、まったくちがう人を捜していたんだ。短いワンピースを着た、ショートカットですっぴんの女の子をね。そしたらそのうち、ついさっきのことだけど、たまたま別のことが持ち上がってそれに気を取られてて――まあ、別にたいしたことじゃないんだが。それにしても十年一昔とはよく言ったもんだ。きみはすっかり変わってしまったよ、マドモアゼル・ケント」

「九年よ」とシーリアが訂正した。

「九年か。十年じゃなくて……でも、何で十二時の列車で来るって教えてくれなかったんだい？　車で迎えに行ったのに。さあ、ともかく中に入って。さぞ疲れただろう」

「急を要することなのにわたしが邪魔をしちゃ悪いわ」とシーリアは言ったものの、見上げると男たちはすでにその場を離れてテラス伝いに移動して、彼女に背を向けて立っている。「ちょっとわたしの鞄を持ってもらえたら――」

「いや、急を要することなんかじゃないんだよ。別に何でもないんだ。さあ来て」ジャックは彼女の鞄を持ち上げると、階段を昇りだした。

シーリアは彼のあとに続いた。だが階段を昇り切ると、息をのんで立ち尽くした。テラスからは、カーブを描いている港の全景が一望できた。港は低くて赤い崖に囲まれており、その崖に沿ってエメラルドグリーンの松の木々が茂っていた。松の木々の間にはピンクや薄紫色や黄色の家があった。屋根の色は赤さんご色で、窓のシャッターにはけばけばしい塗装が施されている。小さい湾の入り口には防波堤が突き出しており、湾内のガラスのように澄み切った青い海に、漁船が並んでいた。一隻の船がちょうど積荷を降ろしているところで、埠頭にいる鮮やかな色の服を着た女たちが、そのまわりに群がっていた。漁師たちが、女たちの持っているざるに魚を流し込むと、魚は陽光を受けて銀色にきらめいた。荒っぽい掛け合いの声がテラスまで届いてきた。

「それでも実のところ少しも変わってないのね」シーリアはテラスのまわりの木の柵に寄りかかりながら疑わしげに言った。「マダム・オリヴィエは、何もかもすっかり変わってしまったと、手紙に書いてらしたけど。ひとつには、ドイツ人たちがこの一帯の半分を爆破してしまったからだって。だからわたし、こんな景色をもう一度見られるなんて夢にも思わなかったわ」

「もう被害にあったものはあらかた修復されたんだよ。だいたい以前と同じように見えるところにまではね。だけど、わからないかい？　防波堤が新しいのが。去年、やっと工事が終わったばかりなんだ。それに、ここから見える家はほとんどが玄関部分を破壊されたんだ」

「あのホテルもなの？」

「ああ、そうだ。うちのホテルもだ」

「誰もそうは思わないでしょうね」窓に緑色の長いシャッターがついていて、一方の壁に鮮やかな青いペンキで〈ホテル・ビアンブニュ〉と描いてあるその白く長い建物は、太陽の日差しの中で目がくらむほど際立っており、シーリアの記憶の中にあるものとそっくり同じに見えた。当ホテルの名物はイセエビ《ラングスト》ですという、心をそそられる謳い文句まで昔と同じようにあった。「それがあったのはいつのことなの？」

「ドイツ人たちがここを引き払ったときだ。彼らはここにいた間は、そう行儀が悪いことはなかった。

なにぶんきわめて厳しくしつけられていたからね。ところが、退却する段になると、ひとつ残らず破壊しようとしたんだ」

「だけどこの港は、誰にとってもたいして有益ではなかったんでしょ？」

「そのとおりだ」

「漁船より大きい船は入って来られないんですものね」

「そうさ。嫌がらせでしかないよ」

「おかしいわ」

「ここはおかしな世界なんだよ、マドモアゼル・ケント」

シーリアは彼をちらりと見やった。彼が口先だけでそう言っているように思えたのだ。ただ猫も杓子もそう言っているだけのことで、彼にとってはおかしな世界であることにことさら意味があるわけではなく、彼は自分のことで頭がいっぱいで、ほかのことなど考えられないように見えた。

「そこに泊まってるあの二隻の船は何なの？」シーリアは、港に泊まっているほかの船よりはかなり大きい二隻の船を指さした。「漁船ではないわよね？」

「あれは、沖にある難破船で作業をしているダイバーの船だよ」とジャックが答えた。「今日はミストラル（地中海沿岸に吹き降ろす乾燥した寒冷な北西の強風）のために、彼は海に出られなくてね。もうかれこれ一週間近く吹いてるよ。今日は昨日よりはましだけど、いつもたいてい今頃の時間になると天候が悪化する。明日から村の祭りが始まるんだが、決まって天気が悪くなるんだ。たいがい嵐になってね」

「あのお祭りね――以前はそのためにここに来たものだったわ」シーリアはそう言って微笑んだ。

「ダンスがあったわよね？　それからスポーツや模擬の闘牛も？　それに、あなたのお母さんの聖名祝日（カトリック教国で、自分の名をとった聖徒の祝祭日で、誕生日のように祝う）も同じ日だった。マダム・オリヴィエはどうしてらっしゃる？　お元気？」

「ああ、まあ、元気だよ」

彼の口調には、何かわけがあってそれ以上の詮索は差し控えたほうがよいと思わせるものがあった。

「わたし、よくあなたのお母さんのことを考えてたの」

「ああ、そうだね、きみはここの祭りが好きだったね。確かにとても美しくて素晴らしい祝日だよ。ただ、いいかい、ここには金がない。機会もない。おそらく資本があれば何かやれるんだろうが、なにせ現実はね……」と彼は言葉を濁し、不満げな表情で肩をすくめた。

「戦争が終わってすぐこっちへ戻ったの？」

「ああ、いや、長いことここを離れていた。去年戻って来たばかりだ」

撫でるように木の手すりに手を滑らせながら、彼女が言った。「あなたたちのことをしょっちゅう考えてたの。もう一度会えるかしらってね」

彼がにっこり微笑んだ。彼の最大の魅力は笑顔だとシーリアは思った。その笑顔は親しげで、親切そうで、感じがよくて、およそ親切心になどあまり関心もなさそうな性格とは裏腹だったが。

「ところでムッシュー・ライドンは？」と彼が尋ねた。「彼に何かあったのかい？　覚えてない？　きみらが大急ぎでここを引き払うときに、荷物に詰めるには濡れすぎてるからと言って、彼が海水パンツを置いていったのを。あそこの釘に引っ掛けて置いてったんだよ。僕たちは何年もそれを取ってあったんだ。〝ムッシュー・ライドンはそのうち帰って来るから〟と言ってね」

「でも彼は帰って来ず——」

後ろから大きな声が聞こえた。「ジャック！　ジャック！」

シーリアがすぐさま振り向くと、ホテルの入り口のところに年配の女性がいるのが見えた。彼女はしばらくシーリアを凝視していたが、いきなり両腕を広げた。

「マドモアゼル・ケント！」彼女はそう叫ぶなり、急ぎ足で近づいて来た。「もう、ジャックったら、マドモアゼル・ケントをこんなところでお引き留めして。わたしのところにまっすぐ連れて来もしないで」

ジャックは、シーリアは今しがた着いたばかりなのだというようなことをぶつぶつ言った。気がつくとシーリアは彼女に抱きしめられていた。

「わたしに電話をしてくれなかったのね、ジャック――わたしに電話しないで、そのままマドモアゼル・ケントを彼女の部屋まで連れて行こうとして！」

シーリアの目に、やや冷徹な黒い目の間に不機嫌な皺《しわ》を寄せながら、ジャックがそっぽを向くのが見えた。そのとき彼女は、マダム・オリヴィエの歓迎の辞は彼女に対するものだったものの、その言葉はすべて息子に向けられたものであることに気づいた。

「ああ、マドモアゼル・ケント、あなたにもう一度会えて、わたしたちみんなとても嬉しいのよ」マダム・オリヴィエは続けた。「あなたがラ・マレットに戻りたいと思ってくれたことを、夫もわたしもとても喜んでるの。あなたはラ・マレットが好きだったものね？　わたしたちと一緒にここで過ごすのが好きだったでしょ？」彼女はそう言うと、シーリアの肩にやさしく手を置いた。「夫は絵を描きに崖に行ってるの。あの人が絵を描いてたことは覚えてるでしょ？　それと、ジャックのことは覚えてた？　あなた、彼を見てすぐにわかった？　あなたがここにいたときに比べると、あの子はすっかり変わってしまったでしょ？　あの頃はまだあの子、少年だったものね」

「それにしても、ちっともお変わりになってませんね」シーリアは言った。「どこにいらっしゃってもすぐあなただとわかったでしょう」

彼女自身驚いたことにその言葉に嘘はなかった。最初に会ったときからマダム・オリヴィエにはまったく老化の兆しがないように思えた。じきに、九年前にはマダム・オリヴィエの髪はグレーではなく、ダークブラウンだったことを思い出した。もっとも彼女のがっしりした力強い体軀は昔のままだった。激しい気性を暗示する素早い身のこなしも。褐色で角ばっていて、ぶっきらぼうに見える顔も。もしかして彼女が着ている色褪せた綿のワンピースまで、シーリアが彼女を最後に見たときに着ていたものと同じかもしれない。彼女はそのとき、この同じ入り口に立って宣言するように言っていた。自分としては、ラ・マレットへの爆撃が始まるまでは、戦争が起きてるなんて信じないと。「それに、もしヒトラーが今この瞬間にもあの道まで来たとして」と彼女は言った。「わたしが彼に何て言うつもりかわかる？　こう言ってやるのよ。〝わたしが持ってる物は三つしかありません。夫と息子とあのホテルです。どうぞあのホテルを召し上げてくださいな――わたしは夫と息子を連れて、ここを去りますから！〟ってね」

マダム・オリヴィエは鼻で笑った。「わたしが九年たっても――九年くらいなものよね――変わってないですって？　わたしはもうお婆さんよ。夫もわたしも年をとって、何の役にも立たないわ。日がな一日座って何もせずに、若い人に働いてもらってる。それにマドモアゼル・ケント、あなただってずいぶん変わったわよ。わかってる？　目以外はすべて変わってしまったわよ。それでもわたしにはあなただとわかったけど。ジャックは――」

だがジャックはシーリアの鞄を入り口の階段に置き、テラスへと歩きだしていた。

マダム・オリヴィエは当惑しているようだった。「ほら、見て」と彼女は心配そうに言った。「見てよ、あの子の様子……でもきっとあなた、うんと疲れてるわね。さあ、あなたの部屋まで上がってって、支度ができたら降りてきて、わたしと食前酒をつき合ってちょうだい。で、何もかも話して。あなたには、海を見下ろせる、道に面した部屋を使ってもらうわ。以前あなたが使ってた部屋だと思うけど、確信はもてないわ。なにせずいぶん昔のことだもの。あなたがどの部屋にいたのか、はっきりしないのよ。ジーン」と言って彼女は振り向くと、さっきから玄関広間にいた黒髪の美しい若い女に言いつけた。「マドモアゼル・ケントの荷物を彼女の部屋まで持って上がってちょうだい」

若い女は外に出てくると、シーリアの鞄を持ち上げた。シーリアは彼女のあとから、ほの暗いタイル張りの玄関広間を通って、むきだしの木の階段を昇っていった。歩いていると、覚えのある別の匂いが漂ってきた。ニンニクやワインや濃厚でおいしそうな料理の匂い。石鹸の匂いもしていた。階上の廊下を通る際、膝を曲げてタイルにモップをかけていた女をよけて通らねばならなかった。女が顔を上げてにっこり笑った。「こんにちは《ボンジュール》、マダム」老女のジュリエットでないのがわかり残念だった。

廊下の突き当たりまで行くと、黒髪の若い女は部屋のドアを開けた。そして脇へ寄ってシーリアを中に通し、彼女の鞄を運び入れて、自分は外に出てドアを閉めた。

まさにこの部屋だった。すなわちそれはシーリアが切望していた部屋だった。もっとも彼女が以前いた部屋ではなかったが。マダム・オリヴィエはそのことを百も承知だったかもしれないとシーリアは思った。

部屋を横切って窓のところへ行き、日が射さないように閉じられていたシャッターを押し戻し、こじんまりした静かな港を見渡した。

　去年の冬、長患いをしていたときに、夜の暗闇の中で熱にうなされながら、彼女はこの入り江を繰り返し見ていた。その入り江は今見ているものとほとんど同じくらい鮮明に彩られていた。一時は、この場所に戻ることさえできれば自分はよくなるのだと自分に言い聞かせていた。つまり、それが病を癒やす唯一の機会なのだと。

　それでも結局のところ彼女はロンドンで病気を治すほかなかった。だが夏が終わり、職場に戻っても、病気がまだ自分のどこかに巣くっているという思いがつきまとった。何か無力感のようなものやら、感情的に追いつめられることへの恐怖やら、何かを決める能力が欠落しているという感覚が、彼女から離れようとしなかった。何とかすべき問題がいくつかあったのだが、安静に過ごすという病弱な者の権利をしきりに主張しては、何カ月も放置していた。時折、彼女は、病の床に伏していた間に自分がそういう人間に変わってしまったかのように感じた。もう二度と元の自分に戻ることはないのだと。

　だが今、彼女はこうしてラ・マレットにいた。窓から身を乗り出して、深々と息を吸い込んだ。太陽のぎらぎらする光に目が痛み、顔が火照り、肌がちくちくした。

第二章

三十分後、シーリアは新しい白の木綿のワンピースに身を包み、洗って白くなった手足を意識しながら、また階下《した》へ降りて、マダム・オリヴィエを捜し始めた。

彼女はどこにも見つからなかった。庭園には、青いワイシャツにカーキ色のショートパンツを穿き、松の木陰に座って読書をしている、黒髪の日に焼けた男以外には誰もいなかった。おそらく一番マダム・オリヴィエが見つかりそうな場所である厨房にも、ボウルでサラダのドレッシングか何かをかき混ぜている見知らぬ中年の女性がいるだけだった。食堂は、一方に大きな窓のある天井の高い四角い部屋で、反対側はバーになっており、ジャックが一人で漁師の一団に飲み物を出していた。

彼は戸口にいるシーリアを見ると、手振りで示した。

「こっちへ来て何か飲みませんか、マドモアゼル・ケント？」

「わたし、マダム・オリヴィエを捜してたの」とシーリアは答えた。

「じきに帰って来るよ。何がご所望？　パスティス（アニスと甘草風味のリキュール）かい？　チンザノ？」

「じゃあチンザノをお願い」彼女はバーのところまで行くと、背の高いスツールによじ登るようにして座った。

彼は二つのグラスに飲み物を注ぎ、自分のグラスを持ち上げると、彼女のグラスにかちんとぶつけて言った。「乾杯！」そして、にやりとしながら杓子定規な英語でつけ足した。「はい《オー・イエス》、僕は英語を上手にしゃべります《アイ・スピーク・イングリッシュ・ベリー・ウェル》」

シーリアが笑うと、彼はフランス語で先を続けた。「戦時中は、もちろんここにもアメリカ人がいたからね。それに英国空軍の軍人も多少ね。それとあそこにいるマダム・ルースはカナダ人だ。彼女は僕に英語を教えてくれてるんだ」

シーリアがあたりを見回すと、窓際のテーブルに座って編み物をしている若い女が目に入った。同じテーブルで、大柄でがっしりした金髪の男が、料理以外何も目に入らないといった様子で、一心に食べていた。

女が顔を上げて微笑んだ。彼女は年の頃二十五前後で、ひどく痩せており、華奢な肩に薄い胸をして、少女っぽい小さい頭は、きつい巻き毛にした黒髪に覆われている。薔薇色のシャツを着て、グレーのリネンのスラックスを穿き、足元は白いサンダルだった。

「あなたのお噂はかねがね伺っていますわ」と彼女は穏やかだがはっきりした声で、英語でそう言った。「あなたがいらっしゃるのを楽しみにしてました」

ちょうどそのとき極端に大きい車のクラクションの音が窓越しに聞こえ、部屋にいた者は一人残らず振り向き、女の向かい側の男に叫んだ。「バスが来たぞ、ムッシュー・ピエール。バスだぞ！」

まだ顎をむしゃむしゃ動かしながら男はさっと立ち上がり、唇を女の頬に押しつけて、部屋を飛び出していった。みな口々に男に激励の言葉を投げた。

騒ぎが治まるや、女が話を続けた。「ここ二年間ほとんど、夫以外の人が英語を話すのを聞いたことがなかったんです」

「ではあなたたちはフランスにお住まいなの？」とシーリアが尋ねた。

「ええ、もともと夫はフランス系のカナダ人なんですけど。戦争が終わったときに、夫がフランスに留まりたいと言って」

「マドモアゼル・ケント」とジャックが呼びかけた。「もう僕の妻には会った？　彼女に会ってもらいたいんだ」

シーリアが彼のほうを振り向いた。「いいえ——あなたが結婚してることさえ知らなかったわ」

「僕の子どもに会ってない？」

「ええ」

「もうすぐ二歳になる娘がいるんだ。妻と娘を紹介したいんだけど」

カナダ人の女がまた英語で言った。「休暇のたびにここに来るというのは本当なんですか、ミス・ケント？」

「以前に二度来たことがあるわ」

「まあ、わたしには理解できないわ——つまり、どうしてここなんですか？　ほかにいくらでもあるでしょうに」

「マダム・ルース」とジャックが言った。「僕の妻を見かけませんでしたか？」

「少し前、バスケット持って通り過ぎるの、見ました」と女が答えた。彼女のフランス語はひどくたどたどしかった。「パン買いに行った、と思います」

彼はグラスの酒を飲み干した。「ちょっと行って彼女を捜してくるよ」苛ついているような口ぶりでそう言うと彼は唐突に部屋を出て行った。

女が、テーブルの向かいの空いている場所を指差した。「こちらへ来て、おかけになったら？」

シーリアはスツールから滑り降りると、部屋を横切って彼女のところまで行った。

近くで見ると、女はきわめて虚弱そうであることがわかった。骨がひどく細くて、青白い繊細な肌をしている。編み物に忙しい指は、極端に細長く、骨が異常に柔軟そうで、外側にでも曲がりそうなくらいだった。

「ここにはもう長いこと滞在していらっしゃるの？」とシーリアは尋ねた。

「もう一カ月くらいになります。でも夫はもっと長いです。彼はここで働いてるんです」

「この村で？」

「ええ、彼はダイバーなんです。港から少し沖へ出たところの難破船で作業をしています。終戦間近に銅を積んだまま沈没したんですって」

「何かわくわくするようなお話ですね」

「そうなんです」と女も同意した。「でも、ここ一週間はミストラルが吹いて、作業ができなくて。それで夫は今日、仕事をするためにトゥーロンへ行きました」

「ではたった今、バスに乗るためにここを出て行った人がそうですか？」

「ええ――長い留守にならないといいんですけど。彼がいないととても心もとないんです。わたしのフランス語はひどくて、これ以上上達しないんじゃないかと不安です。でも何とかこれでやっていくしかありません。もうこの国に来て二年になるというのに。あなたのフランス語はお上手ですね」

「わたしは子どもの頃に習ったんです」とシーリアは説明した。「フランス人の看護婦さんがいて」

「それは運がよかったですね。ところで、ちょっとお訊きしていいですか？　あなたがどうしていつもラ・マレットにいらっしゃるのか」

シーリアはしばらく考えて答えた。「そうですね、ここが好きだからかしら」

「それでも、行きたいと思えばどこへだって行ける時代なのに、わざわざラ・マレットに来るのはどうしてですか?」

「ただ好きだからですよ」とシーリアは繰り返した。「あなたはちがうの?」

「ああ、わたしはここにいなくちゃいけないからです。ほかに選択肢はないの。それにしても海沿いにはもっと美しい場所がいくらでもあるのに」

「そうね、わたしもそう思うわ」

「それに海岸沿いを少し先へ行けば、ミストラルだって避けられますよ」

「ええ、知ってます」

「ではなぜなんですか? このホテルがことのほかお気に入りだとか?」

「そうね――少なくとも以前はそうだった。とはいってもわたしが最後にここに来たのは九年も前のことだけど」

「へえ……果たしてあなたはここの雰囲気を以前と同じだと思うかしらね」

シーリアはその言い方に何か引っかかるものを感じ、彼女を訝しげに見た。「あなたはわたしがそう思わないとでも?」

「さあ、どうかしら。わたしは、以前このホテルがどうだったかを知らないから。ただ個人的には、ここはとても――」彼女はそこで言いよどんだ。

「とても何?」とシーリアは先を促した。

「とても居心地が悪いの。様々な点で」女は編み物の柄を見て眉をひそめ、どうやらまずい出来だと思っているらしい所を、その奇妙なほど長くて柔軟な指で触っていた。「わたしは、夫と住める小さい家を見つけられたらとずっと願ってるんです」

「まあ、これといって特にやることもなく、際限なくホテルに滞在していれば、確かに退屈になるでしょうね。わたしはほんの短い休暇を過ごすだけだけど」

「せいぜい楽しい休暇を過ごされるよう祈ってますわ」女の口調にシーリアはまた妙に挑発的なものを感じた。

だが今回はシーリアが何か言う前に、女が先を続けた。「あなたはどう思うかしら。何か気づくかしらね。わたしはあの張りつめた雰囲気にはとても耐えられないって、始終思ってますけど。いいこと、まず第一に、母親と息子の嫁が反目し合っていて、しかもみんなにそれを見せつけるんです。二人とも気難しくて、かなり自己中心的な人たちよ。それに気性が激しくて、歯に衣を着せないもの言いをして、自分たちだけの胸に納めておくということができない。あの状況なら本来はそうすべきでしょうに。それから若夫婦のジャックとクローデット。あの二人にはホテルを経営するということが、実のところ何もわかってない。何もかもがとても非効率的に行われるの。食事の時間はまちまちだし、料理は時々食べられたものじゃないわ。ホテルとしてはそうあるべき程度に清潔でもない。使用人たちはクローデットに憤慨しているの。それは単純にクローデットが彼らの扱い方をわかってないからで、使用人たちは彼女の言うことを聞こうとしません。で、もちろん義理のお母さんのほうはそうしたことごとにご立腹なんです。そこへ持って来てジャックが、わたしの夫の仕事に興味を持ち始めて、まわりが期待するほどにはホテルの仕事に精を出していない。それがまたいっそう彼らを憤慨させていて。なるほど彼らの言い分はもっともです。でもジャックにしてみれば、一生をこんな小さいホテルで無為に過ごす代わりに、いい暮らしができる千載一遇のチャンスなんです。それでも今このホテルがめちゃくちゃになりかけてることに疑問の余地はないので、全員頭に来てるんです。だから、よると触るといがみ合ってばかりいます。あなたはどうかわからないけど、わたしはそういったことには耐えられない……」彼女はいたってはっきりとそう言ったので、自分の英語はシーリア以外の誰にも理解されないと思い込んでいるのは明らかだった。「しばらくここにいたら、あなたはこの一切合切をどう思うかしらね」

シーリアは何も答えなかった。彼女は明確に後味の悪さを感じていた。その女は彼女に、あまりにも早く、あまりにも多くを語り過ぎた感じがした。それは彼女が友人だと思っている人たちのことだと、その女も理解すべきだったのだが。ただその女もそこまで暴露するつもりはなかったのに、思いもかけず話したい衝動に駆られてしまったのは明白だったので、異国の大きな部屋の中で、孤独で超然としていて、その実とてつもなくもろそうな彼女を見ていると、シーリアはとても気の毒な気がした。

その女自身、話し終えた途端に自己嫌悪に陥ったようだった。うつむいて眉間に皺をよせて編み物に集中していた。じきにテラスで何かの物音がして、彼女は振り向いて窓の外を見た。「ムッシュー・オリヴィエだわ。写生から帰って来たのね。きっとあなたのことを捜してると思うわ」

実のところシーリアは不意に解放されたように感じ、立ち上がって庭園へ出て行き、ジャックの父親と対面した。

彼はシーリアの手を取ると、もごもごとやさしげな挨拶の言葉を言った。その不明瞭な発音と下がった口角に、彼がいまだに義歯をつけるのを嫌がっていることがわかった。懐かしい青い瞳が彼女に向かってやさしく微笑んだ。シーリアがいつも感じることだが、彼の態度にはほかの誰よりもやさしさがにじみ出ていた。彼は妻よりずっと年がいっていて、痩せており、静かな歩き方をする、内気な男だった。今日の服装はいつもと同じような、襟なしの綿シャツに、色褪せたショートパンツだった。足元は履き古したエスパドリーユで、白いウールの縁なし帽をかぶっている。痩せた顔には深い皺が刻まれており、もともと色白なので日焼けはしておらず、ただ赤くなっているだけだった。

「外で絵を描いてたんだよ」彼は弁解するように言った。その口調には地方のなまりはいっさいなかった。陽光と松の香りに魂を奪われる前の、もうずいぶん昔のことだが、彼はパリジャンだったのだ。

「きみがいつ着くかわかっていたら、駅まで僕が迎えに行きたかったのに」

「じゃあまだ絵を描いてるんですね?」とシーリアが訊いた。

「まあちょっと、時々ね」と言って彼は肩をすくめてみせた。「ほかにすることがないんでね。でもキャンバスは高価だし、終戦後やっと絵を再開したんだよ。それはそうと一緒に食前酒でも飲まないかね」

ちょうどそのとき、マダム・オリヴィエがテラス伝いに急ぎ足でやって来た。どっしりした体を勢いよく動かしていたものの、着いたときにはいささか息が切れていた。

「この人を呼びに行ってたのよ」と彼女は説明した。「この人が崖に行ったらもう鉄砲玉で、わたしが呼びに行かないと帰ることなんて考えもしないってわかってたから。さあ、じゃあみんなで飲み物をいただきましょう。日陰に来て座ってちょうだい」

彼らは隅にある松の木の下のテーブルまで庭園を横切っていった。老人は飲み物を取りに家の中へ消え、その間にマダム・オリヴィエとシーリアは小さい丸いテーブルを挟んで、緑色のペンキが塗られた二脚の椅子にそれぞれ腰を下ろした。

そうこうするうちに、さっきシーリアが見かけた、日陰に座って本を読んでいた男が立ち上がり、本を小脇に抱えてテラス沿いにぶらぶら歩いて行きかけた。

すぐにマダム・オリヴィエが後ろから声をかけた。「ムッシュー・バトラー――行かないでちょうだい！」

彼が振り向いた。

「ムッシュー・バトラー、こちらはマドモアゼル・ケントよ。さっきイギリスから着いたばかりなの」

彼は戻って来るとシーリアと握手をした。三十五歳前後の長身で頑丈な体格をした男だ。よくある骸骨めいた顔だが、どうにかハンサムに見えなくもない。ただ、彼の髪の色は黒いのに、骨ばった眼窩に深く埋め込まれている両目の色がいくぶん鮮やかなブルーだというのは少し意外だった。

「あなたは、イギリス人ですか？」とシーリアは尋ねた。

彼は答える前にほんの少し逡巡したようにシーリアには思えた。「そうです」

「こちらには外国人の方が結構多いようですものね」とシーリアは言った。「ついさっきも食堂で一人お会いしました」

「そうですか」と言って彼は微笑んだ。「でもあなたがこちらに来られたのはその理由からではないんですよね」

「ムッシュー・バトラー」マダム・オリヴィエが口を挟んだ。「わたしたちと一緒に飲み物でもいかが?」

「ああ、ありがとうございます」と彼は答えた。「でも、ランチの前にちょっとひと泳ぎしに行くつもりなんです。失礼してよろしければ」

「水泳、水泳、読書、読書。あなたはそればっかりなのね」マダム・オリヴィエはそう言って、彼を上機嫌で解放した。彼が歩み去っていくと、彼女が続けた。「チャーミングだわ、ムッシュー・バトラーって。根っからのイギリス人って感じ。とても静かでとても礼儀正しくて。イギリス人ってとても礼儀正しいわよね。でもアメリカ人はそうじゃない。彼らはテーブルの上に足をのせるもの。戦争中はここにもアメリカ人がいたの。とてもやさしい人たちだった。寛大で、持ってる物は何でもくれたものよ——ある人なんてね、ここを出るときに自分が着ている物を、自分はたぶんなくてもすむから夫にくれると言ってひとつ残らず脱いでね。ベストも靴下も何もかもよ。自分ならまた手に入るけどわたしたちは無理だろうって言って——だけどあの人たちはみんなテーブルの上に足をのせるのよね。あれは礼儀正しいとはとても言えないわよね。さて」と言ってマダム・オリヴィエはアメリカ人とミスター・バトラーの話題をおしまいにすると、こう切り出した。「あなたのことを話してちょうだい。今もロンドンに住んでるの? まだ新聞社にお勤め?」

シーリアはうなずいた。

「で、ムッシュー・ライドンは?」

「彼はイタリアで亡くなったんです」

「まあ……やっぱり——そんなことじゃないかと案じてたの。手紙で彼のことに何も触れてなかったし、相変わらずシーリア・ケントって署名してあったから」一瞬、彼女は自分の大きな手をシーリアの手に重ねた。「それで一度も結婚してないの？」

「ええ」

マダム・オリヴィエは、ばつの悪い空気になる前に、肩をすくめて憐憫《れんびん》の情を振り払うように言った。「先のことなんて誰にもわからないわ。あなたは賢明なのかもしれない。だいたい、人はなぜ結婚するのかしら？　たぶん子どものためよね。でも、子どもを持っても必ずしも思うようにはならないわ。子どもは成長するとすっかり変わってしまうから。それに夫だって――」彼女は、グラスを運びながらこちらへ向かって来る夫を愛情深く見上げた。「一度わたしが彼と別れそうになった話、あなたにしたかしら？　わたしはスーツケースに荷物を詰めて、彼に家を出ますと告げたの。ニースまで行ったのよ。だけどニースは外国人でいっぱいだった。そう、わたしはあなたも知ってのとおりフランス語しかしゃべれない。〝わたしは一体どこにいるの？〟って思ったわ。〝ここはフランスなの？どこなの？　こんな知らない人たちばかりの中で一人でどうしたらいいの？〟ってね。それですごご戻って来たのよ」と言って彼女は声を立てて笑った。

老人がテーブルの前に座った。

「ちょっと教えてくれないかね、マドモアゼル・ケント」と彼は独特の穏やかな不明瞭な声で尋ねた。「イギリスでは物価はどうなんだい？　暮らしていけるのかね？」

「ここは住めたもんじゃないわ！」シーリアが答える前にマダム・オリヴィエが激しい語調で叫んだ。「こっちじゃ何もかも異常だわ。ねえ、ところで、うちのちっちゃい孫にはもう会った？　可愛い可愛い最愛の孫娘なのよ」

「たとえば、一ポンドの肉はイギリスではいくらするんだい？」ムッシュー・オリヴィエは続けた。

シーリアは少し計算して、一ポンドの肉は五十フランくらいだと答えた。

二人とも驚いて声を上げた。

「こっちじゃ、だいたい六百五十フランかかるわよ」

「でも、どのみち週に五十フラン分くらいしか買えないんですけど」とシーリアはつけ足した。

「まあ、そんなのありえないでしょ！　ここでは欲しいだけ買えるわよ。毎日だってお肉を食べられる——もっとも六百五十フラン使えればのことだけど。ねえいいこと、あらゆることが異常なの。この先わたしたちの身に何が降りかかるのか見当もつかないわ。このラ・マレットも、よそと同じように正常じゃない。あなたもきっとわかるわ。ありとあらゆることがすっかり変わってしまったって。雰囲気もまるでちがうし、人も以前とは同じじゃない」

「その点については」と彼女の夫が口を挟んだ。「僕の考えでは、人は変わらないと思うよ」

「あら、いいえ、変わるわ」妻が言い張った。「人格というものはすっかり変わることもあるの。人は堕落して駄目になることがあるのよ」

「僕にはわからないが」と夫も譲らなかった。「その点についちゃまったく理解できないね」

「そうね、あなたにはね！」と妻が声を荒らげた。「でもわたしにはわかってる。自分が何を言ってるのか。わたしにはわかってるのよ。善は悪によって破壊されることもありうるって。マドモアゼル・ケント、イセエビはお好き？」

シーリアが、マダム・オリヴィエが言った最後の二つの文章の間に何の脈絡もないとわかるのに少し時間がかかった。「大好きですわ」

「今日のランチはイセエビよ。おいしいわよ。ここには腕のいい料理人がいるから。もっとも彼女はひどくお金を使いすぎるけど。先週なんてお肉の支払いに二万フラン近くかかってしまって。しかもそれを誰が食べたと思う？　お客様じゃないの――断じてちがう。全部、厨房で平らげてる。現在ここには使用人が三人いるんだけど――考えてもみて、三人よ！　覚えてるかしら？　昔は、部屋を掃除する係の気の毒なお婆さんのジュリエットしかいなくて、ほかのことは全部夫とわたしで遣り繰りしてた。それでもみんな満足してた。昔はよかったわよね？　あなたもここを気に入ってくれてたでしょ？」

「ええ、すごく気に入ってました」

「まあ、そうよね。お料理だっておいしかったものね？　わたしの料理の腕は悪くなかったもの」とマダム・オリヴィエは哀愁を帯びた調子で言った。「それにわたしたちはお客様をちゃんともてなして、あらゆることを彼らが快適なように整えた。わたしたちのことを知ってもらって顔なじみになって、毎年来たいと思ってもらえるようにね。ああ、昔はよかったわ」

シーリアはだんだん混乱してきた。「でも、もうホテルはあなた方の物ではないのでは？」

「いや、僕たちの物だよ」ムッシュー・オリヴィエが答えた。「もっとも、息子を支配人に据えてるけどね。だから今はもっぱら彼が仕事をしてる。僕たちは、地下に自分たち用の小さいアパートがあって、息子夫婦とはまったく別々に暮らしてるんだ」

「で、あなた方はホテルの仕事は何もされてないんですか？」

「何も、いっさい何もよ！」とマダム・オリヴィエが叫んだ。「そうすべきだって二人が言うのよ。自分たちは若くていくらでも働けるけど、わたしたちは年寄りで、もう十分働いたから休めって。そういうふうに言うと聞こえがいいわよね？　まあ彼らは月々の手当は払ってくれてる。それに実際、わたしたちが年をとり過ぎてて多くのことをこなせないのはまぎれもない事実よ。だから、ジャックはリヨンでの自分の仕事が失敗したときに、ホテル経営をやってみたいと考えたのよ。それでわたしたちは息子夫婦にここの経営をまかせたの。いい考えのように思えたしね。あなたならきっと、それのどこがいい考えなんですかって言ったでしょうけどね。マドモアゼル・ケント」――彼女はそこで不意に声を落として言った――「ねえ、ジャックのことどう思う?」

「でもわたし、ちょっと会っただけですから」

「ええ、ええ、それはわかってる。でも今でもまだ――」

「そうですね、彼はとてもハンサムですよね」

「あら、そうなのよ」と言ってマダム・オリヴィエの顔がほんの一瞬明るくなった。「彼はハンサムなの、確かに。美男子なの。それに孫も彼に似て、可愛いのよ。きれいな子どもなの。だけど――そう、実を言うと、彼の結婚は失敗だったの。不幸な結婚なのよ」

「彼は奥様といて幸せじゃないんですか?」

彼女は肩をすくめて言った。「いえ、あの子は嫁にご執心で――」

彼女の言葉をシーリアの鋭い悲鳴が遮った。

何かがシーリアの足でもぞもぞ動いたのだ。まるでなまくらなナイフの刃に足首をこすられたかのように、何かが足首を滑るように動いて行く奇妙な感触だった。シーリアは足をさっと引っ込めると、かがんでテーブルの下を覗き込んだ。

一匹の小さい亀が砂利の上をゆっくりと這っていた。シーリアの足に触ったのは亀の甲羅の縁だったのだ。

マダム・オリヴィエが笑いだした。

「あれはジジよ」と彼女が言った。「うちのお客様で、株式の仲買人をしているムッシュー・バレのペットなの。彼はジジが幸運を呼ぶと信じてるの。だから株式の取引をする前には必ず彼女の甲羅を撫でるのよ。すると彼が言うには、その取引は成功裏に終わるんですって。まさにありがたい動物よね――わたしにも彼女みたいなペットがいたらと思うわ。でも、幸運な亀とそうじゃない亀をどうやって見分けたらいいのかわからないけど。それにしてもジジはかなり遠くまで迷って来てるんじゃないかと思うわ。ということはつまり、今に大騒ぎになるわね」そう考えると元気が出たとでもいうように彼女はにやりと笑った。

だが次の瞬間その笑顔は消えた。

マダム・オリヴィエが自分を憎々しげに凝視しているように思え、シーリアは一瞬うろたえた。

すぐにシーリアは、マダム・オリヴィエが見ているのは自分ではなく、彼女の肩の向こうにいる誰か、音もなく近づき彼女の椅子の真後ろに立っている誰かであることに気がついた。

第三章

シーリアはマダム・オリヴィエの表情から、何者かが自分のすぐ後ろに立っているのを察知して、何やらほとんど恐怖に近いようなショックを受けた。肌に刺すような痛みを覚えた。まるで何か邪悪なものが自分に近づいて来たかのようだった。子どもの頃にも、薄暗い廊下や誰もいない部屋でこういう感覚を味わったことを思い出した。もっとも、当時は彼女が勇気を振り絞って後ろを見ると、そこには決まって誰もいなかったが。

　今は、振り返った彼女の目に確かに人が見えた。とはいえ、恐れるに足りる明白な理由などなかった。彼女の後ろに立っていたのは、年の頃二十八くらいかと思しき、すらりとした意志の強そうな若い女性だった。健康的な褐色の肌をしており、栗色の髪を無造作に束ねて黄色いリボンで結わえている。手足の爪と唇は鮮やかな深紅で彩られていた。よく見ると口紅は少々歪んでおり、マニキュアはところどころ剝がれている。それでも、ややだらしない外見にもかかわらず彼女は生き生きとして魅力的だった。

　マダム・オリヴィエは冷ややかな口調で、彼女を息子の嫁のクローデットだと紹介した。

　クローデットはシーリアの手を力強く握りながら、お目にかかれてとても嬉しいと言った。

「あなたはついてるわ。いらっしゃったのが今日で」と彼女が言った。「今年はずっとお天気が悪いんです。風が強いか、雨が降ってるか、嵐が来るか、とにかくいつも何か問題があるの。今日はましなほうよ。でも、見ててごらんなさい。このお天気は長続きしないから。それにきっとお祭りが終わるまでは、ずっと悪いままですよ。で、お客様がみんな発たれてから、またいいお天気になるんですわ」

「あなたが一体何を知ってるって言うの?」とマダム・オリヴィエがぶっきらぼうに言った。「以前のお祭りになんてここにいなかったくせに」

「あら、だってみんな言ってますもの。そうなるに決まってるって」とクローデットは言い返した。「わたしはただ彼女にみんなから聞いたことをお話ししてるだけです。それのどこがいけません? マドモアゼル・ケント、三日三晩は眠れなくてよ。明け方の三時、四時までもダンスと音楽が続くんですから」

「そう言えばそんなような記憶があります」とシーリアは言った。

「ただ、見ててごらんなさい。必ず雨になりますから。そうすれば眠れるわ。雨が降るよう祈っててください、マドモアゼル・ケント!」と言いながらクローデットはずっと満面の笑みを浮かべていた。

「あの、もう失礼してよければ、厨房へ行って手伝わないといけません。何かご用があればいつでもお申し付けくださいね。わたしにできることでしたら何なりと。あなたにはこのラ・マレットをぜひ気に入っていただきたいの」

「もうマドモアゼル・ケントはラ・マレットをよくご存じで、気に入ってくださってるわよ」とマダム・オリヴィエがぴしゃりと言った。

クローデットはまるで何も聞こえなかったかのようにもう一度シーリアに微笑むと、踵を返した。

松の木の下のテーブルに沈黙が流れた。やがてマダム・オリヴィエがだしぬけにイギリス王室についてシーリアに質問した。

シーリアはこのことが彼女の昔からの関心事だったことを思い出した。可能な限りの質問には答えたものの、彼女の知識はとてもマダム・オリヴィエの要求に応えられるレベルのものではなかった。とはいえウエイトレスのジーンがシーリアのランチをどうするかを訊きに来るまで、テーブルはその話題で持ち切りだった。

ジーンがすでに木々の下にテーブルを並べてあった。テーブルの上には白い布がかけられ、皿やワイングラスや、きめの粗い黒パンの入った籠が置かれてある。大勢の客がテーブルに着き始めていた。

「ええ、食べに行くわ」マダム・オリヴィエが答えた。「でも、待って——その前にわたしにはジジのことがあるわ。ムッシュー・バレが彼女を見つけられないと、わたしたちは誰一人平穏ではなくなるわ」そう言って彼女は亀をつまみ上げ、テラスを歩きながら大声で叫んだ。「ムッシュー・バレ！ムッシュー・バレ！」

ムッシュー・オリヴィエがすまなさそうに自分を見ているのがシーリアにはわかった。

「家内はジャックの結婚のことで気落ちしてるんだよ」と彼は小声で言った。「息子が別の娘と結婚することを望んでたから。僕たちと仲のいい友人の娘でね。そのほうが何かと都合がよかっただろうがね。でももう、こういうことを若いもんのためにお膳立てできるご時勢じゃない」

シーリアが目撃したのはほんの短い場面だったが、自ら災いを招いているのは年長の女のほうだと思われた。かたやクローデットはよく耐えていた。「だけど本当に折り合いが悪いんですか？」

「たぶんちがう、たぶんちがう」老人はあいまいに答え、シーリアの手をやさしく握ると、妻のあとを追って行ってしまった。

シーリアは立ち上がると、ジーンが手ぶりで示したテーブルへと歩いて行った。

ジーンが、トマトにスライスしたオニオンとグリーンオリーブを添えたサラダのようなものを運んで来て、シーリアのワインの注文を訊いた。彼女は腕利きのウエイトレスで、誰に対しても愛想がよく、給仕の合間に客とおしゃべりをした。サラダに続いてイセエビを運んで来ると、シーリアのテーブル脇に佇んで言った。「ビアリッツ（フランス南西部のビスケー湾に臨む町）はご存じですか、マドモアゼル？」

「いいえ」とシーリアが答えた。

「わたしの好きな町なんです。ここは好きじゃないけど。だってやることがないんですもの。でもビアリッツは好きなの。それにパリも――パリも好きだわ」

「じゃああなたはこちらの人じゃないの？」

「とんでもない！　わたしはアルザスの出身です。でもあそこも好きじゃあないの。ビアリッツが好きなの。去年の冬はずっとあっちで働いてたんですよ。最高だったわ。今そこにわたしの子どもが――最初の夫との子どもだけど――いるんです。ずっと遠くで暮らしてて、もう四カ月も顔を見てないわ」そう言うと彼女はさっと次のテーブルへ移っていった。

そこには女が一人で掛けていた。四十五歳前後の背の高い女で、まだほんの数日日差しを浴びただけの赤くなりたての肌をしている。意志の強そうな決然とした顔をしており、野性的な美しさがあった。ショートパンツにリネンのジャンパーをはおり、頭のまわりに派手な綿のハンカチを結んでいた。

彼女の向こうのテーブルには男女が座っていた。二人とも三十代半ばのようで、ともに太っており、ピンク色の丸々とした頬をして、顔には笑みを浮かべていた。女はふさふさした金髪の巻き毛を額に垂らし、ピンクと白のふんわりしたビーチドレスを身に着けている。男のほうはネイビーブルーのワイシャツにズボンという格好で、ぽっちゃりした手首にいやに大きい金の時計が革のバンドで留めてあった。

この二人の隣のテーブルにはミスター・バトラーが座っており、正面にある食卓用の塩入れに読みさしの本をもたせかけていた。ふさがっているあとひとつのテーブルは、大家族が占領していた。シーリアの勘定では子どもが六人いて、どう見ても全員十歳にも満たない。母親と父親と家庭教師の女性が一緒にいた。子どもたちは、男の子も女の子もみなそっくり同じオレンジ色のサンスーツ（日光浴や遊び用の子ども服）を着せられていた。母親は年の頃四十歳くらいだったが、まるで宮廷の中央に鎮座している女王のように見えた。髪は豊かな金髪で、胸のところにひらひらしたフリルが付いている白いモスリンのブラウスを着て、赤いスカートを穿いている。高い声で歌っているようなよく通る声をしており、食事の間じゅう子どもたちを指図したりたしなめたりしているのがよく聞こえた。彼女の夫は禿げ頭の小柄な男で、ボタンのような真っ黒な目をしており、容易に打ち解けない雰囲気を持っていた。彼は家族とはいくぶん離れて座っていて、妻を通してしか意思疎通せず、子どもたちや女家庭教師とのいかなる会話にも加わるのを避けているようだった。彼は海水パンツの上に白いビーチローブをはおっていた。亀のジジが彼の足元にいる事実から判断して、この人物が株式仲買人のムッシュー・バレであろうとシーリアは推測した。

やがてもうひとつのテーブルがオリヴィエ夫妻によってふさがった。彼らは自分たちの食事の皿とワインを持ってホテルの横手にあるドアから出て来ると、客たちから少し離れた庭園の隅にあるテーブルを選んだ。ジャックとその妻は食事中は姿を見せなかった。

イセエビの後は子牛肉の料理が続き、その後フルーツが出された。食事はボリュームがあり美味だった。シーリアは食事を終えた途端に眠気に襲われ、ただひたすら自分の部屋へ戻りたくなった。階上《うえ》へ行ってベッドに横になり、少し休んだらまた階下《した》へ降りて泳ぎに行こうと心に決めた。体を横にするやいなや彼女は眠りに落ち、五時近くまで一度も目を覚ますことなく眠り続けた。

目覚めるとすぐ、自分が意図していた時間よりはるかに長く眠っていたにちがいないとわかった。というのもすでに太陽からいくぶん眩しさが失せていたからだ。四角い窓枠に縁どられた空の色は、彼女が眠りに落ちた頃より穏やかなブルーになっていた。彼女は起き上がり、窓のところへ行って身を乗り出した。

庭園にはもう、二歳くらいの小さい女の子以外に誰もいなかった。女の子は地面にしゃがみこんで、砂利のかけらをガラス瓶に入れようとしていた。だがその試みはあまりうまく行ってなかった。砂利のかけらが瓶の口より大きくてはいけないという原理が彼女にはまだ理解できていなかったのだ。彼女のそばでは数羽の雌鶏が地面をくちばしでつついていて、一匹の犬が太陽の下で横向きになって手足を伸ばしている。アヒルの雛鳥の一団が一列縦隊で庭園を横切っていた。女の子は絹のように柔らかいとび色の短い髪をしており、頭のてっぺんをピンク色のリボンで結わえていた。身に着けているのはピンク色のピナフォー（衣服の大部分を覆うような子ども用のエプロン）だけで、ほとんどボタンを嵌めていないため、その見事な小さい褐色のお尻が丸見えになっていた。シーリアは、誰かに見られているとは思いもせずに一心に一人で遊んでいる女の子をしばらく眺めていた。

やがて女の子が瓶を使った遊戯に飽きてきたのがわかった。彼女は苦心して集めた砂利のかけらを、眠たげな犬の体にぶちまけた。それから不意にピナフォーをはためかせながら、アヒルの後を追い駆

「泳ぎに行くんですか?」と彼が尋ねた。「ここの港では泳がないんですね? 参考までに言っておくと、ここには大きな下水管があるんです。住民たちは気にしてない程度のね」

「知ってます。いつもそのあたりの小さい入り江に行ってるの」

「ああ、そうだね、もちろんね。きみは以前ここにいたんだった。じゃあ、あの家族のこともよく知ってるんですね?」

「戦争前のことですけどね」

「ああ、そうでしたか。当時は今よりずっと快適だったにちがいないな。通貨制限もないし。何も心配することもないし。戦争になるかどうか案じること以外には。今はそれがどうやら人間の正常な状態のひとつになったらしいんだが。と言われてもちょっと納得は行きませんがね」そう言って彼は持っていた本を脇の下に挟んだ。「いい人たちだ。オリヴィエ家の人たちは」

「ほんとに」とシーリアはうなずいた。彼に少し興味を引かれていた。彼は何者で、何をしている人間なのか?「あなたはどうしてこの土地を見つけたんですか?」

「たまたまです」と彼は答えた。「徒歩旅行に出ることになりましてね。そんなある日、この町を通りかかったんです。そしたらどういうわけか先へ進めなくなった。理由は皆目わかりません。むろん徒歩旅行は外貨を使って浪費してしまいます。一カ所に留まっているよりあらゆるものが高くつく。それに元来僕はものぐさなんです」

「ただ座って読書してるほうが好きだということですか?」

「まあそれと、座って何かを観察することですかね。実際、あなたが休日にすることで、それよりもっとましなことってありますか?」

「ありませんね」とシーリアは答えた。

「いいですか、こんな港のまわりでは始終何かしら起きてるんです。ここでは実に大勢の人たちが自分の生活が丸見えになるよう行動する習慣があるようだ。僕はもうわかりかけてますよ。誰が誰に恋をしているのか、誰が誰に嫉妬しているのか。働き者は誰で、釣りに行くのが好きなのは誰か。船からガソリンをこっそり持ちだし、闇市場で売りさばくのが好きなのは誰か、といった具合にね。自分が小説家か、劇作家か何かだったらなあとつくづく思わされますよ」

シーリアの頭に一瞬疑念がよぎった。「ひょっとして、そうなんじゃないんですか?」

「いえ、いえ」と彼は頭を振った。「僕はある会社で働いてますよ。僕は文化とはまったく無縁の凡人です」

「でもわたしはてっきり、あなたは勤め人じゃあないと思っていたのに」

「どうして?」

「勤め人にしてはあなたは筋骨たくまし過ぎるように見えるもの」

「それは僕が週末いつも庭に出てるからですよ」

その瞬間シーリアはどうしたものかミスター・バトラーは嘘をついていると確信した。彼女は微笑んで言った。「まあ、きっと市民農園でもお持ちなのね」

「そうなんです」

「そこでジャガイモやペポカボチャを育ててるんですね――」

「もちろんです。それにキャベツやセロリやブロッコリや、あとエンドウ、ホウレンソウ、ソラマメに、インゲンマメに、ベニバナインゲンに――」

「相当大きい農園ですね」

「ええ、実に」

二人は埠頭の端まで来た。バトラーはホテルに取って返すつもりのようだったが、シーリアはまだ泳ぎに行きたいと思っていた。二人は足を止めた。

「わたしも会社勤めなんです」と彼女が言った。

「きみも？」

「新聞社で働いてます」

「ああ、そう、会社も様々だな」彼はおもしろがっているような詮索するような、妙な目をしていた。

「じゃあこれで。泳ぎを楽しんでください」

彼はホテルへの階段を昇っていき、シーリアはほこりっぽい道路へ入っていくと、崖へと続く角を曲がった。

あたりは耳障りな甲高いセミの鳴き声に満ちていた。それはまるで空気そのものが暑さで振動しているかのような音だった。道路は百ヤードばかり先で小道と分岐していた。小道はグレーグリーンのエリンギウムの茂みに縁どられながら、点在している松の木々の下を通り、赤い岩棚へと下っていた。海からわずか数フィート上にあるその岩棚からは、容易に水際まで伝い降りることができた。

その午後は海面が白く小さく泡立っており、入り江にはさざ波が立っていた。シーリアは水浴びをしてから、太陽で暖まった岩の上に座り、海中でゆらゆらと揺れている色鮮やかな海藻を眺めた。入り江にはほかに誰もいなかったものの、はるか遠くの海には船が点在していた。彼女は一時間ばかりそこで穏やかでくつろいだ時間を過ごし、長旅の疲れを忘れた。だが急速に日が落ちていて、崖の突端の後ろに日が沈み、入り江が暗闇に包まれるまでそう長くはかからないことがわかった。彼女はもう一度服を身に着けると、小道まで登っていき、ホテルへ取って返した。

ホテルに着くと、ウエイトレスのジーンが庭園にまたテーブルを並べていた。バトラーがそこに座って本を読んでいた。太ったカップルはすでにパスティスのグラスが置かれている自分たちのテーブルについていた。ピナフォーの小さい女の子は、バレ家の子どもたちの一団を立ったまま眺めていた。彼らの一挙手一投足を思慮深げにじっと見つめている。だが子どもたちが彼女に笑いかけた途端に彼女はそっぽを向き、例のおぼつかないがどこか優雅な足取りで家のほうへ小走りで行ってしまった。シーリアは部屋へ戻って本を取ってきて、自分のテーブルに落ち着いた。

だがあっという間に薄闇がおりて来て、建物の角にある灯はまだ点されていなかったので、彼女は結局数分後には本を下に置かざるをえなかった。煙草に火を点け、ものうげにあたりを見回した。

シーリアが埠頭にいる男女に気がついたのはそんな折だった。すでにあたりはとっぷりと日が暮れており、その距離からではあまり判別はできなかったが、彼らは都会から来た人間のような服装をしており、男のほうは大きなスーツケースを提げているのが見てとれた。とりわけ彼女の注意を引いたのは、二人が苦悩と不安の入り混じった異様な雰囲気でホテルを見上げて立っていたことだった。一、二分躊躇した後、二人はホテルへ向かって歩きだした。

これは一体どういうことかとシーリアは困惑した。というのも、〈ホテル・ビアンブニュ〉に近づいて来る二人が、まるで恐怖にとらわれて歩いているように見えたからだ。

第四章

もっとも、それは馬鹿げた想いだった。きっと彼らは村のホテルに片っ端からあたってみたけどうまく行かず、このままではその夜の宿が見つからないのではと案じているといったところだろう。シーリアが見ていると、彼らは階段を昇り、入り口へ近づいてじっと立っていた。ジーンが不審そうに彼らに近づいて行った。

「マダム・オリヴィエですか?」と男が尋ねた。野太い耳障りな声だ。

「お連れしてきますわ」とジーンが答えた。

「わたしたちはスタインと言います」と男は名乗った。「部屋を予約してあるんですが」

ということはつまり、彼らの絶望的な雰囲気の理由はそのことではなかったわけだ。

ジーンがうなずいた。「ああ、そうでしたか。ムッシュー・アンド・マダム・スタイン。少々お待ちください」そう言うと彼女はホテルの中へ姿を消した。

男はスーツケースを下に置くと、深々とため息をついた。何かきわめて重大なことが完了したとでもいうように。

待っている間、男女は腕を触れ合わせて寄り添って立っていた。シーリアにはまるで二人がお互いの安堵のために寄りかかっているように見えた。入り口からの灯で、男は長身で痩せており、やや猫背で、身のこなしに学者肌の人間にありがちなぎこちなさが見えることがシーリアにはわかった。やつれた理知的な顔はひどく黒ずんでいて、長くてまっすぐな鼻の上には黒い濃い眉がつながっている。女のほうは小柄でぽっちゃりとした体形だが、細い足首と小さい手足が太り気味の体に優美さを添えていた。彼女は髪をほとんど覆っているグレーのフェルトの帽子と、ゆったりしたグレーのコートという、いたって質素なみすぼらしいと言ってもよい身なりをしていたものの、どことなく優雅さが身についているような風情があった。薄闇の中の彼女の丸い小さい顔は青ざめているようだった。

しばらくしてクローデットが姿を現し、二人と握手をして中へ招じ入れた。

彼らが姿を消すやいなやシーリアは、あの疲れて苦悩に満ちた二人を見て自分はなぜ前に会ったことがあるような気がしたのか不思議に思った。実際には彼らに会ったことがないのは自分でもよくわかった。彼らはまちがいなくまるで見知らぬ人間だった。

彼女は本を取り上げると、さっき暗すぎて読めずに断念したことも忘れてまた読もうとした。だが今度も下に置かざるをえなかった。そうこうするうちに偶然ミスター・バトラーが目に入った。彼は見知らぬ男女が消えていった戸口を妙にくいいるように眺めていた。まるで彼もまたシーリア同様、二人に何らかの見覚えがあると直感したかのようだった。

彼はシーリアの視線に気がついて、立ち上がって彼女のところへ来た。

「ええっと、水浴びはどうでした?」

「申し分なかったですわ。ありがとう」

彼は彼女のすぐそばにある椅子に座った。「また電気の供給が停まってるんだと思いますよ。よくあるらしいです。僕がここに来てからだって一度じゃない。みんな蝋燭の灯で食事をしないといけなかった。いや——電流のせいではありえないな」ちょうどそのときシーリアの部屋の隣室に灯が点ったのだ。「とすると、これは単なる不注意ですね。あなたも気づいてると思いますけど、ジャックはほかのことに気が行っていて、仕事にちっとも身が入ってないんですよ」

「あら、わたしはそんなことに気がつくほどここに来て時間がたっていませんわ。あなたはここに来てどのくらいいたつんですか?」

「二週間ほどです。ちなみにあなたはジャックをよくご存じなんですよね?」

「十六のときからずっと会ってなかった人のことなんて、誰だってよくはわからないものでしょ」

「そうですね。わからないですよね。彼は妙なやつですよ。僕が思うに、仕事に対しては醒めていて、不満を抱いていて、そのくせ野心家で、夢想家なんだ」

「あなたは彼を相当危なっかしい性格のようにおっしゃるんですね」

「そうですか?」と言うと彼はシーリアの本を取り上げた。「何を読んでるんです? 『バーチェスター・タワーズ』ですか! 驚いた。こんな場所で何というものを読んでるんですか」

「心の平衡を保つのにはちょうどいいと思ったんですけど」

「トロロープはどうにも僕の手に負えないんで……あ、ほら、あの女性ですよ」シーリアが朝会ったカナダ人の女がちょうど通りかかっていた。

「彼女の名前はご存じ?」

「ジャメですよ。いわばミセス・ネバー——気の毒に、彼女がネバーネバーランドのように考えていたらしい場所に、まちがって迷い込んできたんだ」

女は彼らをはすに見ると、どちらにともなくあいまいな笑みを浮かべただけで通り過ぎていった。

屋外で見る彼女は、前に感じたよりもさらに信じがたいほどはかなげだとシーリアは思った。

「彼女はほんとにとても内気ですよね」

「で、ひどく途方に暮れていて、おそろしく不幸で、だから人を避ける傾向にあるんだ」

シーリアは彼を興味深げにまじまじと見た。「あなたは人にずいぶん関心があるみたいですね」

「えっ、きみはないの？」

「ありますね――確かに」

「で、その関心の範囲は永久凍結されているわけ？」

「おかしなこと言わないでください。ただわたし、そのことがどうペポカボチャの栽培につながるのかしらと不思議に思ったの」

「いいですか、ミス・ケント。僕はペポカボチャで賞を取ったことがあるんです」

「もちろん、あなたならそうでしょうとも」

「え、それはどういう意味ですか？」と彼が怪訝そうに訊いた。「その言い方には何だか含みがある――」

「ええと、何となくわかったんです。あなたのような人が週末のたびに庭いじりをすれば、ペポカボチャで賞をとるのは必然だろうって。だから、遅かれ早かれあなたはその話をわたしにするだろうという気がしてたの」

彼は鼻を指でこすった。「それでもやっぱりその言い方には何かあるね」

「マドモアゼル・ケント――」マダム・オリヴィエの声がした。彼女はピンクのピナフォーの小さい女の子を腕に抱えて彼らのほうにやって来た。「見てちょうだい、マドモアゼル・ケント」彼女は子どもに笑顔を向けて言った。「この子が孫のジュヌビエーブよ。可愛いでしょ？　わたしが言ってたとおりでしょ？　ああ、でもこの子は悪い子で――」彼女はだしぬけに口をつぐむと、その子を地面にどさりと降ろした。「灯が！」と彼女は怒り狂って叫び、建物のほうへ大股で歩み去った。「誰も労を惜しんで灯を点けようとしないのね！」

ジュヌビエーブは突然地面に降ろされたことを自然の成り行きとして受け止め、おとなしくまじめな表情で興味深そうにシーリアを眺めていた。やがて彼女はテーブルに腕を伸ばすと、シーリアの本を引っ張り寄せて、バトラーに贈呈した。

彼はジュヌビエーブに負けず劣らずまじめくさって礼を言い、本をテーブルに戻した。

「彼女はわかってるんですね」と彼は言った。「僕が本好きだってことを。親切にしたつもりなんですよ」

ちょうどそのとき、建物の角の灯が点き、すぐにマダム・オリヴィエが現れた。

「もう誰も何にも骨を折ろうとしないのよ」と彼女はいまいましげに言った。「ごめんなさいね、ムッシュー・バトラー――あなたが座って本を読むのが好きだってことはわかってるのに。それとあらかじめお伝えしておくわね。今日のディナーは遅れるわ。その理由は決まりきってるの。料理人が時間どおりに料理を始めようとしなかったことなの。誰も彼女にそうしろって言わないから。だけどなぜ彼女がそうすべき？　わたしは彼女を責めないわ。つまるところここは彼女のホテルじゃないし、お客様が不満に思ったとしても、お客を失うのは彼女じゃないものね」そう言うと彼女は視線を子どもに落とし、両腕で素早く抱き上げると、猫なで声で言った。「ねえ、わたしのおちびちゃん、わたしの小さなジュヌビエーブ。この子、可愛いでしょう、マドモアゼル・ケント？　この子、誰に似てると思う?」

「彼女はジャックによく似てますわ」

「ジャックに似てると思う、あなた?」

「彼女はあなたにそっくりですよ、マダム」とバトラーが言った。

これが正解だった。「あら、わたしに?」マダム・オリヴィエはあだっぽく自分の頬を子どもの頬に押しあてた。「でもこの子は悪い子なの」とやさしい口調でつけ足した。「生まれつきのいたずらっ子で。つい今朝方も、ムッシュー・バレの亀を鶏小屋の下に隠したのよ」

そこで彼女は子どもをまた下に降ろした。ジュヌビエーブは何食わぬ顔で、庭園の奥に迷い込んでいった犬を捜しに小走りで行ってしまった。

不意にひどく疲れた声に転じて、マダム・オリヴィエは話を続けた。「ジャックの姿を長いこと見かけないでしょう? クローデットでさえ腹に据えかねてる。彼がほとんど仕事をしないから。あの子は仕事に身が入ってないの。たぶん戦争のせいかしら。よくはわからないけど。でもあのカナダ人が来て以来ますますひどくなった。今はあの難破船でひと山当てることしか頭にないわ」

「みなさんのお話に出てくるその難破船って何ですか?」とシーリアが尋ねた。「政府の沈没船の引き揚げ計画か何かですか?」

「政府ですって!」とマダム・オリヴィエは苦々しく笑い、庭園の緑色の椅子のひとつに腰を下ろした。「いいえ、博打《ばくち》みたいなものよ。海底から財宝が引き揚げられるはずなんですって。戦争中にある船が沈没したの。銅器を満載して。なんでも百万フランの価値があるらしいわ。まあ事実そういう船は存在した。でもわたし自身はそんなもの大事だと思わない。わたしが大事に思うのは、お客様をもてなして、おいしいお料理をお出しして、お代金をふっかけたりはしないこと。来年もまた来たいと思ってもらえるようにね。それがわたしの信条なの。そうすれば人は老後を心静かに過ごすことができて、子どもたちに譲るものが多少は残るのよ」

「だけどジャメがあの船を見つけてしまったんですね？」とバトラーが言った。

「ええ、そうなの。あの船を。でもまだ銅器はひとつも見つかってない。そのうえ彼らは、それだけじゃなくて別の船のことも話してる……あら、見て。ムッシュー・ファンダクリアンよ。服を着てないわ。実にぞっとする眺めね。ムッシュー・ファンダクリアン！」彼女は声を張り上げた。「ムッシュー・ファンダクリアン、男の人でもあなたみたいに太ると、裸で走り回る権利はありませんよ！」

彼女がどなっている男が振り向き、にっこりして手を振った。彼は実のところは裸ではなかった。カーキ色の半ズボンを穿いていた。だが確かに彼のむきだしの体は異様なほどに人目を引いた。なぜならそれがやけにピンク色で、やけに太っていて、やけにくぼみがあったからだ。それとおそらくは隆起した彼の腹が、通常の丘の斜面のようになだらかに盛り上がっている体《てい》ではなく、いわば地面から突起したぼた山のように体から突き出ているせいだった。

彼は白髪混じりの縮れ毛の五十がらみの小柄な男で、ところどころに小さい色つきの灯を留めてある長いコードを引きずりながら、彼らのほうへ後ろ向きに歩いて来ていた。

「あれはお祭りのためよ」マダム・オリヴィエがシーリアに説明した。「彼は実行委員会の一員なの。それで浮かれてるのよ」そこで彼女はまた声を張り上げた。「ムッシュー・ファンダクリアン、マドモアゼル・ケントを紹介するわ。彼女、イギリス製の煙草を手に入れてもらいたいかもしれないわ」

小柄な男はコードを下に置き、小走りで彼らのほうにやって来た。めいめいと握手をすると、強いロンドンなまり《コックニー》の英語でこう言った。「わたしはバーティー・ファンダクリアンと言います。イギリス製の煙草がご所望ですかな？　それともアメリカ製？　何なりとお申し付けください。あなたのためにこのわたしが調達しますから」彼は道化じみた恭しさで頭を下げ、小さい灰色の目をきらめかせた。「ポンド紙幣をお持ちですかな？」そう言うと彼は手を伸ばし、強欲そうに金を数えるちょっとした仕種をした。

「用心なさい、マドモアゼル・ケント」とマダム・オリヴィエが笑いながら言った。「彼はアルメニア人よ。あなたが欲しい物は何でも手に入れてくれるけど、それは決して愛のためではないの」

「ああ、何と不公平な」と彼が憐れそうに叫んだ。「それも事もあろうにあなたが！」彼は肉づきのよいむきだしの腕をマダム・オリヴィエの肩に回した。「彼女はいつだってわたしに不公平なんだ」と彼は訴えた。「彼女はわたしを見て笑うし、わたしに対して残酷なんです。こんなにわたしが愛してるというのに」

「あっちへ行って」マダム・オリヴィエは彼の裸の腹を押すと、自分が触った物は一体何だったのかしらとでもいうように、しかめ面をして自分の手をしげしげと見た。「あなたは太りすぎてるの。太りすぎてるんだから、そんなに自分の体を見せちゃいけないの。それは不適切なことなのよ。あなたのような男性は服を着るべきなの」

「でも今日は暑いですし、わたしはこんなにまじめに働いてるんですよ。祭りの照明の飾りつけを全部わたしがやってるんです。それに」と彼は言い募った。「それになぜわたしは太ってちゃいけないんですか？　ついさっきも、マダム・ジャメがわたしのことを、男が太ってるのは規則に反するとでも言いたげな目で見たんです。それでわたしは〝じゃああなたはたぶんご自分の体で好きなところがおありなんでしょうね？〟と言ってやったんです」彼は自分のあまりにも形のよい胸のところで、ちょっとした仕種をして大笑いした。

「あっちへ行きなさい」マダム・オリヴィエが命令した。「胸が悪くなるわ。何か着なさい」

彼はあきらめたように肩をすくめるとシーリアに向き直り、もう一度英語で言った。「あの、何かお入り用な物があれば、すぐお知らせください。わたしが調達しますから。ただこうおっしゃればいいんです。〝ミスター・ファンダクリアン、わたしは何々が欲しいんです〟とね」彼は今度は両腕を大きく広げる仕種をして、できる限りのことはしますよという含みを見せて、しまいに両の手のひらを上向きにして肩をすくめてみせた。「お安くしておきますから」と彼は請け合って小走りで去っていった。

だが美しい灯の付いたコードを拾い上げようとする際に彼はもう一度振り向き、大声で呼んだ。「ムッシュー・バトラー！」それはいたってさりげない口調だった。

バトラーが彼に近づいていき、二人は低い声で話し始めた。彼らが話し合っているのはコードの不具合のことだろうと見ていた誰もが思ったろうが、マダム・オリヴィエは声を張り上げた。「ムッシュー・バトラー、用心して、彼はアルメニア人よ！」

それから静かにくすりと笑うと彼女は続けた。「ほんとよ。彼は絵に描いたようなアルメニア人なの。英語、フランス語、ドイツ語、ギリシア語、それにイタリア語、トルコ語、アラビア語とまあ、一体何カ国語話せるのかわたしにはわからないわ。彼がどこから来たのかもわたしにはわからないけど、ある日気がついたら彼はここにいて、みんなを相手に商売をしてた。ドイツ人が来てからも、彼は仕事を続けてお金を稼いだの。当然アメリカ人からは相当巻き上げたわよ。そうなの、まさに絵に描いたようなアルメニア人なのよ。ところで、彼が来る前何の話をしてたかしら？」

「難破船の話です」とシーリアが答えた。

「ああ、そうだったわ」と彼女はため息をついた。「難破船よ」

「別の船がどうとかっておっしゃってましたが」

「ああ、それね。あんなのはまったくもってたわいない夢物語よ。一隻の船の話は事実。銅器を積んだ船のね。彼らはその船を発見した。ただ問題なのは、銅器が果たして見つかるのかっていうこと。その船は水雷に触れてしまってね。すべての銅器がどこに吹き飛ばされたかは神のみぞ知るというわけ。わたしにはそういうことは皆目わからない。それにたとえそれが見つかったとしても、それを海底から引き揚げられるのかどうかということも。ただ少なくともその船の話は現実。別の船の話は夢もいいとこね。馬鹿げた夢物語よ」

シーリアは話の先を期待して待った。

「あのね、それは百年前に起きたことなの」とマダム・オリヴィエが話を続けた。「ちょうど百年前、南米に向かう一隻の船がトゥーロンを出てすぐに、霧の中で別の船に衝突されて海底に沈んだの。で、この船がいわくつきだったのよ。政府か何かともめごとを起こしたあるロシア人貴族がヨーロッパを離れるというんで、彼が収集した貴重品を一緒に船に積んでいたのよ。たいしたお宝だったらしいわ。ムッシュー・ジャメに訊けばすっかり話してくれるでしょう。彼はそのことを一冊の本を読んで知ったのよ。彼が言うには、ダイヤモンドやルビーや金銀といった財宝が積まれてたみたい。つまりどうやらこのあたりの海はとっても豊からしいのよ」

「それにしてもジャックがどうして仲間に加わってるんですか？」

「あの子が仲間に加わったのは、その話を信じたからよ。彼はムッシュー・ジャメの共同出資者なの」

「わかりました」

「そうでしょ。わかるでしょ。でもジャックにはまるでわかってないの。あの子には濡れ手で粟としか見えてない。ムッシュー・ジャメがある日この話を引っさげてここにやって来て、話を聞いたジャックが彼を信用してホテルに住まわせた。ムッシュー・ジャメは船を持って来ていて、毎日ジャックと一緒に出て行った。で、ある日難破船を発見したの。実に素晴らしいことよ。いつの日かうちの家族はみんなお金持ちになるでしょう。だけどそうしてるうちにホテルが駄目になりだしたの。使用人たちは手に負えなくなるし、お客様たちには不平を言われるし。わたしや夫がジャックに何か意見しようものなら、海底に眠る金銀銅やダイヤモンドの話を聞かされた挙句、干渉しないでくれと開き直られる始末。そのうちムッシュー・ジャメの資金が底を突いたの。するとジャックはあの夫婦をただでここに住まわせた。いい投資なんだと彼は言うの。健全な投機なんだって。元手は全部取り戻せるし、見返りだってあるって。でもね、マドモアゼル・ケント――」彼女はだしぬけにシーリアの手を握った。「聞いて。ジャックをここの支配人に据えてからわたしたちは蓄えをすっかり使い果たしたのよ。だいたい四十万フラン相当だけど。終戦のときにわたしたちに残っていたすべてよ。つまりセラーにワインを蓄えてたのよ。いいスタートが切れるようにね。わかってると思うけど、フランスのホテルは豊富にワインを蓄えてあることが必須で、これはとても大事なことなの。夫はその辺のことをよく心得てた。でも今や空《から》よ――ワインセラーが空っぽなのよ！」

彼女の声が震えだした。シーリアは初めて彼女の息子に対する怒りが根深いものであるのを悟った。

彼女は心底怖くなった。

「あと二週間もすればもう何も残ってないでしょう」と彼女は続けた。「すっかりなくなってしまう――それに何ひとつもとのままではないし、何か買うためにとっておいてるものもないの。だから、お皿やグラスが割れてもずっと補充してないの。お金は入ったそばから出ていくから。いつか海底からダイヤモンドやルビーが引き揚げられるのになぜ使っちゃいけない？　というわけよ。でもね、これはそもそもわたしたちの蓄えだったのよ、マドモアゼル・ケント。あれはわたしたちが残しておいたすべてだった。わたしと夫が。それにもうわたしたちは年老いて前のようには働けない。それでもジャックは息子だからやっぱり愛してるの。実際、どうすればいいんでしょう？　どうすればいいの？」

シーリアが何かおざなりでないことを言おうと考えあぐねて黙っていると、やがて彼女の腕を握っていた力がゆるんだ。マダム・オリヴィエが立ち上がって短く笑った。

「あら、まあ、ごめんなさい」と彼女が言った。「わたしったら、うちの問題であなたを悩ますべきじゃないわね。ともかくそのうち何とかなるでしょう。ジャックは悪い子じゃないの。ただ戦争が始まった頃のあの子の年齢がよくなかった――わかってもらえると思うけど、若すぎたのよ。あの子はまだ何も学んでいなかった。それにドイツ人があの子を三度も投獄したし……それでも一番の問題は結婚よ、マドモアゼル・ケント。あの子は悪い子じゃないの。でもあの結婚は災難だわ。あら、やっとディナーだわ。さあ召し上がれ」

彼女はどっしりした力強い足取りで大股で歩み去った。自分のテーブルへ行ったシーリアは、ラ・マレットの状況が確実に変わってしまったことに思いをめぐらした。

しかしその夜のシーリアは、マダム・オリヴィエに同情心を覚えたにもかかわらず、このフランス人女性の抱える問題をそう長いこと考えるなんてできないと思った。それは関心がないからではなく、今の自分は体に完全に支配されているという感情からだった。最初彼女の体はロンドンからの長旅で疲れ果て、次に慣れない太陽の日差しで温められ、海の爽快な冷たさで神経を静められ、今はおいしい料理とワインのせいで忘我の境地になって眠りに誘《いざな》われている。

シーリアは座って食事をしながらも起きているのがやっとだった。まわりに人がいる感覚がなく、夜の平穏と、空を背景にした黒い松の木々の静寂と、水面《みなも》に映った光のかすかな揺らめきだけが感じられた。ディナーもそこそこに彼女は自分のベッドへと向かった。

たちまち眠りに落ちた。

それからどのくらいたって隣室の声で目を覚ましたのか、彼女にはわからなかった。細長い矩形の窓が月の光でぼんやりと浮かび上がっており、波が防波堤に打ち寄せてはざわざわと音を立てていた。最初のうちその声は彼女の夢に奇妙に混ざり合っていた。その声は二つの部屋を仕切っているドア越しに聞こえてくるのだが、それにしてもまったく苛々するほど不明瞭だった。十分に目が覚めたように思えてからも、聞き取れるのは激しい調子のちんぷんかんぷんな言葉の羅列だった。

彼女はさらにしっかりと目を覚まさざるをえず、これはひどく取り乱した女が今まで聞いたことのない異国の言葉で話しているのだとやっと理解した。

シーリアがこの状況をのみ込むと、男がフランス語でこう言うのが聞こえた。「静かにしろ――お願いだから静かにしてくれ！　それとフランス語で話すんだ。フランス語以外決して話すんじゃない」

女が話すのをやめた。だがすぐに彼女はすすり泣きを始め、男がぶつぶつ言っているのが聞こえた。すると不意にまた女が声を張り上げた。震えていて抑制がきかない様子だったが、今度はフランス語だった。「わたしはこんなところ好きじゃないわ、ポール——好きじゃないの。怖いのよ!」彼はなだめるように言った。「でも最悪の時期は過ぎたじゃないか」「どうしようもないの。好きじゃないのよ」彼女はやみくもに繰り返した。「なぜだかわからないけど無性に怖いのよ」

第五章

翌朝シーリアが目を覚まして最初に思ったのは、内容は忘れたものの昨晩は不穏な夢ばかり見ていたということだった。明け方に埠頭を出て行く何隻かの漁船の音で目を覚ましたのも覚えていたが、再び隣室の声を聞いて初めて、真夜中に漏れ聞こえたあのいくつかの絶望的な言葉のことを思い出した。

今朝の声は正常で興奮していないようだったが、彼らのほうも慎重に声を落としていた。ドア越しに聞こえるシーリア側からの物音に、隣室の二人が自分たちの会話も容易に彼女に聞こえることを察知したかのようだった。

その朝は晴れて陽光がきらめいていたものの、空にわずかに浮かんでいる小さい雲が驚くべき速さで流されており、松の枝がきしんだり揺れたりしていた。防波堤の向こうでは海面が砕けて波頭が立っていた。シーリアが階下に降りていくと、黄褐色の髪をヘアクリップで留め、鮮やかなピンクのドレスを着たクローデットに廊下でばったり会った。

「わたし、何て言いましたっけ?」と彼女が満面の笑顔で言った。「お祭りが終わるまではお天気が悪いはずだと言いましたよね」

「お天気が悪いですって?」シーリアが疑わしげに言った。「あなたはこれが悪い天気だと言うんですか？」

「だってミストラルが吹いてるんですよ」クローデットが答えた。「外はとても寒いんです。今日のお朝食は家の中のほうがいいですよね。庭園では寒すぎますもの」

だがシーリアは、自分はミストラルなど平気なので朝食は庭園のほうがいいと答えた。クローデットが肩をすくめて言った。「どうぞお好きなように。よくお休みになれました？　漁船の音は気になりませんでしたか？」

「船が出て行く音は聞こえました。でもまたすぐに寝ました」

「よかった――だって今日から三日間は夜もおちおち眠れませんからね」とクローデットは楽しそうに言い、厨房に姿を消した。

シーリアは庭園に出て行った。確かに前日よりぐっと冷え込んでいるのに気がついた。寒さを避けられる場所を探して歩き回っているうちに、風は不思議なことに四方八方から同時に吹きつけてくるようで、それほど冷たい風ではなかったとはいえ、彼女が予想していたよりは不快なものだとわかった。

朝食が運ばれる前に、例の太った夫婦――ヴァイアンという名前だとわかった――が庭園に姿を見せた。釣り道具のような物を持っていた夫のほうは村へ向かって出発し、妻はシーリアのそばに腰を下ろすと煙草に火を点け、夫の姿を目で追いながらいくぶん悲しげにつぶやいた。「わたしの夫は釣りに目がなくて」

彼女はえくぼのある柔和で品のいい顔だちをしており、自然な満ち足りた表情をしていた。

「ところで」と彼女は切り出した。「本当なんですの？　イギリスでは夫は妻に忠実だというのは」

虚を衝かれたシーリアは慎重に答えた。「一部そういう男性もいるとは思いますが」

「わたしはそう聞いたのよ」

「たぶんそういうことを言う人はみんな、少し誇張して言ってるんじゃないでしょうか」とシーリアはうまく逃げようとした。

「それでも、それは本当のことなの？　そうじゃないの？　わたしはそれってとってもいいことだと思うわ。フランス人の夫だとそうはいかないもの。あなたはロンドンにお住まい？」

「ええ」

「わたしたちはパリに住んでるの。夫はそこで商売をしてるの。宝石商なのよ。ここに一人で逗留してるマダム・ティシエもパリで商売をしていてね。彼女は婦人服の仕立て屋さんなんだけど。もしあなたがフランスでお洋服を買いたいなら、彼女に頼んでみるといいわ。通貨持ち出し制限があってあなたが苦労してるのはわかってるけど、この間の晩彼女が言ってたの。そういうことならどうとでもなるって。でもイギリスではみんな法律を遵守するのよね？」

「まあ、それほどでも」とシーリアは答えながら、一体マダム・ヴァイアンはそんな情報をどこで仕入れたのかと怪訝に思った。

「みんなとても規律正しいのを知ってるわ」とさらにマダム・ヴァイアンは続けた。「人々は言われたとおりに行動する。ここではわたしたちは何か言われようものなら即座に逆のことをするわ」

ちょうどそのときジーンがシーリアのコーヒーを持って現れた。彼女は上機嫌だった。

「今日は忙しくなります。お祭りが始まりますから」と彼女は言った。「そういうほうがわたしは好きなんです。やることがないと退屈ですもの。始終、人がたくさんいるのがいいんです」

彼女は一杯のコーヒーとパンとバターの皿をテーブルに置くと踊るように去っていった。

マダム・ヴァイアンが続けた。「イギリスには闇市場はないんでしょう?」

「あら、ないとは言いがたいですわ」とシーリアは否定した。

だがマダム・ヴァイアンは聞く耳を持たなかった。「これがとてもいいのよ。闇市場では何だって手に入るの。たとえば、ここではお金さえあれば誰だってムッシュー・ファンダクリアンから精白小麦粉や白パンが買える。オリヴィエ家の若夫婦は朝食に白パンを食べてるわ。わたしこの目で見たのよ。あなたもお金に余裕があれば、好きな物が手に入るわ。わたしの意見では、フランスとイギリスはひとつの国になるべきね。なぜってそれぞれの性質が補完的ですもの」そう言うと彼女は立ち上がり、ふらりと行ってしまった。

シーリアはこの意見を咀嚼するのにちょっと時間がかかり、それから白パンのことに思いをめぐらして、果たしてマダム・ヴァイアンの言ったことは本当だろうか? ジャックとクローデットはそんな物を買うお金をどうして持ってるのだろう? と不思議に思った。

彼女がこのことやらオリヴィエ家の財産になるであろう夢物語のような難破船のことをまだ考え込んでいると、ジャックが庭園に入って来た。彼はシーリアに近づいてきて、彼女の手を握って言った。

「よく眠れました、マドモアゼル・ケント?」

シーリアには、彼がホテル経営者の役を演じており、お客に関心を持つことを彼自身に強いているとしか思えなかった。とにかく彼は何かに悩んでいてうわの空であるように見え、すぐに一言断って歩み去った。

シーリアはコーヒーを飲み終えて煙草に火を点けた。彼女の手元にはイギリス製の煙草がまだ百本くらいあったものの、それが尽きたらどうしたらよいか決めかねていた。フランス製の煙草で我慢するのか、それともファンダクリアンの助けを借りるのか。そのまま座っていると、アヒルの雛の群れがよちよち歩きでやって来て彼女を取り囲み、食べられるものかどうか試すように彼女の足の爪をくちばしでつついた。

それから彼女は散歩に出た。村をぶらりと歩いてみて、自分がどのくらい忘れてしまっているのか、どのくらい見覚えがあるのかを知りたかった。入り口にビーズのカーテンがぶら下がった店が立ち並ぶ通りや、ベランダがブドウのつるにこんもりと覆われたカフェや、絵葉書を売っている売店などはすべて彼女の記憶どおりだった。ただ距離に関しては、彼女の記憶はあてにならなかった。ひどく遠いように感じられたり、意外なほど近くに感じられたりした。もっとも、〈ホテル・ミストラル〉まで来て初めて彼女は、失われた九年間に確実に変貌したものを目の当たりにした。

九年前〈ホテル・ミストラル〉は、長い庭園と、港まで続くヤシの木の並木道のあるラ・マレットではおしゃれなホテルだった。とはいえ建物自体は古ぼけて傷んではいたが。かつては裕福な一家の別荘だったらしいのだが、シーリアの記憶では、その豪奢《ごうしゃ》な雰囲気にはどこかうらぶれた感じがつきまとっていた。それでもテラスには派手な色のペンキが塗られた椅子やテーブルが置いてあり、白いお仕着せを着た給仕たちがいた。そして庭園の散歩道はきちんと整備され、セイヨウキョウチクトウが華麗な花を咲かせていた。

今はテラスにも庭園にも人の姿はなかった。門のそばに二匹のヤギがつながれていて、野放図に伸びた草を食べている。セイヨウキョウチクトウは輝くばかりに美しい花に覆われていたが、散歩道には雑草がはびこり、ベンチは壊れていた。また建物の窓という窓には鎧戸《よろいど》が下ろされ、壁はひび割れて剝がれ落ちていた。〈ホテル・ミストラル〉は戦争のためにずっと閉館になっていたのだが、爆弾や銃撃で損なわれることもなく、廃墟となって残っていた。

だがそれはおよそ親しみのわく廃墟ではなかった。実際、鎧戸の下ろされている窓や朽ちかけた庭園などには、どこか堕落した、いくぶん人を寄せつけない雰囲気が漂っており、穏やかな山吹色の壁に日差しがやけに暖かく明るく降り注いでいることが、かえって陰鬱な気分を誘った。

おそらくはその荒涼とした風景を立ったままあまりにも長いこと眺めていたせいだろうが、歩きだすとすぐにシーリアは、自分が予想外にふさぎ込んでいることに気づいた。ともあれ後でスティーブン・ミラードに出すつもりで絵葉書を買った。彼のことは、彼女がずっと放置してきた問題のひとつになっていた。彼女は彼に手紙を書くと約束して来たものの、一枚の葉書が今の彼女にできる精一杯のことのように思えた。それから、港の向こう側でカーブを描いている道に入って歩きだした。刺すような風をかなり不快に感じ始めていた。

その道を離れ、崖へと続く起伏の多い土地を横切っていくにつれ、その思いはますます強くなった。そのあたりは村のほかの場所より標高が高くなっていて、木々もまばらだった。上着を持ってくるのだったと悔やんだ。最初のうち見渡す限りさびれた場所だと思っていたが、崖の先端まで行って下を見ると、バレ家の全員の姿が見えた。両親と家庭教師の女性と六人の子どもたちが岩の上に座っていた。おそろいの緑のショートパンツに黄色のジャージー姿の今朝の子どもたちは、赤い岩ときらめく海という鮮やかな色の書割を背景に、まるでアクロバットの一団のようだった。白いビーチローブをはおったムッシュー・バレは、例によってほかの家族とは離れて彼らの少し上に座り、何をするでもなく強い倦怠感をにじませている。彼は家庭生活を大きな重圧と感じているようにシーリアには思われた。

シーリアはもう少し先まで行って、それからホテルへと踵を返した。庭園にいるルース・ジャメが目に入った。彼女はなんとか風をほぼよけられる場所を見つけて、座って編み物をしていた。ルースはここに来て話をして欲しいと彼女に手ぶりで示した。

「それで」とシーリアが彼女のそばに腰を下ろすと彼女が言った。「ここの生活はいかがですか?」

彼女は、シーリアには少し悪意が感じられるちょっととげのある笑みを浮かべて言った。「ここの雰囲気は以前と同じでしたか?」

「ああ、もちろんいろいろと変わっていました」

「あなたもきっとそう感じると思ってました。快適じゃないですよね? とても張り詰めてるし。わたしは我慢できません。もしも夫と一緒にここを出て行けるものなら、すぐにでもおさらばするんですけど。残念なことに今のわたしたちには勘定が支払えなくて。だからそうできるようになるまでいないとしょうがないんです。資金が調達できないか様子を見に夫は昨日トゥーロンへ行きました。彼の仕事に興味を持ってくれている人に会いに行ったんです。今わたしたちはとても難しい状況なんです。わたしたちは実際には莫大な財産があるんですけど、まだびた一文手に入れることができてない。夫が小さな銅のひとかけらを引き揚げられさえすれば、わたしたちが欲しいだけのお金を融通してくれる用意のある人たちはきっといるんですが。でもそうこうしているうちにわたしたちは有り金全部を使い果たしてしまった。わたしは自分の宝石まで売り払ったわ。たいしたものではないけど。それでもう今はわたしたち素寒貧なの」

シーリアはあっけにとられて聞いていた。この女が自分の状況をこんなにあけすけに彼女に話すとは予想もしていなかったが、自分のことをどうしても話したいという彼女の切実な思いをあらためて思い知らされ、また同時に、きっと彼女はシーリアがそこにいたことでこの欲求に抗えなかったのだと思い、後になって自分に腹を立てるだろうとも思った。

「小さな銅のひとかけらでも」とルースはやるせなさそうに海を見渡しながら繰り返した。「それがわたしたちに必要なすべてよ――銅のひとかけらがね」

「それが見つかるまでにまだ長くかかりそうなんですか？」とシーリアが尋ねた。

「わからないわ。それにわたしたちにはお金が必要なんです。その仕事を進めるためにも。まあ、この風が吹いてる間は動けないけど。でも今日の午後には夫が帰って来るので、わたしたちの現状がわかるでしょう。たぶんお勘定を払ってここを引き払うことになるでしょうね」

「そこに銅があることに疑いの余地はないんですね？」

「これっぽっちもないわ」とルースは言い切った。「だけど、なにしろその船は機雷に触れたの。だから銅がどこへ散乱してしまったかは神のみぞ知るというわけ。それでもきっとピエールは見つけるでしょう。夫は優秀なダイバーなの。彼は仕事を生きがいにしてる。あなたには奇妙に思えるかもしれないけど、彼にとっては仕事はほとんど芸術なの。夫にその話をしてもらうといいわ。きっとおもしろいから。それとどうやって二隻目の船を偶然見つけたのかという話もね。ある日彼が海に潜ってると、気がつくと奇妙な古い幽霊船のちょうど中央にいたの」

「幽霊船？」

「そう。船の骨組みのようなものだけ残っていたの。百年くらい前に沈没したらしいわ。ピエールはそのことを博物館の本で読んだことがあって、ここに来たときも頭の片隅にあったのね。何か奇跡が起きてその船を見つけるかもしれないって。で、まさにそれが起きたわけ。彼はその船を特に捜してたわけではなかったの。だけどある日気がつくとその船の真ん中にいたのよ。船の肋材（船舶の肋骨。またそれを組み立てる材）に囲まれてね。わたしたちはすっかり興奮したわ。だってわかるでしょ。まさに宝船のようなものなんだから」と言うと彼女はわざとらしい笑い声を立てた。「でももちろんそれは夢物語に過ぎない。だからわたしたちはそれほどのぼせ上がってはいませんし、何か見つかることはあてにはしていない。そりゃあ見つかればものすごいことだけど――まあそれはともかく、銅の話のほうは現実のものです」

シーリアには彼女の口から聞く話は、マダム・オリヴィエからこの間聞いた話とは微妙にちがうように感じられた。それほど突拍子もないことのようには思えなかった。

「大変でしょうね、ただ待つのって」

「そうなの。時々耐えられなくなるんです」と彼女がぼやいた。「それで、ついつい馬鹿げたことを考え過ぎてしまう。わたしたちはその宝船を捜しにここに来たわけじゃないし、そんなのあてにもしていないのに。でも座って編み物をする以外に何もすることがないと、どうしても考えてしまうのよ。なにしろあれは有名な収蔵品だったから。宝石やら絵画やら、金銀の食器やら彫像やらよ。そのほんの少しでも見つけることができたなら、ひと財産築けるかもしれないわ。わたしたち、お金ができたら今まで誰も家を建てたことのない土地にお屋敷を建てようと決めてるの。土地は去年見つけてあるわ。美しい場所で――」彼女はそこで言葉を切り、シーリアの肩の向こうを見つめた。

シーリアが振り返ると、昨晩遅くに到着した二人がホテルを出て行くのが見えた。

彼らは庭園を横切り、外階段を降りると視界から消えた。

ルース・ジャメが不意に黙り込んだように見えた。ややあってシーリアが尋ねた。「あの二人をご存じなの？」

「スタインさんという名前だということしか知らないわ」

「あの二人には何か妙なところがありますよね」とシーリアが切り出した。「何かはよくわからないけど、どことなく……怯えてるというか、たぶんそのせいかしら」

ルースが肩をすくめた。「わたしには、心に悩みを抱えた、いたって平凡な人たちに見えますけど」

「そうとも言えるけど。彼らはどこの国の人でしょうね？」

「スイス人だとジーンが言ってるのを聞いたわ。今年はフランスを旅行しているスイス人がとっても多いの」

「昨日わたしが着いたときに、入れちがいに出発しようとしていた二人連れがいたんですけど、あの人たちもスイス人だったのかご存じ？」

「男性二人のことを言ってるんですか？　背の高い人と小さい人と。そうね、彼らもスイス人だと思いますけど、なぜ？」

「ただ何となく話のついでです。さっき怯えてる二人連れの話をしたので」と言うとシーリアは立ち上がった。朝のうちずっと胸の奥のほうで燻っていた憂鬱な気分が高じてきていた。彼女になぜ自分は苛立つのかと不思議に思った。

おそらくはルースがどうしても彼女に話を聞いてもらいたいと口では言いながらも、その実彼女に対して敵意を抱いているのを感じとったせいだろう。ルースは彼女に何かを訴えようとしており、それでいて彼女を寄せつけないように感じられた。だがそれでもまだシーリアには、自分にとって何が問題になっているのかわからなかった。たぶんお天気のせいだろうか。まるで始終つきまとう鬱陶しいありがたくない感情のように、人を決してそっとしておいてくれずに繰り返しいたぶって来るこの風。そしてそれに伴う、太陽の輝きとは裏腹な冷気。とにかくそれが何であるにせよ、何かの調子が狂っていた。

水浴びに行くという考えもことさら魅力的には思えなかったものの、やがて彼女は用意をしてあの小さな入り江へ行った。昨日ほど閑散とはしていなかった。崖に出ると、水の中にいる二人の人間が見えた。一人は少し離れたところで勢いよく波を切って泳いでいて、もう一人は岩場の近くの浅瀬にいた。二人はスタイン夫妻だった。

シーリアが岩場を滑り下りていくと、鮮やかな花柄のツーピースの水着に白いゴム製の帽子をかぶったスタイン夫人が水中から出てきて、驚いたことにすぐさま彼女に話しかけてきた。

「水がとっても冷たいですよ。信じられないくらい！」スタイン夫人は帽子を引っ張って脱ぎ、髪を無造作に振った。ぽっちゃりした肩に輝くような金褐色の巻き毛が垂れた。「あれ以上水の中にいたら死んでしまうわ」と言いながらも彼女は笑っていて、昨晩あれほど青白かった顔の色も今はピンク色で快活そうに見えた。「見てください。わたし、恐ろしく白いでしょ？　死んだ鶏みたいに。きっと何カ月も太陽の光を浴びてないんだろうとみんな思うでしょうね。でもたとえ何週間もここにいても、わたしが美しい小麦色になることは決してないと思うのよ。まず最初に真っ赤になって、次に鼻の皮が全部剝けて、それから悲しいことにまた青白い色に戻るんです。ただし、まるで誰かに泥を投げつけられたみたいな大きなそばかす付きで。この肌の色がわたしの大きな不幸なんです」

彼女はまた楽しそうに笑って、鮮やかな色の髪を太陽にかざした。実際には、彼女の肌の色は彼女の大きな魅力で、彼女自身もそれを熟知していた。ぐっすり眠ったせいか何かのおかげで、燃え立つような髪の色やクリームのようになめらかな肌や、緑色を帯びた茶色の珍しい瞳の色のほうが、何か謎めいている恐れの原因となっているものよりはるかに重要だと、さしあたって彼女が思うことができたかのようだった。

「水の中に入るんですか?」と彼女が尋ねた。「警告しておきますけど、凍えますよ。死にそうですよ」

「あなたのご主人は楽しんでらっしゃるようですけど」

「ああ、彼は何でも楽しめるの。最悪であればあるほどいいんです」スタイン夫人はそう言って両腕をごしごしとタオルでこすった。「彼は困った人で、おかしな人なんです。自分で災いを招くようなことばかりしてる。もしも目の前に煉瓦塀があれば、止められるまで頭を塀に打ちつけるような人なんです」夫の奇行を恥じらいながらもやさしげに自慢げに語る彼女の瞳はきらきらしていた。まるで恋を知り初めた若い娘のようだった。「ごめんなさいね」と彼女は続けた。「わたしまだ自己紹介もしてなかった――わたしはスタインと言います。チューリッヒから来たんです、夫とわたしは」

「あら、じゃああなた方もスイス人なんですね」

スタイン夫人は前かがみになって両脚を拭き始めた。髪が前に垂れて彼女の顔が隠れた。

第六章

一瞬間があってスタイン夫人が言った。「でもあなたはスイス人ではないんでしょ？」

「ええ、わたしはイギリス人です」とシーリアは答えた。

「あなたさっき〝あなた方も〟と言ったでしょ。だからわたしはもしかしてと――」

「先週、ホテルにスイスの方が二人逗留していたんです」

「ああ、なるほどね」スタイン夫人はうなずくとまた背筋をしゃんと伸ばした。頭を下げていたために顔が紅潮して見えた。「わたしは一度ロンドンにいたことがあるし、夫のほうはもっとよく知ってるわ。彼はロンドンで学生時代を過ごしたの。そのことで思想に深い影響を受けたって言ってる。もっともずいぶん前のことだけど。世界が今よりもっと希望に満ちた場所に思えた頃。今は幸福な人というのは無関心な人たちだけよ。勇気が必要なときでも。わたしもたいていのことには無関心になったけど――現実の世界と自分の気持ちの歩調を合わせるなんて所詮無理ですもの――それでも勇気を失うのは不幸なことだということはわかってます」

彼女はタオルを岩の上に広げて座り、顔を太陽のほうへ向けた。

「それはそれとして泳いでらっしゃいな。冷たい海がどんなものか様子を見てきたら」そこで彼女は言葉を切って、また続けた。「わたしは悲観主義者なんです。夫に言わせれば。ということは誰もわたしの言うことに耳を傾ける必要はないということ。とりわけわたしのような悲観主義は合理的な根拠などなくて、不意に沸き起こるんですから。なぜならわたしが始終幸せになることを期待してるからです。幸せであることが至極当然のことであるかのように感じるんです。それなのに現実にはそんなことそうそうあることではない。でもそれでも――」彼女は微笑んで視線を爪先に落とした。「ときにはとても幸せを感じるときがある。だからたぶんわたしは幸運なんでしょうね」

「それはかなり幸運だと思いますよ」とシーリアは相槌を打ち、彼女に好感を抱いた。スタイン夫人が自分と話そうとしてくれたことが嬉しかった。「でもそれってずっと覚えておくのが難しいことのひとつですよね――合間合間にしか思い出さない」

「あら、じゃあああなたもわたしと同じタイプの人なの?」スタイン夫人はシーリアをまじまじと見つめた。「そう――あなたがわたしほどそのことをあまり口にしなくても当然よね。わたしはいつだってしゃべり過ぎてしまうのよ。どうしようもないの。時々はしゃべってるときだけが現実に思えるときがあるくらい。でもそのせいで人からは真実味がないように見えるのかもしれないわ。思いついたことを口に出さないと気がすまない性分のためにね。それで、つじつまの合わないこともずいぶんしゃべってしまうみたい。で、間の悪いときにわたしの言葉が真剣に受け止められて、おそらくは不誠実で不正直だと思われる。それで夫にはずいぶん苦労をかけてます。彼は心が強健で、きちょうめんで、実におもしろいんです。わたしはそこでのべつまくなしに岩を浸食している波のようなものです。ただ、人は誰も岩ではありえないんだけど」

「マグダ!」海のほうから声がした。「マグダ!」

それは警告を発するような声だとシーリアは思った。スタイン氏が浅瀬の岩の上を用心して歩いて来た。彼はひどく痩せており、もし泳いでいる姿を見ていなければおそらくシーリアは、あまり体力はなさそうだが、ただ異常に神経の張り詰めた、気力のみなぎった男だと思ったことだろう。

彼は妻がシーリアと話しているのを見て少しも喜んでいないようだった。ただし礼儀正しい男だったので、厳粛な面持ちで彼女と握手をした。

「水は冷たいですが実に快適ですよ」と彼は言った。「まあたぶんあなたは冷たいとさえ思わないかもしれません。北のほうの海に比べたら」

「でも見当ちがいだったわ」と妻が言った。「物事って決して思いどおりに運ばないものね。北のほうの海に比べても恐ろしく寒いわ。単純にここのほうが暖かいはずなのに。やっぱりわたしたちの身体は温度計じゃないのね。あなたはいつだって想像力というものを過小評価してるのよ、ポール」

「きみの場合はちがうからね」と彼が妻に微笑んだ。

「それでもあなたはわたしから何も学習しないのよ」

「いや、それどころか僕はずいぶん学習してきたよ。ものすごく慎重に考えたり話したりすることをね。それは僕にとっては生得のことではなく、身につけるよう強いられてきたものだ。ときとして僕の足下の地面を確固としたものにしておけるようにね」

彼女が声を上げて笑い、彼らは長いこと見交わしあった。さながら愛情に目覚めたばかりの若い恋人同士のようだった。

シーリアは用心して岩場を進み、水の中に滑り込んだ。海の水は冷たかった。その冷たさにはイギリスの海ほどの衝撃はなかったろうが、スタイン夫人に同意したいと思った。それでも水深が十分に深くなるとすぐに彼女は泳ぎだした。少しだけ泳ぎ、スタイン夫人の意見に賛成だと叫ぶつもりで振り返った。二人が急いで荷物をまとめて立ち去る準備をしているのが目に入った。

彼女はさらに先へと泳いだ。崖がもはや風を遮ってくれない地点まで来ると、冷気にほとんど耐えられなくなり、向きを変えて岸まで引き返した。スタイン夫妻の姿はすでになかったが、あのイギリス人のバトラーが岩の上に座って彼女を見ていた。

水から出た途端にシーリアは、まるでそれまでずっと抑えていたかのようにだしぬけにしゃべりだした。「どうしたの？ みんなどうしたというの？ 何が起きてるの？ カナダ人のダイバーと妻と財宝を積んだ船、親に感謝しない息子夫婦と心配性の両親、夜中に死の恐怖を語る声、イギリスとフランスがひとつの国になるべきだと考えてるフランス女、幸運の亀、話すべきでないことを話すといけないので妻がわたしと話すのを恐れている夫……」そこで彼女はタオルを取り上げると体をごしごしこすりだした。「これって、人が休暇を取りに来て期待するようなこと？」

「亀を除けば」バトラーが言った。「別にいいんじゃない？」

「別にいいんじゃない？」シーリアが甲高い声でおうむ返しに言った。

「僕には、人がごく普通に経験することを切り取ったものに聞こえるけど」

「じゃあ、そうだとして」とシーリアが言った。「亀はどこがちがうの？」

「亀にはファンタジーの色合いがあると思うんだ」

「貴重なご意見をどうも。で、ほかのことはすべて普通のことだというの？ あなたのいわゆる〝人が経験すること〟って、相当かたよったものだったにちがいないわね」

「そんなことはないよ。そういうことを普通でないように思うのはたぶん、単に急激な環境の変化のせいできみの想像力が働き過ぎてるせいだ」

「えーっ、また想像力の話？　あなた、スタイン夫人と話が合うんじゃない？」

「スタイン？」

「あのスイス人の夫妻よ。昨晩着いた」

「ああ、そう。彼らはスイス人なの」彼はポケットから煙草の箱を取り出し彼女に差し出した。「まさやけに人畜無害な国籍だな、スイスとは。ほら、皮膚を剝がそうとするのはやめときなよ。また再生するのに長くかかるぜ。それよりさっききみが言った夜中の声って何だい？　死の恐怖を語るとかいう」

「あら、ごく普通のものよ」とシーリアはすまして言って煙草を一本取り、岩の上にしゃがんだ。「毎晩聞こえるような類《たぐ》いのね」

彼が唸った。シーリアは隣室から聞こえた言葉を彼に話した。当初彼女はこのことを誰にも話すつもりはなかったのだが、口に出してしまわなければ、彼女の間近にあったこの恐怖の念に自分が取りつかれ始めるだろうと気づいたのだ。

「で、それに対するきみの解釈は？」彼女が話し終えるのを待って彼が訊いた。

「特にないわ」

「まさか。きみは曲がりなりにもジャーナリストだろ？　何も思いつかないのかい？」

「馬鹿にするのはやめて。とにかく確かに聞いたのよ。今話したことを。その後悪夢を見たわ」

「それ自体が夢じゃなかったのは確か？」

「きわめて確かよ」

「まあ、いたって単純に説明がつくと思うけど」と彼は言った。「たとえば、スタイン夫人はずっと病気を患っているのかもしれない。彼女はガンで、その手術をしたと仮定すると——夜間にそのことで恐怖にかられるのもありがちなことかもしれない。するとむろん夫は彼女をなだめるだろう。最悪の時期は過ぎたと言ってね。たとえ彼自身にも確信はなかったとしても」

シーリアは身震いをして言った。「かわいそうに。あなたの見立てが正しくないことを祈りましょう。それでももしそういうことだったとしたら、彼はなぜ妻にそんな言葉を話すなとか言うわけ？　それが何語にせよ」

「そう聞いたのはまちがいないのかい？」

「ええ、さっきそう言ったでしょ」

彼はシーリアを探るように見た。まるで彼女の半ば目覚めた状態での記憶が信憑性のあるものかどうか判じようとしているかのように。やがて彼は目をそらすと、歯のすき間から軽く口笛を吹きだした。ややあって彼が言った。「今にも嵐でも来そうに見えないかい？　そうなりゃお祭りが台無しだ。なかなかたいしたイベントだよ、このお祭りは——ローカル色満載のね。きみの新聞用に写真を撮るとか何かするつもりかい？」

「その手の新聞じゃないのよ」

「そうじゃない？　じゃあどういう種類？」

「〈ラブリー・ウーマン紙〉って言うの。わたしは副編集長なのよ」

「これは、これは！」

「題材は厳選されてるの。わかると思うけど」

「ああ、当然だ」

「ちなみに文芸と言えば、あなたがいつも読んでるのは何？」彼女は彼が例によって小脇に抱えていた本に腕を伸ばした。

それは『失われた時を求めて』の第二巻だった。

彼女はさっきの彼の言葉をそっくり真似て言った。「これは、これは……じゃあ、あなたには教養が足りてないというわけ？」

「そうさ。でも目下その状況を修正しようとしているところだ。僕はこれを死ぬ気で読破するよ」

「全十二巻をということ？」

「そう、全十二巻をだ」

「でも今じゃないわね。今回の休暇ではない」

「なぜ今回の休暇ではないと？」

「徒歩旅行のリュックサックで全十二巻を持って来たはずがないもの」

「どうして？」

「だいたいあなたには徒歩旅行にまじめに取り組むつもりなどないように思えるのよ」

彼はだしぬけに笑った。そして立ち上がると彼女を見下ろして言った。「たぶんそれもまた、きみの高揚した想像力のせいで、普通のことでもすぐに猜疑心をもって見てしまう別の事例だな」

「ああ、そうでしょうとも」

「それはともかく、あそこに見えるあの雲は想像の産物ではない。すぐに雨が降りだしても不思議じゃないよ。もうホテルに戻ったらどうかな？」

シーリアは空をじっと見た。右手の崖の上を、暗い灰色の雲の縁が驚くような速さで上昇していた。

彼女は立ち上がると急いで荷物をまとめだした。

ホテルへ向けて戻りかけてほんの数分後、最初の雨粒が落ちてきた。最初のうち雨はぱらぱらと降っており、松の木々や灰色の地面に当たって鈍い音を立てていた。それに伴ってある静けさに包まれた。風はやみ、セミの声は不意に静まり、温かくじっとりした静寂があたりに立ち込めた。唯一聞こえるのは雨が小さくはねる音だけだった。やがて稲妻がすさまじい閃光を発して空をまっぷたつに裂き、続いてすぐに雷が轟いた。

シーリアとバトラーはさらに足を速めたが、それでもホテルに着くまでには土砂降りになっていた。彼らは走って庭園を横切った。だがホテルの入り口に着くと、ひどく取り乱したムッシュー・バレに彼らの行く手は遮られた。入り口の階段に立っている彼は、白いビーチローブの前がはだけて、筋骨たくましい胸にびっしり生えた三角形の胸毛が露《あらわ》になっている。彼の顔を雨が涙のように流れ落ちていた。

「ジジが！」と彼は叫んでシーリアとバトラーの腕をつかんだ。「ジジを見なかったかね？　彼女がいないんだ――ジジがいなくなってしまった！　ほら、みんなで彼女を探すんだ！」

どうやってやり遂げたかは謎だが、彼は五分程度でホテルにいるほぼ全員を土砂降りの中での彼の亀探しに駆り出した。彼のあまりに激しくて手が付けられないヒステリーぶりにみな困惑しながらも仕方なく捜索に加わったものとシーリアには思われた。彼はまるでペットの動物が見つからないと言って泣き叫ぶ子どものようになっていた。ビーチローブをはためかせながら庭園をあちこち走り回っては絶望的な小さな叫び声を漏らした。だが運のいいことにものの数分で鶏小屋の下に巧妙に隠れているジジが見つかった。またジュヌビエーブが彼女をそこに隠したことは大いに考えられた。ムッシユー・バレのさっきまでのヒステリーは上機嫌な笑い声に変わり、ジジはみなの手から手へと渡っていった。彼女の甲羅を撫でると幸運がもたらされるからと彼が強く薦めたのだ。

ホテルの中に入ったシーリアは、食堂の開いているドアから、ムッシュー・バレの強制徴兵式のやり方にあらがった人間を見た。ミスター・ファンダクリアンが乾いた快適な服を着てバーに座っていた。今朝はこざっぱりしたネイビーブルーのスーツというきちんとした格好で、隆起している腹の上にペールブルーのネクタイが優雅に垂れている。

彼はシーリアとバトラーを見ると一緒に飲もうと声をかけて来た。二人とも濡れた服を着替えたら喜んで合流すると答えた。シーリアは部屋に戻ってスラックスとウールのジャンパーに着替えてまた降りて行った。バトラーはもうそこにいた。ミスター・ファンダクリアンは飲み物を注文すると、〈ゴールドフレーク〉（インド発祥の煙草）の箱から二人に煙草を勧めた。

「船から調達して来たんですよ」と彼は説明した。彼は英語で話すほうが好きなようだった。「あなたたちの分も都合しますよ。もしよかったら。パトリスからも手に入れることはできる。もしよかったら。その先の彼のカフェで。だがあの男は百七十フラン払えと言うでしょうな。わたしは百十でお分けしますよ。適正な価格で商売するのが好きなんでね。ぼったくりたくはないんだ」

シーリアはちょっと計算をして言った。「百十って……でもそれはわたしの地元で買うより安いですわ」

「今、何とおっしゃいました？」ミスター・ファンダクリアンは聞き捨てならないといった調子で言った。

彼女は同じ言葉を繰り返した。

アルメニア人はスツールの上でいくぶん姿勢を正した。

「ではお国ではこれにいくら払ってるんですか？」彼は疑わしげに訊いた。

「三ポンド六ペンスです」

彼は長く低い口笛を鳴らした。彼の顔には、当惑と苦痛と大急ぎの計算とが入り混じったきわめて奇妙な表情が浮かんでいた。闇商人にとって、お客が通常支払っている金額より現に安い金額で自分が商品を提供しようとしているとわかることは、いかにもぎょっとする体験にちがいないとシーリアは悟った。もっともミスター・ファンダクリアンはその感情をのみ込んできっぱりと言った。「百十でご用意しますよ。二言はありません。いいですか？　わたしはイギリス人のようなきちんとした商売をするんです。約束します。絶対です」

「それはよかった」とバトラーが言った。「もう一杯飲みましょう」

やや深く息をつきながらミスター・ファンダクリアンがうなずいた。

「じゃああなたは船から物を調達してるんですね」とバトラーが言った。彼はすでにパスティスをもう一杯注文していた。「税関の手続きで何か面倒なことはないんですか？」

「いいえ、とてもいい人たちですよ。ここの税関の人たちは」とファンダクリアンは答えた。「わたしは彼らを欺くようなことはしないんですよ。いいですか？　すべて正々堂々とやるんです。それがまっとうな商売のやり方ですよ。彼らのところへ行って、友人に会いに船まで行くつもりだと伝えるんです。で、もしかしたら何か受け取るかもしれないと言う。煙草とか精白小麦粉とか米とかを。すると〝わかった〟と彼らは答える。〝行ってよろしい、ミスター・ファンダクリアン〟。後日、おそらく彼らがわたしに言うんです。〝今週末にうちでちょっとしたパーティーをやるんだがね、ミスター・ファンダクリアン。白パンが少し欲しいんだよ〟とね。まあ、当然わたしはノーとは言いません。どうです？」

「いいですね」

「そう、いい人たちなんです。ここの税関の人たちは」とミスター・ファンダクリアンはうなずいた。「わたしは彼らとは非常にうまくやっている。でも今からおもしろい話をします――来年わたしはこのラ・マレットで自分のホテルをオープンします。ここみたいなのじゃなくて。わたしのホテルはすべて極上で一流です。おいしい料理はもちろんのこと、あらゆる物が最高級で、しかも値段は妥当で。来年ラ・マレットにいらしたら、ぜひうちに来てください、ね？　手紙を一本書いてください。ラ・マレットのミスター・バーティー・ファンダクリアン宛に。お部屋が必要ならそうお申し付けください。お取りしておきますので。わたしが自ら手配しますよ」

「ご親切にどうも」とバトラーが言った。「それはあの〈ホテル・ミストラル〉を再開するんですか？」

「あの古いホテルを？」とミスター・ファンダクリアンは馬鹿にしたように言った。「いいえ、わたしは新しいホテルを建てるんです。さっきも言ったようにすべて一流のね。で、さらにおもしろいことをお話ししましょう。わたしはラ・マレットを正真正銘の夏の避暑地にするつもりなんです。みんながニースやカンヌに行かずにここに来るようにね。今誰があそこに行きたいと思いますか？　何でも高すぎます。でもここならわたしがすべて込みで妥当な価格で提供できます――たぶん一日にまあ千フランくらいお支払いいただければ。しかも幸運なことにフランはもっと安くなるでしょう。するとさらに外国人がやって来ます。わたしはイギリスで宣伝を打つつもりです。でも聞いてください。

一番の宣伝はお客様が満足すること——とわたしにはわかっています。わたしはホテル業がよくわかってるんですよ。ここの人たちとちがって。マダム・オリヴィエはそこのところをよく心得ていた。それからパトリスも。だがここの若い人たちときたら……」彼は軽蔑したように頭を振った。

「パトリス？」とバトラーが訊き返した。「入り江の向こうで小さいカフェをやっている男のことですか？」

「そうです」

「彼はもう少しで殺人事件に関わるところだったんですよね？」

ミスター・ファンダクリアンの顔がうつろになった。「殺人？ わたしはそんな話は初耳です」

「彼の仲間が関係しているようですよ」

ミスター・ファンダクリアンは頭を振って言った。「知りません。わたしが知っているのは、パトリスはホテル業のいろはがよくわかってるということだけです。わたしが彼のことで知っているのはそれだけだ。わたしもホテル業はよくわかっていますよ。ここに来る前に十五年間ホテル業界で働いていましたからね。ですからわたしのホテルにお出でになれば全部一級品なのがわかりますよ。うちに来てみたいと思われたら一筆ください、ね？ ラ・マレットのミスター・バーティー・ファンダクリアンまで」そう言うと彼はスツールから滑り降り、片手を上げて形ばかりの挨拶をして急いで出て行った。

「わたしたちの小柄な友人はあなたの話に怖がって逃げてったみたいね」

「どうやらそうみたいだ」とバトラーが答えた。

第七章

「それはそうと」としばらくしてシーリアが言った。「さっき言ってた殺人って何なの？」

「マダム・オリヴィエに訊くといいよ」とバトラーが答えた。「僕は彼女からその話を聞いたんだ。このパトリスという男にはトゥーロンのならず者の知り合いがたくさんいて、しょっちゅう彼らを派手にもてなしていたらしい。ある日警察が、そういう仲間の一人で殺人容疑で指名手配中の男を捜していて、パトリスのカフェに潜伏しているのを見つけたんだ。パトリスは殺人の件についちゃあ自分は何も知らないと言い張った。その男は単に女房から隠れてるんだろうと思ってたとね。男は間一髪で逃げたらしいんだが」

「なるほど確かに彼は、ホテル業というものを十二分に理解しているみたいね。あなたは、その話本当だと思う？」

「まあ、このあたりの人間は訪問客を楽しませるという仕事をやや必要以上に真剣に引き受ける感じがすることは時々あるよ。それでも一般的に言うだろ。南に行くほど話は半分に聞いておいたほうがいいとね。もっとも僕はこのパトリスを見たことがあるけど、こいつはうかつに手出しできない相手みたいだな」

「ということは、わたしたちが考慮すべき驚くような出来事がまだあったというわけね」

「それがかなり昔のことだというのを除けばね」

「ミスター・ファンダクリアンがまったく無関心ではいられない程度にね」

「何が言いたいの？」

「何も」と言いながらシーリアの目はドアをじっと見ていた。今しがた彼女は奇妙な出来事を目撃したのだ。ジャックとクローデットが廊下でばったり顔を合わせ、ジャックが彼女に腕を回して接吻をした。食堂には人が大勢いてドアが開いているのもわかっていたにちがいないのだが、彼らは何の遠慮もなく自由奔放に二人だけの世界に没入していた。そのときマダム・オリヴィエが廊下を通りかかった。その顔は苦痛と嫌悪で歪んでいた。「それでもここには何か不穏な空気が漂ってるわ。不穏で悲劇的な」

その日彼らは屋内でランチを食べたが、とてもじゃないが快適なものとは言えなかった。というのも、そもそも食堂が収容できる限界まで人を入れることを意図しては作られていなかったからだ。混雑し過ぎているところへもってきて、バレ家の子どもたちが立てる騒音や、テラスに叩きつける雨の音が神経を苛立たせた。おまけに料理ときたら驚くほど粗末で乏しかった。ジーンにもそれがよくわかっていて、不平を訴えるようにあからさまに抵抗を示す仏頂面で、テーブルに皿をどんと置く始末だった。

何かが公然と口に出されることはなかったものの、そこかしこでぶつぶつ言う声が聞こえていた。シーリアはできる限り速やかに退散して階上に上がり、読書をしようとベッドに落ち着いた。そうしているうちにスティーブン・ミラードに送るためにその朝買った絵葉書のことを思い出し、バッグから取り出した。だが誰かを励ますようなメッセージが書けるような気分ではないことがわかった。約束を守るためとはいっても。

やがてスタイン夫妻が部屋に戻って来て押し殺した声で会話を始めたのが聞こえた。彼らは声を落としており、彼女も最初のうちはたいして関心を払わなかったのだが、これは休日の夫婦の普段の会話ではなく、関与している二人にとってはひどく重大なことを議論しているのだという思いから逃れられなくなった。しばらくすると会話はシーリアにはすすり泣きとしか思えないものによって中断された。やがてはっきりした声でスタイン夫人が叫んだ。「あれはあの宝石とは何の関係もないことだけど、警察に行ったほうがいいことはわかってるわ！」

シーリアは読んでいる本に気持ちを集中しようとした。会話の声はまた低くなった。それでももう本は読めないことが自分でもわかった。彼女は落ち着きなく立ち上がると窓辺に行った。

鮮やかな色の入り江が灰色の雨に洗われて、陰影のない単調な色調にやわらいでいた。海面に雨粒がはねてあばた模様ができている。彼女は奇妙な疲労感を覚え、しばらくじっと外を眺めていた。不意にこの地を去ることを考えた。あとになって、あのとき鞄に荷物を詰めて立ち去る決意をすべきだったのにと思うことが時々あった。まるでスタイン夫人のあの鋭い叫び声はほとんど意図的な警告のようなものだったのだと。

三時半頃に雨はやみ、太陽の光がテラスに照りつけ、地面からは水蒸気が立ち上った。シーリアは階下に降りて行き、椅子の上に立ってドアの蝶番に何か修理を施しているムッシュー・オリヴィエのそばを通りかかった。

「たぶんいよいよお祭りが始まるんでしょうね」とシーリアが言った。

彼が椅子から降りた。「たぶんね。でもまた嵐になるかもしれんがね」そう言うと彼はためらいがちにつけ足した。「今から僕の絵を見に来ないかね？」

彼女は即座に同意して、彼と妻が住む地下の小さいアパートへ一緒に降りて行った。

アパートには部屋が二つあり、どちらも天井が低く白い漆喰の壁で、過剰に家具が備え付けられた、しみひとつないきれいな部屋だった。いくつかある小さい窓はブドウのつるに半ば覆われ、そこから緑がかった薄暗い光が差し込んでいた。シーリアが絵を見るのに十分な光を採り入れるために、ムッシュー・オリヴィエは立ったままで庭園へのドアを開けておかねばならなかった。

絵はすべて近所の風景を描いたものだった。松の木々と岩を描いた一連の絵や、崖の亀裂を描いた絵や、一面の空を描いた絵や、松の木々と枝越しに見える海を描いた絵などだ。シーリアにはどの場所を描いたものか特定することができた。すべて強い愛情を込めて描かれており、いっさいの技巧は凝らされていなかった。ムッシュー・オリヴィエは控えめにではあるが嬉しそうに絵を披露した。シーリアが、楽しんでいらしてるなら何よりですと言うと、彼は肩をすくめて微笑んだ。

「少なくとも暇つぶしにはなるよ」彼はそう言うとまたキャンバスを積み重ねた。「昔はこういう時間が十分にとれなかった。仕事を抜け出して崖に絵を描きに行くと決まって妻に文句を言われたからね。でも今はほかにやることがないんだ」

「じゃあどっちがいいですか？　時間があり過ぎるのとなさ過ぎるのとでは」

彼は意味ありげにまた肩をすくめた。「僕たちはもう年寄りだ、マドモアゼル・ケント。以前のように仕事を全部こなすのは難しいだろうね。ジャックが戻って来たとき僕たちが望んだのは、みんなで仕事を分担することだった――つまり僕は仕事もするし絵も描くと。だが当然、若いもんは年寄りにうろうろされるのは居心地が悪いんだ。それはわかるよ。だからそれについちゃ文句は言わんよ。

あの二人が仕事にまじめに取り組んでくれさえしたら、僕も妻も何も言わないよ。だが見てのとおりだよ、マドモアゼル・ケント。僕たちは蓄えを全部彼らのためにつぎ込んで、手元に何も残ってない。まったく何もね。もしホテルが倒産でもしたら僕らはどうしたらいいのかね？」

「そうなる前になぜ彼らとホテルの経営を交代しないんですか？」

「ひょっとしたらその可能性もある。でもそうなったらジャックはどうなる？　息子はどこへ行くのかね？」

「たぶん彼にとってもいいことですわ。ちゃんと自立するのは」

「うん、うん、僕にもわかってる。それは考えた。いかにも正論だ。でもそれでも血のつながった息子だから難しいんだよ。それにたぶんこの問題の大半は僕たちのおちどだ。だから息子を罰するような真似をするのはまちがいなんだ。幼いときにあれを甘やかして手をかけ過ぎた。そこへもってきてあの嫁だよ。息子が面倒なことに巻き込まれても、あの嫁は息子と離れずにいるだろうか？　息子のほうは嫁にぞっこんだがね。こういうことをあれこれ考えとると一晩中眠れんときがあるよ」

「彼が面倒なことに巻き込まれると思うんですか？」

彼は肩をすくめて両手を広げてみせた。「あの子は意志が弱くて怠け者で、手っ取り早く金持ちになりたいと甘いことを考えている……それでもあれはうちの息子だ。何が賢明で正しいことかを考えるのは簡単なことだよ。だがそれを行動に移すのは、それが実の息子となるとそう簡単にはいかないんだ。そのうえ孫のことがある……もしジャックを追い出すことになったら、当然あの子を連れて行くだろう。妻がそれに耐えられるのか僕にはわからん。だいたいうちの息子は悪い子ではないんだ、きみにもわかってると思うが――ただまじめじゃないんだ。ひょっとしたら僕らは息子に出て行くよう言い渡すかもしれない、そうせざるをえないかもしれない。だがそれでもまだ僕にはわからない……」彼はすでに幾度となく考えてきて、今さら考えても新たに何の意味もないようなことをとりとめなく思いめぐらしているようだった。「戦争のせいなんだ」と彼はつけ足した。「戦争が始まった頃の息子の年齢がよくなかった……が、そうはいっても実際、ジャックでなくともみんな戦争は体験しておる。あのジーンという女性は地下組織の通訳係をしていて、ドイツ軍に連行された。彼女はアウシュヴィッツやオラニエンブルクのナチスの強制収容所にいたんだ。彼女の子どもはそこで生まれた。だがそれでも、戦争のせいということで片付けといたほうが簡単だろう……」彼はそう言って深々とため息をついた。

二人は一緒に庭園に出て行った。そこにはジュヌビエーブがいて、彼女に下ばきを穿かせようとして追い駆けている祖母から、金切り声を上げてぐるぐる走り回って逃げていた。無理もないとシーリアは思った。ジュヌビエーブはどうやら自分のありのままの小さい褐色のお尻が気に入っているようだったから。シーリアはオリヴィエ夫妻と孫娘をその場に残し、また村のほうへと歩いて行った。

六時頃に再び雨が降りだした。今度は弓状に盛り上がった雲が丘の上にかかっているのが見え、シーリアにはそれが何を意味しているかわかったので、土砂降りにならないうちにホテルへ戻った。案の定、朝方のより大きな雷鳴が轟き、急速に暗くなってきた。七時をまわる頃にはまるで夜のようになっていたが、時折り稲妻の閃光が暗闇を引き裂いた。

目には見えずとも広がっているはずの水たまりに叩きつけている雨の音には、何か閉塞感があった。シーリアは外へ出たいと思って戸口のところへ行ったが、それは望み薄だとわかった。亀のジジが建物の近くにいるのが目に入った。食堂にまた人が集まり始め、昼食時の苛立ちがさらに高じているのが見てとれた。粗末だった朝食のことや、この分ではおそらく夕食も期待できないだろうとぶつぶつ言う声が聞こえていた。ジャックは普段よりさらに不機嫌そうな顔でバーの奥にいて、客に酒を出しながら、自分もひっきりなしに飲んでいた。

ジーンはテーブルの用意をしていたが、不満を攻撃的な態度で表していた。目がうっすらと赤くなっており、これに気づいたマダム・ヴァイアンが詮索しようとした。自分のことには干渉しないで欲しいとジーンが突っぱねるものとシーリアは予想していた。だがこれに反して彼女は、皿やグラスをがちゃがちゃいわせながらトレーをテーブルにどんと置いた。そのせいで、家族の立てる騒音から可能な限り離れて座っていたムッシュー・バレが跳び上がり、驚きのあまりむっとした顔で彼女を見上げる始末だった。ジーンが声を荒らげて答えた。「泣いてる――わたしが泣いてるですって？　仮にそうだとして、わたしは泣いちゃいけないんですかね？　わたしが厨房を出たところに若奥様が来て、何でわたしが悲しそうなのかわけを訊いたんですよ。子どもがビアリッツにいるからだとわたしは言いました。息子に会いたいんだとね。すると若奥様は笑ったんですよ。彼女は自分の子どもは手元にいるくせに、わたしを笑って言ったんです。あなたは運がいいのにそれがわかってないとね」彼女はまたトレーを取り上げて仕事を続け、割れてしまえばいいと思っているかのようにテーブルにワイングラスを突き立てんばかりに置いた。「涙も出ますよ！　だいたい自分の子どもと一緒にいたいと思うのはどこかまちがってますか？　うちの夫は戦争以来体を悪くして、わたしは夫の分まで働かなくちゃなりません。だからといって、時々子どもに会いたいと思ってもいけないということにはならないでしょう？」

ジャックがカウンターのグラスをひっくり返して悪態をついた。ちょうどそのとき灯が消えた。

暗闇がむしろその場の状況を救ってくれた。みんなにはそれが冗談か何かのように思え、笑いが起きた。そこここでマッチが擦られて顔が照らし出された。

「停電です」とジャックが説明した。「嵐になるといつもこうなんです」彼は部屋を横切って暖炉まで進んで行った。背の高いマントルピースの上に、こういう非常時に備えて蠟燭が二本置いてあった。

「おそらく数分たてばまた電気はつくでしょう」

彼のしゃべり方はどことなく奇妙だった。きわめて慎重でそのくせ横柄だった。明らかに彼は長時間飲み過ぎていた。

蠟燭が部屋中にかすかな光を投げ、巨大な影を作った。ジーンがスープを運んできた。シーリアのテーブルはドアのそばにあり、隣のテーブルにはヴァイアン夫妻がかけていた。スタイン夫妻の席はその向こうの隅にあり、バレ一家は部屋の中央の丸テーブルに着いていた。バトラーと仕立屋のマダム・ティシエは、大きい窓の正面にあるテーブルにそれぞれ陣取っていた。

ジーンはスープを給仕すると、蓄音機にレコードを置いた。シーリアのテーブルから一ヤードと離れていなかったので、彼女の耳元で音楽がやかましく鳴り響いて非常に苛々した。抗議したかったのだが、外国人の彼女としては騒ぎ立てないほうが賢明だろうと我慢した。スープの後は、まずい味付けの少量の魚料理にじめっとしたフライドポテトを付け合わせたものが来た。ジーンはまたふてぶてしい雰囲気を漂わせており、自分が客に出しているのはひどい料理だということが彼女にもわかっていることを示していた。

ヴァイアン夫妻はぶつぶつ言い合いながら尊大な態度で魚をつついていた。常に料理を重視しているムッシュー・ヴァイアンは、椅子の上で体をよじって悪意のある視線をジャックに投げた。ジャックはまたカウンターに寄りかかって自分の前にパスティスのグラスを置き、暗がりにうつろな視線を据えていた。

レコードが終わりまで来て、ジーンが別のレコードを載せた。そうしているうちに新たに二人の男女が部屋に入って来た。ルース・ジャメと大柄でがっしりした体格のカナダ人だ。彼らはバーのスツールに座ると酒を注文した。灯が点いたのはそのときだった。

シーリアはちょうど窓のほうを見ていた。暗闇を背景にした光の模様が急に目に飛び込んできたので、それまで村中が暗闇に包まれていたことがわかった。マダム・ティシエが言った。「ああ、やっぱりこっちのほうがいいわね」ジーンが蠟燭を吹き消した。

ジャックとダイバーは頭を近づけて低い声で話をしていた。いくぶん酔っているジャックはかんしゃくを起こしかけている様子だった。ルース・ジャメはどうやら二人の会話を聞きたくないらしく、そっぽを向いて座っていた。青白い顔をして唇を固く引き結んでいる。夫のトゥーロンへの出張に何か不都合でもあったのだろうか、それともルースが男二人の早口のフランス語について行けずに単に退屈しているのだろうかとシーリアは訝った。

ジーンが皿を片付けているとまた灯が消えた。

暗闇の中でマダム・ティシエの声が聞こえた。「今夜は花火が見られなくて残念だわ」

「花火ですって？」ジャックが興奮して裏返った声で笑った。「花火が見たいんですか？」彼はカウンターの下を手で探った。すぐにマッチを擦る音がしたかと思うと、部屋いっぱいにけばけばしいピンクの光があふれた。

バレ家の子どもたちが感嘆して叫びながら笑い声を上げた。

ジャックの前のカウンターで火花が小さい噴水のように跳ねていた。子どもたちの笑い声よりも大きくてけたたましい声で彼が笑った。自分のしたことに悦に入っているようで、ぱちぱちいっている小さい花火の上で両腕を振り回した。ぷんと鼻を刺すような臭いが部屋中に立ち込めた。

だしぬけに彼が叫びだした。彼の上着の袖に火の粉がいくつか付いていて、服地から煙が出ていた。火の粉はすぐに簡単に消せたのだろうが、彼は飲み過ぎていてそこまで頭が回らなかった。彼は大急ぎで上着を脱いでカウンターの上に叩きつけ始めた。その布地がぱっと燃えだして、あたり一面火の海になるとでも思ったかのように。何かがポケットから転がり落ちて、石の床に当たってチャリンと音を立て、そのままシーリアの足元まで滑って来た。

彼女が身をかがめた途端、また灯が点いた。床の上にあるのはネックレスで、意匠を凝らした金の台座に目の覚めるようなブルーの石をいくつか埋め込んだ珍しい物だとわかった。彼女は驚いてそれをしげしげと見た。非常に美しい、まるでおとぎ話の世界から抜け出てきたような宝石だった。ムッシュー・ヴァイアンもそれを訝しげに見ているのがわかった。

彼女はそれを拾い上げると手のひらの上でぶら下げた。「ジャック――」と彼女は言った。

彼の注意を引くためにもう一度大きな声で言わねばならなかった。「ジャック――あなたの上着のポケットからこれが落ちたわよ」

不意に部屋中が静まり返った。

沈黙を破ったのはピエール・ジャメだった。彼はジャックを凝視しながら、独特の奇妙で粗野なフランス語でののしり始めた。

ジャックは茫然としているようだった。シーリアに近づいてネックレスをもぎ取ろうと腕を伸ばしたそのとき、ジャメが彼を乱暴に押しのけた。そしてネックレスをひっつかむとジャックの顔の前で振った。

「こいつをどこで取って来た?」と彼はがなり立てた。「こんな物をどこで取って来たんだ?」

「それは――それは僕のだ。というか妻のだ」彼は酔った頭をはっきりさせようとして額をこすった。

「へえ、じゃああんたの奥さんはこんな物をどこで手に入れたっていうんだい?」ジャメは嘲るように訊いた。

「ピエール」ルース・ジャメがささやいた。「ピエール。お願いだから――」

「貴様はいつも俺に隠れてうまく立ち回りやがって!」とジャメが怒鳴った。「俺がいない間にお前は難破船のところに行ったんだろ。別のダイバーに連絡してな。俺を裏切ったんだ。お前が信用できねえ奴だということは最初からわかってたがな」

「別のダイバーだって?」ジャックが困惑した口調で訊いた。「何の話だ?」

「去年ここの防波堤のところでダイバーをしていた男がいただろ? お前の話に出て来たぞ。その男にお前は連絡をとって、難破船の仕事をしないか持ちかけたんだろ」

「そう言われても何のことやら――」

ジャメが耳障りな声で笑った。「ああ、お前にはわからないんだろう。でも俺にはわかるぞ! お前が俺の難破船以外にどこでこんな物を手に入れるって言うんだ? 俺がいない隙にお前はこっそりあそこに行ったんだ。で、誰かを潜らせて――」

「ちがう!」すでにジャックも怒っていて顔色が深紅になっていた。「言いがかりだ。あんたのいまいましい難破船になんぞ僕は近づいてない」

「じゃあこれをどこで取ってきた？」

「あんたに関係ないことだ」

「これは俺の物だろう」

ジャックが手を伸ばした。「返してください」

「お前の言うことなんか信じられるか」

「それは僕のだ――僕の妻のなんだ」

「どうだかな」

「返してくださいよ」

「じゃあ警察に持って行こう。あの難破船は俺のだからな。あそこからくすねたのなら盗みだ」

「妻の物だと言ってるじゃないですか」ジャックの声は必死の様相を帯びてきていた。「だいたいそれは――それは本物じゃないんです。何の価値もないんだ。ただきれいなだけで。クローデット――」彼は大股に歩いてドアのところへ行き、クローデットにこっちへ来るよう叫んだ。

彼女はすぐに姿を現し、満面の笑みを浮かべてそこに立った。両手を腰に当て、栗色の髪が無造作に顔にかかっている。ジャックはいくぶん震える手で、ジャメがまだ彼の前にぶら下げているネックレスを指差した。

「彼に話してやってくれ」ジャックは声を張り上げた。「あれはきみのだろ？　で、実質何の価値もないまがい物だろ？」

「そのとおりよ」クローデットが穏やかに答えた。「そうじゃなければと思うけど。きれいな物でわたしは気に入ってるの。でも残念ながらあの石はただのガラス玉なの」

ジャメが彼女を疑わしげに見た。「あんた、これをどこで手に入れたんだね?」

「あらまあ――」と言って彼女はまた笑った。「どうしてわたしにわかります? それは生まれたときからわたしの物なんですから。叔母か祖母かとにかくそういう人から譲り受けたんです」

「なぜ今まで着けなかったんだ?」

「そんな、着けてましたわ」と彼女は平然と言った。

「一度も見たことないぞ」

「あなたたち男性は観察力がないんです。あなたたちの目を楽しませようと着けてる物なのに気づきもしないなんて!」

マダム・ティシエが笑いながら言った。「わたしもあなたがそれを着けてるのを見たことないわ、オリヴィエさん。女のわたしなら気づいたはずなんでしょうけど」

「いいことを思いついたぞ」とピエール・ジャメはやさしい声で言うと、クローデットの顔を覗き込んだ。「あんたたちは二人とも嘘つきだ。あんたがこれを今までに見たことがあるとは思えん」彼はいきなり振り返ると、ネックレスをムッシュー・ヴァイアンの前のテーブルに放った。「あんたは宝石商だろ? その石はガラス玉かね、ムッシュー?」

第八章

その太った男はびくっとし、神経質に息を切らし始めた。

ピエール・ジャメは立ったままで待っていた。

ムッシュー・ヴァイアンはネックレスを手に取ると、まるでひどい近眼の男のように目の近くまで持っていった。ジャックとクローデットはさらに身を寄せ合っていた。

ムッシュー・ヴァイアンは咳払いをして、ややどもりながら切り出した。「実のところですね、今拝見した限りでわたしの見解を申しますと――」

「ガラスなのか?」ピエール・ジャメがせかせかと訊いた。

「いいえ、ガラスではありません」

「じゃあ何だ?」

「わたしには粒よりのサファイアのように見えます。台座の部分にも趣向を凝らしてありますし。おそらく一七六〇年代の物です」彼はまた息を切らし始めた。「もちろんわたしの見解にすぎませんけど、オリヴィエ夫人は幸運な方だと思います。即座にこの宝飾品の価値を見積もることはできかねますが、もしご売却の意志がおありになればいつでもご一報いただいて、ご提案の機会をいただけますと幸いです」

「ありがとよ」ピエール・ジャメはネックレスを彼から取り上げた。彼は黙ってジャックのところまで歩いて行くと彼の顔を殴った。そして「盗っ人！」と静かな口調で吐き捨てた。そのとき思いがけない邪魔が入った。スタイン氏が隅のテーブルから不意に現れて、前のほうに出てきた。彼はひどく腹を立てているようだった。

「こんな三文芝居はもうたくさんです。われわれにディナーを穏やかに終わらせてもらえませんか。この子どもじみた茶番劇をまだ続けるというならどうか外でやってください」彼の声は耳障りで、痩せた猫背の体には異様に迫力があった。「どうやらここにいる誰にもこのネックレスがオリヴィエ夫人の物でないと信じるに足る理由はないようです。すみやかに彼女に返すことを提案します」彼が何をするつもりかピエール・ジャメが悟る前にスタイン氏はネックレスを取り上げ、クローデットに渡した。カナダ人の男に負けず劣らず驚いた様子で彼女がそれを受け取ると、スタイン氏は隅の席に戻った。

シーリアにはバトラーが微笑しているのがわかった。スタイン氏の素早い行動の背後にある、自分という人間が持つ力へのひたむきな確信をあっぱれだと思っているようだった。一方シーリアは咄嗟にスタイン氏は危険な人物だと思った。そのときまではその堅苦しい学者風の男にそういう一面があるとは疑いもしなかったのだが。

広げた手のひらにネックレスを載せられたクローデットは、不意に自信のなさそうな表情になり躊躇していたが、やがていくぶん横柄な仕種でネックレスを首に回して留めた。

「どう？」とピエール・ジャメに笑いかけながら彼女は言った。「似合うでしょ」

とんでもないとシーリアは思った。実のところそのときになって初めてクローデットの美貌がいかに下卑たものであるかわかった。彼女の首に巻かれている宝石の繊細な美しさにこれほどそぐわないものはほかにはなかっただろう。

ジャメはまた悪態をついていた。

クローデットはヴァイアンに向き直って言った。「心から感謝しますわ、ムッシュー。そんな価値のある物を持っていたとは知りませんでした。この石はガラスだと聞かされていましたから。普通疑いませんでしょ？　それに、一七六〇年代の物ですって？　これは骨董品とか希少品の類いですか？ひょっとしてかつては侯爵夫人の持ち物だったのかも。わたしの家系に侯爵夫人がいたのかしら？それともひょっとしたら彼女はこれを失ったのかもしれない。頭と一緒に。革命のときに。で、わたしの先祖がそのときそばに立っていたとか？　まあ、こっちのほうがありえそうだわ」と彼女は声を立てて笑った。「ジャック、あなたこれでわたしが持参金を持ってきたとわかったからには、かわいそうな妻をもう少し大事にしてくれる？」

ジャックは彼女の腰に回していた腕を滑らせて彼女を自分のほうに引き寄せた。

ピエール・ジャメが握りこぶしをカウンターの上にのせて言った。「これを持ってとんずらしようなどとは思うなよ。俺は警察に行くからな——今から」

「今からですって？」クローデットがまた笑い、甲高い声で馬鹿にしたように言った。「それに、警察をどこへ捜しに行こうと思ってるの？　夜のこの時間じゃあ、奥さんにだってわからないわよ。どこへ行けば見つかるか」

「やつを見つける」

「僕なら朝まで待ちますね」とジャックが忠告した。「朝になれば、誰かの庭を耕して仕事をしているあの善良な男を見かけるでしょうから」

「とにかく今晩か明日には俺は警察に行くからな。で、もし俺がにらんでるとおりなら、俺をこんなふうに出し抜いたことを後悔することになるだろうよ」

「まいりましたね」とだしぬけにムッシュー・バレが叫んだ。「こんな奇っ怪な話を僕は聞いたことがありません。あなた以前にあの宝石を見たことがあるんですか?」

「いいや」とジャメが答えた。

「それなのにこの人たちにあれを盗まれたと言い立ててるんですか?」

「俺のいない間に難破船を探る以外にどこでこいつらがこんな物を手に入れる?」ジャメが息まいた。

「おたくの難破船? あんなの正気の沙汰じゃない、夢物語だ!」ムッシュー・バレが吐き捨てた。

「おたくの難破船の話なんか誰が信じますか?」

「あんたの亀だって誰が信じるかよ?」ジャメが怒鳴り返した。

ムッシュー・バレの顔が紫色になった。「とんだ夢物語だ!」と彼は金切り声で叫んだ。

ジャメは踵を返すと大股で部屋から出て行った。

部屋の向こうからルース・ジャメがシーリアに英語で話しかけた。例によって少しも声を落とさず、その場にいるほかの誰にも彼女の言葉が理解できないと決めてかかっていた。「あの人たちの言ってることの半分もついていけなかったわ。もっとも半分くらいは謎かけみたいに話してたけど。変な人たちよね。自制心がないというのか、体裁をまったく考えないというのか。わたしは好きじゃないわ」彼女はスツールから滑り降りると夫の後を追って出て行った。

バトラーが部屋を横切って来てシーリアのテーブルに座った。

「変ではあってもなかなか見物《みもの》だったな」と彼が言った。ルースとはちがい彼の声はほとんどささやくような声だった。

「どういう意味なの?」

「そうだね——彼がいたずらをしたんだ」

「どういう?」

「さあね。ヘル（ドイツ語でミスターの意）・スタインが手際のいい仕事をしたんじゃない?」

「なぜまた急に彼をヘル・スタインなんて呼ぶの?」

「彼をスイス人と呼ぶのもちょっとちがうんじゃない?」

「ちなみにわたしには変わったタイプのスイス人に思えるけど」

「彼がピンク色の顔に黄色い髪をして、リュックサックを背負って喉の奥でヨーデルを歌わないかしら?」

「まあそんなとこかしら」

「とにかく彼は怒るとすごい迫力だ」

「それにしてもあのネックレスだけど、あれはどこから出て来たんだと思う?」

「あの若い女性がさっき言ってたじゃない?」

「彼女は嘘をついてるもの」

彼はおもしろそうな顔をした。「ホテルの女主人にそんな辛辣なことを言う理由が何かあるの、ミス・ケント?」

「あるわ、彼女の表情よ。嘘をついてるときの。それに首のまわりでネックレスを留める前の彼女の金具の見方よ。彼女があれを以前に見たことがあるとは思えないわ」

彼はくすくす笑った。「僕もきみのような想像力があったらなあ――きっと長い人生も退屈しないだろうね。もちろん、きみの職業上――」

「想像じゃないわ」とシーリアは言い切った。「今回の一連の出来事にはどこかおかしなところがあるわ。とりわけわたしが聞いたことを思い出すと……」彼女はそこで言葉を濁してグラスを持ち上げると残っていたワインを飲み干した。「ミスター・バトラー――」

「何、ミス・ケント?」

「今日の午後聞いたことをあなたに言うべきかどうか考えているの」

「それで?」

「やっぱり話すわ。あのね、そのときわたしは部屋にいたの。前に言ったけど、スタイン夫妻の部屋はわたしの隣なの。二人の話し声が聞こえてきて――」

「また?」

「ええ」

「今度は何語?」

「フランス語よ。よく聞いて――」

「ちょっと待って」と言って彼は立ち上がると窓辺へ行き、しばらくそこへ立って外を眺めてから戻って来た。「雨はもうやんでる。ちょっと散歩をしたくない?」

彼女はうなずき二人は庭園に出て行った。

空はまだ雲に覆われており、眼下に見える湾内の海はまるで奈落のようだった。家々からの灯が大きな水たまりに落ちてきらめいていた。あたりの空気は静止していて湿気が多く、雨に濡れた松の木々の香りが立ち込めていた。

「寒い？」とバトラーが訊いた。

「いいえ。あの部屋にいた後だから気持ちがいいくらい。あ、でもやっぱり、コートを取って来るわね」

「わかった。ここで待ってるよ」

シーリアは階上に駆け上がるとコートをはおってまた降りて行った。バトラーは煙草を吸いながら手すりの脇に立っていた。彼に合流するとすぐに彼女が訊いた。「でも何でわたしたち外に出なくちゃならなかったの？」

「出たくなかったの？」

「そんなことはないけど、それでも何か理由があったんでしょう？」

「まあ、大事をとってだ」

「誰かに話を聞かれたらまずかった？」

「そうかもな」

「どうして？」

「何とも言えん。きみが何を話すつもりかまだわからないしね」

シーリアは彼をちらりと見た。暗がりでぼんやりとしか見えない彼の顔は、いつもよりさらに骸骨めいた顔に見えた。瞳の青さも今はわからず、それはただ黒く丸いものでしかなかった。

「やっぱりあなたには何か考えがあるように思えるのよ」

「どうしてそう思うの？」

「不安だからよ、それだけ。今とても不安な気持ちなの。こういうのは嫌なのよ。そんなつもりでここに来たわけじゃないから。実を言うと、昼間ここを出て行こうかと考えてたの」

「それもいいかもしれない。でも――」

「でも？」

「僕としては残念だ。でもそんなことにきみは左右されなくていい」

彼らはテラス伝いに歩いていた。それから道路へ出る階段を降りた。地面はどろどろしており、シーリアは白いキャンバス地のサンダルを穿いた素足に冷たい水がはねかかるのを感じた。あたりには誰の姿も見えなかったものの、家のほとんどの窓には赤々と灯が点いており、一軒のカフェからはダンス音楽がやかましく流れてきていた。一方、村の中央にある〈ホテル・ミストラル〉の長いがらんとした庭園は、まるで夜の静寂の中心であるかのようだった。

「それで」とバトラーが切り出した。「きみが聞いたことって？」

「スタイン夫妻の会話よ。そのときわたしも彼らもそれぞれ自分の部屋にいたの。二つの部屋の間にはドアがあるんだけど、隣室の音がとてもはっきりと聞こえてくるのよ。いきなりスタイン夫人が言ったの。警察に行くべきだと自分にはわかってるって。夫のほうは妻の口を封じておきたかった。で、なんとそこで彼女が言ったのよ。あれはあの宝石とは何の関係もないことだけどって」

「宝石だって？」

「そう」

「まちがいなく宝石と言ったの？」

「まちがいないわ」

　バトラーは歯の間から静かに口笛を吹きだした。

「どう？」とシーリアはややあって尋ねた。「これをあなたはどう思う？」

「今僕が何を考えていたかわかるかい？」と彼が訊き返した。「僕はね、きみがどうしてこのことを僕に話したかったのか考えてた」

「何か不審な点でもある？」

「わからない。きみにまったく不審な点がないのかどうかよくわからないんだ」

「わたしに？」

「そう。きみ自身も、今ここで起きている奇妙なことのひとつじゃないの？　ちがうの？」

「わたしは自分をここで唯一の奇妙でない人間だと思ってるわ」とシーリアが言い返した。「だいたいあなただってリュックにプルーストを十二巻も詰めて徒歩旅行に出たのよね。これって相当奇妙な行動だわよ」

「でもずっとプルーストを読みたいと思ってたんだ」

「だけどあなた歩きたがらなかったじゃない。それとあなたがガーデニングに明るいというのも信じられないのよね」

「まいったな。僕は何か変なことを言ったっけ？」

「それを言ったときのあなたの様子が変だったのよ」

「えーっ、クローデットの場合と同じか。僕の口調が変だったとか、目つきが胡散臭かったとか何とか」

「まさにそのとおりよ」

「きみは自分の判断力を過信しているように思えるけど」と彼は憂鬱そうに言った。「まあ今度からこの手のことを決める際にはうんと時間をかけるよ」

「で、クローデットが嘘をついてたとは思わない？」

「思うよ、実を言うと。でも彼女が嘘をつかなければならなかった理由はわからない。わかればとは思うけど。まあ僕には関係ないことだけどね。ところで、ねえ、なぜ僕にスタイン夫妻のことを話したかったの？」

彼らは防波堤のところまで歩いて来ていた。そこにはほかに誰の姿もなかった。波が防波堤にやさしく打ち寄せてかすかな音を立てている。遠い空の向こうではおびただしい数の星が輝いていた。

彼らは手すりにもたれて夜更けの海を見下ろしながら佇んでいた。

「悩んでたの」とようやくシーリアが答えた。「誰かに話したかった。あら、見て――」

「何？」

「海面の光よ。閃光。あれは一体何？」

「クラゲだよ」

「まさか、信じられないわ」

「本当だよ――微小な燐光性のクラゲだ。ほかに理由はなかったの？」

「何の？」

「スタイン夫妻のことを僕に話したかった理由だよ」

彼女は思わず苛立った表情を向けたが、暗すぎて彼の目には見えなかっただろうと思われた。

「そうね、わたしスタイン夫妻のことが理解できないの。二人に好意は持ってるわ。でも何かの理由で、それが何かよくはわからないんだけど、二人のことをひどく気の毒に思うの。あの人たちの表情に関係があるんだと思う。初めて見たとき、何か見覚えがある感じがしたんだけど、今はそれが何だったのかわかるのよ。防空壕の中にいた人たちがよく浮かべていた表情──怯えていて、それでいて覚悟が決まっていて、我慢強くて、途方もなく悲しげなの」

「防空壕か」とバトラーが考え込むように言った。「かりそめの、心もとない待避所だな……」

シーリアが眉をひそめて言った。「あなたはこの人たちのことを何か知ってる。それは何？」

彼は答えなかった。

「それは何？」と彼女は繰り返した。「あなたはさっきからずっとわたしに質問してる。今度はわたしが質問する番よ。あなたはスタイン夫妻の何を知ってるの？」

彼は振り向いて彼女をじっと見た。そして彼女にキスをした。

彼が体を引いて言った。「こうなると予想しておくべきだったね。もしそうじゃなかったなら」

彼はポケットから煙草の箱を取り出した。煙草を一本受け取りながらシーリアの心臓は早鐘のように打っていた。すっかり混乱して泣きだしてしまいそうだった。つまりは自分はのぼせ上がっているのだろうかと自問した。

「ミス・ケント」と彼がさらに言った。「きみのほかの名前は何ていうの？」

「それはまた別のときに話しましょう」と彼女は態勢を立て直した。「あなた、スタイン夫妻の何を知ってるの？」

「おやおや、まだその話？」

「そうよ」

「僕は何も知らんよ。だから今度はきみが何か話して。どうしてラ・マレットに来たの？」

シーリアは煙草をふかしていた。眼下の海は依然として、水中のホタルのように見える小さい閃光でちらちら光っていた。

「もしかしたらいつか話すときが来るわ。ねえ、あれは本当にクラゲなの？」

「じゃあここに来たのには理由があったんだね？」

「もちろん理由はあったわ」

「そう、それはかなり明白な理由？」

「たぶんね」

「ひょっとして何かを捜していたの？」

「そうとも言えるかも。でもこれだけは言っておくけど、こんな調子で続けるつもりなら――」

「しーっ！」と彼は耳元で鋭く言ってシーリアの言葉を遮ると、彼女の腕をぎゅっとつかんだ。

彼らから二、三ヤード向こうの暗闇から不意に男が姿を現した。

男は彼らを一瞥もせずに通り過ぎて行った。大柄な男でのっしのっしと大股で歩き、いくぶん体を左右に揺らしている。肩幅が広く、まるで頭が肩の間に埋もれているようだった。暗すぎて顔立ちはよくわからなかったものの、口の中で金歯が光っていた。男はそのまま歩き続け、防波堤の突き当たりでまた暗闇にまぎれた。

「ずっとそこにいたのかしら？」男が行ってしまってからシーリアが言った。

「わからない」とバトラーが不安そうに答えた。

「わたしたちの話を聞いてたと思う?」

「もしそうだったとしても、たいして理解できなかったと思うよ。ちなみにあれはパトリスだった」

「パトリスって——例の殺人犯のお友だち?」

「そうだ」

シーリアは息をついた。「へえ、たとえ彼がホテル業に長けていたとしても、まだジャックとクローデットのほうがましだわ。いろいろと行き届かなくても」

いつのまにかバトラーは防波堤沿いに少し移動していた。「ああ」と彼が言った。「あの男がやっていたことはこれだ——あそこの船の様子を窺っていたんだ」

「あの船はあのダイバーのね」

バトラーがうなずいて言った。「さあ、もうそろそろ帰ろう」

二人がホテルへ向かって歩いて行くと、庭園で何か騒ぎが起きているのがわかった。到着してみるとまた新たにジジの捜索が始まっていた。今度ばかりは鶏小屋の下にはいなかったらしい。シーリアは捜索に加わる気になれず、まっすぐ建物の中に入った。彼女が階上に上がりかけているとバトラーが後ろから呼びかけた。

「ミス・ケント、きみのファーストネームを教えて」

それに答えて彼女はこう言った。「でもあなた、スタイン夫妻について知ってることをわたしに教えてくれなかったじゃない」

「僕のファーストネームはマイケルだよ」

「そう——お休みなさい」と言うと彼女は階上へ上がって行った。

自分の部屋に着いた途端にまた彼女はどういうわけか泣きたくなった。ぞっとするような気分で、彼女の中のどこか奥深いところから理由もなく涙が湧き出てくるようだった。彼女は当惑して少し震えながらベッドの端に腰を下ろしたものの、すぐに立ち上がって落ち着きなく歩き回った。鏡に映して自分を見た。病を患っていた頃には発作的に泣きだすことがよくあり、ここラ・マレットでまたひょっとして病気がぶり返すのかもしれないという弱気な考えが浮かんだ。そんなことになったら最悪だ。もっとも、これまではいたって調子はよかった。馬鹿なことを考えては駄目だと言い聞かせようとして唇を開くと、自分が「ダン、ダン……」とつぶやいているのが聞こえた。突然ダン・ライドンの霊が彼女と一緒に部屋の中にいるように思われた。その後激しい苦痛にさいなまれ、涙が猛然と流れた。

彼女はベッドへ行くと灯を消して体を横たえ、自分の身に起きていることに愕然として震えていた。夜の間に嵐がしばらく勢いを盛り返したが、やがて闇の中に消え去った。ほどなく空は晴れ、星がまた出て来た。波が静かに防波堤を洗っていた。

翌朝の空は雲ひとつなかった。シーリアが朝食に降りていくまでにはすでに太陽が濡れた地面を乾かしていた。静かな空気の中に静止している松葉は、まるで新たに鮮やかな緑色の漆を塗られたかのようだった。海は、かすかに霧がかかっている水平線のところまで、想像を絶するほど青い穏やかな湖のように見えた。

ジーンが軽やかな足取りでシーリアのコーヒーを運んで来た。「ほら、今朝はクロワッサンですよ」と彼女が呼びかけた。「クロワッサンはお好き？　今日はいいお天気になって、お祭りがいよいよ始まると思いますよ。ここの港で船上槍《やり》試合があるんです。男の人が船に取り付けたはしごの上に立って、長い棒で突いて相手方の船の男を海に落とすんです。見てるととてもおかしいですよ。それから夜になるとダンスがあります。花火も。お祭りの期間中大勢の人が出入りします。わたしはそういうにぎやかなのが大好きなんです」

「ちょっと訊いていい、ジーン?」とシーリアが言った。「あなたがオラニエンブルクやアウシュヴィッツにいたというのは本当?」

「あら、ええ」とジーンが答えた。「本当のことです。そう、わたしは数えきれないくらいの人間の悲劇をこの目で見て来ました。それこそ嫌というほどね。わたしの子どもは、ロシア人がわたしたちを解放するほんの数日前に生まれたんです。息子は今ビアリッツにいるわ――この話はしたかしら? 後で写真をお見せするわね? 最初の夫とは離婚したの。実は――夫は徴用されてドイツへ行って、ドイツ人の女と子どもを二人連れて戻って来たのよ。二番目の夫もあまりいい人じゃないわ。だからたぶん彼とも別れて三番目の夫を探すわ」そう言うと彼女は陽気に笑った。「わたしはあんまり男運がよくないの。でもね、去年ビアリッツのイギリス人に求婚されたのよ。彼はお金持ちだった。わたしは結婚してもいいって答えたんだけど、間際になって気が変わって、やっぱり無理だって伝えたのよ。彼は泣いたわ――本当に泣いたのよ」彼女はそこで吹きだすと急ぎ足で立ち去った。

シーリアは朝食をとり始めた。クロワッサンは焼きたてでとてもおいしかった。朝食が終わり次第、岬のあの小さな入り江まで降りて行って、午前中いっぱい日光浴をしたり泳いだりして過ごそうと決めた。昨晩はあまり眠れなかったが、朝の爽快さに思いがけない満足感で満たされていた。

シーリアが煙草をくゆらせていると、ほどなくマダム・オリヴィエがテラス伝いにやって来た。彼女は熊手を抱えていて、それで砂利をならしたり、そのあたりに落ちている紙切れやらほかのごみやらをかき集めだした。

「あなた昨日の夜、亀がどこで見つかったか知ってる？」と彼女が訊いてきた。

「いえ」とシーリアが首を振った。

「ああ、そうね。あなたはいなかったものね。ムッシュー・バトラーとお散歩に行ってたのよね。どう、楽しかった？　チャーミングな男性ですものね、ムッシュー・バトラーは」そう言って彼女は目を輝かせた。「ところであの亀は埠頭で見つかったのよ。もちろん誰かがそこに置いたんだわ。亀が自分であの階段を降りることなんてできたはずないもの。誰がやったにせよ、賢明だったわ。全員を外に駆り出して、あの馬鹿げた騒ぎについて話すのをやめさせたんだから。マダム・ヴァイアンから一部始終を聞いたわ。何て話なの！　まるでクローデットがあんな宝石を生まれたときからずっと持ってたみたいに」

「でも、じゃあ彼女はあれをどこで手に入れたんですか？」

「どうしてわたしにそれがわかって？　たぶん海の底からでしょうけど」

「本当にそう思います？」

マダム・オリヴィエはいかにも馬鹿にしたように笑って言った。「わたし、そのことは考えないようにしてるの。何が起きてるのかさっぱりわからないもの。わかってるのは、あと一週間かそこらでワインセラーが空っぽになるということ。で、もしわたしたち夫婦がジャックを辞めさせて、また後を引き継ぐことに腹を決めたら、まあ倒産を避けるにはそうせざるをえないんだけど、ここを抵当に入れて一からやり直すしかないということよ」

「じゃあ、そうしようとお決めになったんですね？」

「あら、まだ何も決まってはいないわ。それでも、それはわたしたちがやらなければならないことなの。たぶん今日ジャックにその話をするわ。それに料理についてもひとこと言うつもり。昨日の料理なんてわたしたち一家全員の恥よ。あんな料理を出してお客様に愛想を尽かされるようなことをあの子にしてもらいたくないの」そう言うと彼女はまるで今から戦いにでも行くように、熊手を槍《やり》のように持ってどしんどしんと歩み去った。

シーリアは煙草を吸い終えると、泳ぎに行く支度をしに階上へ上がり、また階下へ降りてきて外階段を降り始めた。

彼女はまっすぐ入り江に行くつもりでいた。だが道まで出ると、ここに着いた日と同じように、一隻の漁船に近接する埠頭に興奮した人々が群がっているのが見えた。午前中いっぱい日光浴をする時間はあることを思い出し、何事が起きたのか見てみようと埠頭をぶらぶら歩いて行った。

漁船に近づくとすぐに、今日の群衆はあの午後の人々の雰囲気とはまったく異なっているのが見てとれた。誰もが口々に叫んだりわめいたりしていたものの、その叫び声はどこかいまわしい感じで、その表情はまるで悪夢でも見たかのように異様に怯えていた。

何かが埠頭の上に横たわっていた。シーリアは群衆の中に体を滑り込ませ、目の前で押し合いへし合いしている人々の肩の間から覗いたが、最初は何かわからなかった。それはメカジキくらいの大きさで、腹に銛《もり》が刺さっていて、すでに息絶えていた。もっともメカジキでもサメでもなかった。

人が少し動いてシーリアの視界が開けた。それはピエール・ジャメの死体だった。あのダイバーの。

第九章

　衝撃と嫌悪感がおさまって最初にシーリアが考えたのは、ジャックがピエール・ジャメと口論をしたこと、ジャックには彼を恐れる何か謎めいた理由があること、ジャックが彼を殺害したのだということだった。

　ほどなく彼女はこんなふうに考えたことを忘れた。それでもとにかく、埠頭で死体を見て咄嗟に彼女の頭に明瞭に浮かんだのはそれだった。

　彼女はずぶ濡れの服についている血の染みと銛から視線をはずして顔をそむけた。そのとき耳元でバトラーの声がした。「行こうよ。僕たちにできることは何もない」

　二人は埠頭を後にした。

「あの女性はどこにいるの?」とバトラーが尋ねた。

「ルースのこと?　部屋にいるのかもしれないわ。もう知ってるのかしら?　このことを」

「ちょっと前にジャックとクローデットが帰って行くのを見た。彼女に知らせに行ったのかもしれない。彼女を探したほうがいいね」

「何が起きたの?」声を詰まらせながらシーリアが尋ねた。

「漁師が海で彼を見つけたんだ。港から少し離れたところで。わかってるのは今のところそれだけだ」

「警察はいつここに着くの？」

「地元の警官が一人、今こっちに向かってるらしい。この男はたいていは、ある裕福な住民の庭仕事を手伝ってるんだ。彼に捜査の力量があるかどうかは疑わしいもんだな。ほかの警官たちがやって来るのにどのくらいかかるのかわからないが、長くかからないことを願うよ。さもないと、このあたりを噂がかけめぐって大騒ぎになるだろう」

「みんなは何て言ってるの？」

「今のところはまだ言いだしてないが時間の問題だと思うね。彼らは犯人はジャックだと触れ回るだろう。彼がクローデットと出て行ったときに、振り向いてそれを見送っていた連中の様子がどうも気になった」

「それはいつのこと？」

「何時間も前のことだよ、いずれにしろ。でもあんまり質問攻めにしないでくれ。いい子だから。僕にも何もわからないんだ。だから今考えてる最中なんだ」

「わたしはただこの滅入った気分を紛らわせたくてしゃべり続けてるだけよ」

彼は立ったままで煙草の箱を取り出した。「どうぞ」

彼女は礼を言って一本取った。「警察の人たちって」と二人で歩きだしながら彼女が訝しげに言った。「いつも庭仕事をしているのかしら？」

「何でそんなことを訊くの？」

「わたしが知ってる人たちはたいていそうみたいだから」

「まあ、ラ・マレットみたいなところでは彼らにできることはほかにたいしてない。そもそも警察をフルタイムで仕事させるほど殺人事件なんか起きないしね。さあ、あの女性を捜しに行こう。彼女はたぶん救いの手を必要としてるよ」

シーリアは彼の横顔をちらりと見た。顔の輪郭が緊張感で引き締まっていた。それにしても彼が完璧にアイルランド風の顔であることに、今までなぜ一度も気づかなかったのかと不意に不思議に思った。ただこのアイルランド人は自分の国籍を明かさない……一連の奇妙な出来事にまた新たな謎が加わった。だがすぐに、この状況でそんなことを考えるとはあまりに空想が過ぎると思い直した。

ルース・ジャメはクローデットと一緒に食堂にいた。ジーンは戸口のところでうろうろしていた。ほかの者たちは彼らを遠巻きにしていた。ルースはテーブルの前に座って、まっすぐ前方を見つめていた。その顔はいつもよりいくぶん青白くやつれて見え、瞳はかなり熱を帯びていたものの、それ以外はいつもと変わりなく超然として落ち着いているように見えた。

クローデットは彼女のかたわらに立ってなんとかブランデーを飲ませようとしていた。彼女自身も少し飲んでいた。だがルースは勧められても、そんな物を飲んだら何か大切な考え事の妨げになるとでもいうように眉根を寄せて苛々と首を横に振るだけだった。彼女はシーリアとバトラーが部屋に入って来るのを見とめたが、まったく表情を変えなかった。

クローデットが彼らのほうを振り向いた。今度ばかりは彼女の顔にも笑みはなかった。

「彼女はたぶん怒ってるんだと思うわ」とぼそぼそ言った。

「誰が彼女に話したんですか?」とバトラーが尋ねた。

「わたしです」とクローデットが答えた。「五分ほど前に。それから彼女はただそこに座ってるだけなの。泣きもしないし、彼に会いに行きたいとも言わないし、お酒を飲もうともしない。あなたたちが来てくれて助かったわ――たぶんあなたたちだったら彼女の気持ちをわかってあげられるでしょう」そう言って彼女は肩をすくめると、あきらめたように後を彼らに託した。

「ミセス・ジャメ――」とバトラーが切り出した。

シーリアが彼の腕に手を置いて制した。「まだ早いわ」

ルースの視線がシーリアに注がれた。「そのとおりです。まだ話したくないの。邪魔されたくない。考えたいんです」

「じゃあ用があれば呼んでくださいね」とクローデットが言った。「わたしは厨房にいますから」

彼女が姿を消すとルースの緊張がやや和らいだ。

「彼女の前では話したくなかったの」と彼女が言った。「だって彼女は今度のことに加担してるかもしれないもの。わたしはこれからどうしたらいいか考えないといけない。難しい状況になると思います。なぜって、わたしがまずしなければならないことはここを出ることですから。たとえホテルの支払いができなくても。どこへ行くかはまだわかりません。でもここでもう一度食事をするつもりはないの。で、あの男の有罪を証明するために手を尽くさないといけない」

彼女を見ていて、その頑《かたく》なながらも分別のある悲しみを知ってシーリアは呆然としていた。つまるところそれは単純な衰弱よりもさらにひどい心の傷を意味していた。

「誰が犯人かわかっていると思うのはどうしてですか?」とバトラーが訊いた。

「あれはジャックがやったんです」とルースが言い切った。

バトラーがほら言ったとおりだろとでもいうように、シーリアを見やって言った。「あの喧嘩のせいですか?」

「わかりきってるでしょう?」とルースが答えた。「手がかりは去年ここにいたダイバーだと思います。ジャックはダイバーなしでは何もできないから。彼を見つけられたら、たぶんすべて証明できるわ」

「ご主人を最後に見たのはいつですか?」とバトラーが尋ねた。

「昨晩です」

彼は驚いた顔をした。「じゃあ昨夜ご主人は、出て行ったきり戻らなかったということですか? 心配じゃなかったんですか?」

「たぶん船を出して難破船のところまで行ったんだろうと思ったんです。海がようやく凪いだので、そういうこともあるかと思って。船の様子を見に行くとわたしに話してましたし。誰かが船をいじってないか確かめに」

「それはいつのことですか?」

このたたみかけるような質問にシーリアが小声で抗議したが、彼は小声で言い返した。「今でないと手遅れになるんだ。彼女はそのうち気が変になる。そうなるともう誰も彼女から聞き出せなくなる」

ルースはもう答え始めていた。「夫は警官を探したんですけど見つからなくて、確かその後でした。わたしはここに戻って来て、ピエールは船のところに行ったんです」

シーリアが口を挟んだ。「あのブランデーを飲んで階上《うえ》に上がって行ったほうがいいんじゃありません?」

ルースは気が進まなさそうにブランデーを飲んだ。飲みながら一度身震いをしたがおとなしく飲み干した。「問題はお金のことなんです。わたしは早急にここを出ないといけませんから。でもほかにわたしを置いてくれる人を探すのは難しいかもしれない。ピエールが昨晩あんな馬鹿な真似さえしなければ。あのネックレスをあの夫婦から取り返そうとしたりして……もう今となっては二度とあれを拝むこともないでしょう」

「いいですか」とバトラーが切り出した。「お金のことが一番の問題だと言うなら――」

「いえ」と彼女が即座に言った。「わたしはお金を借りるつもりはありません。そういう心配はしないでください。でもミスター・ファンダクリアンなら、もしかして何か手立てがあるんじゃないかと思うんです。わたしのために彼を見つけてもらえるかしら」

「僕だったら彼には近づかないでおくけど。それより僕に――」

「いえ」と彼女はまた彼の言葉を遮った。「彼が不正なことをしているのはわたしも知らないわけではありません。それでも彼なら何か方策がある気がするの。外で彼を見かけませんでした？」

「彼は昨日の午後からずっと見ていませんよ」

「そう、だったら階上へ行って荷造りを始めるわ。何かわたしのためにしてくださると言うなら、わたしがここを発つことを伝えてもらえるかしら。できることなら誰とも話したくないの」そう言うと彼女は立ち上がった。

「でも警察はまだあなたにここを動いて欲しくないでしょう」とシーリアが言った。「やっぱりあなたは無理にここを出ようとしないほうがいいわよ」

「警察がわたしに用があるなら見つけられるわ。何も隠れるつもりはないもの」

「だけど一体どこへ行くっていうんですか？」

「どこか探します。もうわたし階上へ行きます。あなたたちの親切には感謝します。でももう一人になりたいの」

「とにかく僕たちに手伝えることがあれば知らせてください」

「それと、わたしたちに黙って出て行かないで。あなたがどうしても出て行くと言うなら、わたしが一緒に行って、泊まれるところを探す手伝いをするわ。お願いだから突然一人で行ってしまわないでね」

「わかったわ」とルースが折れた。「そんなことしないって約束します。二人とも本当に親切なのね。あなたたちがここにいてよかった」彼女は落ち着いた様子でドアへ向かった。

彼女が階上へ行くとシーリアが不安そうに言った。「彼女と一緒にいるべきだってことはわかってるの」

「僕たちはしばらくこの辺で待っていよう。それから様子を見に上がって行こう。かわいそうに。彼女はこの先どうなるんだろう」

「たぶん故郷に戻るわよ」

「あの呪われた難破船のそばにぐずぐず留まりたいと思わなければね。彼女にとっては夫に寄り添うひとつの方法のように思えるかもしれないからね」

「マイケル――彼が殺されたのは、あの難破船に関係のあることが原因なのかしら？　わたしたちは判断を誤ってたの？　昨夜のあのネックレスは――あれはひょっとして船の財宝の一部だったのかしら？」

「それはつまりはジャックが殺人犯かと言ってるの？」

彼女は少ないながらもジャックについて知っていることと、昨夜目撃した光景とをよく考え合わせようとした。そしてようやくこう言った。「ジャック以外にも、あの難破船に関心のある人たちがいたかもしれないわね」

「仮にそうだとしても、じゃあなぜジャックがあのネックレスを持ってたんだい？」

「それはそうとして、あのパトリスという男は昨日の夜防波堤のところで一体何をしていたのかしら？　あのダイバーの船に関心があるようだったけど」

「あのねえ」とバトラーが言った。「僕は警察の人間以外とは誰ともあのことについて話すつもりはないんだ。重要な情報かもしれないからね」

シーリアは彼の言い方に一抹のとまどいを覚えながらも同意してうなずいた。

テラスを急いでやって来る足音が聞こえ、マダム・オリヴィエが来たことがわかった。彼女は窓越しに二人を手招きし、外に出て来て話をしないかと誘った。

彼女は青と白のストライプの木綿のワンピースを着ていた。その服は洗練されていて魅力的で、おそらく彼女の一張羅だ。髪はセットしたてで、艶のある濃い灰色の巻き毛が彼女の顔を美しく縁どっていた。象牙のイヤリングに、彫り物がされた象牙のビーズの首飾りをつけている。

「おはよう」シーリアとバトラーが出て来るとすぐに彼女が言った。「今日のランチの後、夫とわたしと一緒にコーヒーでもいかが？　今日はわたしの聖名祝日なの。覚えてるでしょ。ケーキを焼いてあるのよ——ムッシュー・ファンダクリアンに手に入れてもらった精白小麦粉を使ってね——それにほんの一握りの人だけお誘いしてるのよ」

事件のことをマダム・オリヴィエがまだ聞いてないということもありえるのだろうか、とシーリアは訝しみながら返事に窮した。すると夫人はシーリアの表情を見て妙な笑い声を立てた。

「まあ、あなたが驚くのもわかるわ」と彼女は言った。「あなたはこの状況でパーティーをするなんていかがなものかと思ってるのね。でもいたってささやかな静かなものになるはずだし、みんなで会っておしゃべりをするのはいいことかもしれないと思うのよ。そうでもしないと誰もどうしていいかわからないでしょう。だいたいわたしたちは内輪で殺人が起きたりすることに慣れてない。戦争中はそんなこと日常茶飯事だったけどね。ほんとに。でも今は戦争なんてないものね。ねえ、あなたたちわたしと一緒にコーヒーを飲みに来てもらえる?」

「もちろんですわ」とシーリアが答えた。

「で、あなたは、ムッシュー・バトラー?」

「お招きありがとうございます」と彼は答えた。

「それに、いずれにせよ」とマダム・オリヴィエが先を続けた。「ここにいる誰も今回の恐ろしい事件には関係ない。あの気の毒な若い奥さんに何も冷酷な仕打ちをしたくはないけど、でもわたしはお客様に対して責任があるの。たいていの人たちがパリとかもっと遠いところからだって、たくさんお金を使ってここまで来てくれてる。だから村で殺人が起きたからといって、彼らが休暇を台無しにしないといけない理由はないわ。じゃあいいわね、お二人とも必ずいらしてね」彼女はそう言うと家の中に歩み去った。

「息子思いの母親だ」とバトラーがぼそぼそ言った。

「たぶんパーティーはそのためなのね」とシーリアがうなずいた。「ここにいる誰一人として――つまりはジャックが――今度の事件に決して関わってないというデモンストレーションね」

「もっとも、彼女はパーティーぐらいやりかねないほど、断固として何事にも揺るがない人だとは思うけどね。それでも、果たしてそれは賢明なことだろうかね。あの女性の問題点は、彼女が闘士だということだ。彼女には物事を静かに受け入れるということができないんだ」

「それにしても、そのうちみんなジャックが犯人だと考えてしまうのかしら？」

「問題は、みんながどう考えようとしているのか僕には皆目わからないということだ。今日の午後のパーティーが賢明な策か、それとも下手な考えかわからないのと同様に。自分の国にいるんだったら僕にもわかるんだが。自分の国にいるんだったら、彼女の立場からいってパーティーがまずい手だということはわかるよ。ともあれ、事の成り行きを推測できるほどに僕はここの人々のことが理解できない。くそ厄介だよ」彼はまるでこのことにかなり長い間辟易《へきえき》しているとでもいうように苛立たしげに言った。

「じゃあ、そのことであなたにできることは何もないわね」とシーリアはあっさり言った。「わたしがあなただったら、この際プルーストの本を手に取って、腰を据えて心静かに読書に専念するわ。そうしないと一向にはかどらないわよ」

「いい考えだ。そうしよう。だがそれでもやっぱり——くそっ！だな。何もかも」

「まったくね」

「まったくだよ！」と彼は吐き捨てた。「ねえ、思わない？　あんなことさえ起きなければきみと僕は……」そこまで言って彼は急に口をつぐんだ。ジャックがちょうど家から出て来たのだ。彼は頭を垂れて肩をすくめ、両手をポケットに入れて、庭園を横切って彼らのほうへ向かって歩いて来た。

彼は二人と握手をして、まるでホテル経営に関して教え込まれてきたレッスンをおさらいしているかのように「よくお休みになれましたか？」と低い声で言った。もっとも彼らの返事など聞いておらず、顔をぱっと埠頭のほうへ向けて言った。「恐ろしい事件ですよね。異常ですよ。誰がこんなことになると予想したでしょう。気の毒な男だ。彼は愚かだった。だからおそらく彼におちどがあるんでしょう。それでもやはり彼には同情します。最悪の結末になった」

　彼は木の手すりを両手でつかむと、どすんと体をもたせかけた。彼はもやがかかったような目をしており、まるで思案にふけっていて実のところは何も見ていないかのようだった。

「それに彼の妻も気の毒です」そう言うと彼はわずかに身震いした。シーリアには彼は具合が悪いか、それとも深酒からやっと回復してきたばかりのように思えた。「クローデットが彼女に付き添ってるんですけど、妻の助けを借りたがらないんですよね。あなたたちがここにいてくれて運がよかった。彼女のためにできることは何でもするつもりですが、当然、彼女の母国語を話す人のほうがいいでしょうから」

「ジャメにおちどがあるというのはどういう意味ですか？」とバトラーが尋ねた。

「まあ、ポケットに高価なネックレスなんぞ入れて歩き回っていたら……」もやがかかったような目の上のジャックのまぶたがぴくぴくした。「高価な——あれが高価な物だったとは驚きです。僕たちは金に困ってどうしていいかわからずに切羽詰まっていたというのに！　といっても僕がそれを売り払っただろうということではありませんが。もしクローデットが大事にしてる物だったら」

「でもジャメはネックレスを奪っては行かなかった」とバトラーが腑に落ちない顔で言った。

「ああ、いいえ。奪って行きましたよ」

　バトラーが驚いて声を上げた。

「彼はそのために戻って来たんです」とジャックが説明するように言った。

「でもどうやって奪ったんですか?」

「それはですね、ジジが――」

「ちっ!」とバトラーが舌打ちした。「またあの亀が登場するんですか! 亀が殺人に関与している可能性があるというなら、僕は――僕はそんな罰《ばち》当たりなものは油で揚げて食ってしまいますよ!」

ジャックはぽかんとして彼をまじまじと見た。「そうは言ってもジジは自然と登場して来るんです」彼は真顔でそう言った。「というのは、クローデットはジジを捜しに一人で庭園に出て行って、そこをジャメに見つかったんです。彼女があのネックレスをしていたことは覚えてるでしょう? そんな物ははずすようにと妻には言ったんです。でも彼女は高価な物だとわかったばかりで有頂天になっていて、見せびらかしたかった。まあとにかく、彼女はジジにレタスの葉っぱをやるために外に出たんですが、あのちょこまか動く動物が見つからずに捜しまわっているところを、ジャメが暗がりから飛び出してきてネックレスをもぎ取って行ったんです」

「奥さんはなぜ悲鳴を上げなかったんですか?」とバトラーが尋ねた。

「僕もそれを言ったんですよ」とジャックがうなずいた。「すると妻は、もうすでに十分すったもんだしたので、これ以上騒ぎを大きくするのはホテルにとって得策じゃないと思ったと言うんです。もちろんその点では妻の言うことはもっともです。実際、今回のことは何ひとつホテルにとって益にならないでしょう。もしホテルを閉めなければならなくなっても僕は驚きません」

「で、そのとき奥さんはどうしたの?」とシーリアが尋ねた。

「彼女はただ家の中に入って来て、ジジがまたいなくなったと言っただけだった」

「だから、あなたはジャメは殺されたとき、ネックレスを持っていたと考えてるのね？」

「もちろん」ジャックの様子はさっきまでより自信に満ちていた。しゃべったことで張り詰めていた感情がいくぶん和らいだようだった。「彼はここを出た後で誰かに会って、あれを見せたにちがいない」

「でもなぜ奥さんが彼をそのまま行かせたのかわからないわ。ネックレスをまた取り戻せるとどうして思ったのかしら？」

ジャックの青白い顔がわずかに赤みを帯びた。「そもそもピエール・ジャメという男は盗っ人ではなかった。愚かではあったけど、いったん自分の過ちに気がつけばきっとネックレスは戻して来ただろう。昨夜彼がやらかした騒ぎは馬鹿げていたとはいえ、まったく率直な気持ちからだった。彼は難破船のことが頭から離れず、ほかのことがいっさい考えられなかったんだ。時間がたって自分の大失態に気づいたら、すぐにネックレスを戻して詫びただろう。クローデットの判断はまったく正しかったんだ。僕たちは心配することなど何もなかった」

「でも現在ネックレスはなくなっていますが」とバトラーが言った。

「あんなのはたいした災難ではありませんよ」とジャックは答えて歩み去った。

彼を見送りながらバトラーが歯の間でそっと口笛を吹きだした。その音にひどく苛立ったシーリアは彼に向き直り、ぴしゃりと言った。「やめて！」

「ごめん」とバトラーは言ったものの、まるでそうせずにはいられないかのようにその音はまた始まった。「ごめん」と彼がまた言った。

「あなたはどうやら困惑したときにそうする癖があるみたいね」

「まあ、確かに僕は今困惑してる」

「何者かがネックレスを持ち去ったから?」

「僕たちは何だか反応を試されただけだと思うからさ。彼は僕たちで試してみて、結構すべてつじつまを合わせられたとわかったら、ずいぶん気をよくして行ってしまった」

「ということは、あなたはさっきの話を信じてないの?」

「まるきりね」

「だけどなぜ彼はそんな作り話をしなくちゃならないわけ?」

「彼にはあのネックレスを出して見せることができないという事実を覆い隠すためだ」

「彼にできないってどうしてわかるの?」

「あの男があんな話をでっち上げたからだ。それこそが何よりの証拠だ」

「なんだか堂々巡りをしているような意味のない論法に聞こえるわね。それに彼の話からは確かに殺人の動機は浮かんで来るわ――それにジジは現にいなくなった」

「ちょっと、お願いがあるんだけど?」と彼が切り出した。「あの亀の話は省略してもらっていい?もしもこの世に、悪い星のもとに生まれ落ち、関わる者すべてに災いをもたらす獣が現実にいるとすれば、それはあのジジのことだ。だから彼女のことは無視してくれ。忘れてくれ。それともうひとつ」

「何?」

「警察に訊かれたら、さっきのジャックの話のことは何も言わないで」

彼女は埠頭にまだ群がっている野次馬のほうを見下ろした。車が何台か埠頭の先まで来て停まり、腰にリボルバーを装着した大勢の制服姿の男たちが中から転がるように飛び出してきた。

シーリアが考え込みながら言った。「あなたは警察のわたしへの事情聴取をどうしても前もって編集したいみたいね」

「ただジャックにチャンスをやりたいだけだよ。あの馬鹿な男が万一考え直すようなことがあったら――ありそうにはないけどね、でももしかして――万一考え直して真実を話したとしたら、彼の状況を悪くすることにあまり意味はない。だからそうしてくれる?」

「わかった――」

彼女は言いかけて口をつぐんだ。そのとき彼女の後ろで叫び声がしたからだ。「警察だわ! 大変。警察じゃないの!」

シーリアが振り向くと、そこには今しがたテラスに出てきたばかりのスタイン夫妻がいた。

第十章

スタイン氏が落ち着いた顔で訊いた。「何かあったんですか?」

「殺人です」とバトラーが答えた。

夫妻はそろってその言葉を疑わしげに繰り返した。

二人はテラスの端まで来てバトラーとシーリアの脇に立った。警察はすでに埠頭にいる野次馬を分散させて追い払っているところだった。地面に敷いてある防水シートが目に入ったシーリアは咄嗟に背を向けた。

「誰なんです?」スタイン氏が尋ねた。

「ピエール・ジャメです。あのダイバーの」とバトラーが答えた。

スタイン夫人が真偽のほどを訝っているかのように上目使いに彼を見た。

「でも、なぜ?」と彼女の夫が尋ね、すぐにつけ足して言った。「すまないね。間の抜けた質問をして。もちろんきみに答えられるはずはないのに」

「だけどいつ起きたんですか? どうやって?」とスタイン夫人が訊いた。「撃たれたんですか?」

「質問するのはよさないか」と夫が口を出した。「しばらく時間がたてばすべて明らかになることだ」

「あら、放っておいてちょうだい、ポール!」と彼女がヒステリックに叫んだ。「ねえムッシュー・

バトラー、彼はどうやって殺されたんですか？」

「銛でですよ」

「で、まだ何もわかってないの？」

「少なくとも僕は何も知りません」

彼女が静かに言った。「恐ろしいことが起きたわ、ああ恐ろしい」その言葉の裏には何か激しい感情が込められていたが、それは憐みでも嫌悪感でもなかった。それは神にかけて誓ってもいいが自責の念だとシーリアは思った。

スタイン氏が言った。「警察はじきにここに来るでしょうね。あの男はここに逗留していたんだから」

「たぶんそうでしょうね」とバトラーがうなずいた。「実際、もういつ来てもおかしくありません。彼らが来る前に長い散歩にでも出たい気分ですよ。そうすれば無用の大騒ぎも面倒も避けられる。じっくり物事を考えることだってできます。もしそうしたいと思えば」

シーリアはぎょっとして彼に目をやった。彼はポケットの中の煙草を探っていた。煙草が見つかると彼はそれをスタイン夫人に差し出した。

「ありがとう」と彼女は小声で言い、また上目使いに彼を見た。

彼はマッチを擦って言った。「ただ、そうしたいなら早急に決断しないといけません」

スタイン氏は埠頭を見下ろした。「確かに。彼らはもうすでにこっちへ向かっている」彼は妻と組んでいた腕をほどくとシーリアに軽く会釈し、彼女が面食らうような目配せをバトラーとかわすとこうつけ足した。「僕たちは入り江で水浴びをしてますよ。もし僕たちに用があれば」彼は妻をテラス伝いに引っ張っていき、外階段の最上部に近づくと足取りを速めた。

彼らが声が届かないところまで行くのを待ってシーリアはわめいた。「一体どうしてあんなことしたの？」

「僕は何もしてない」とバトラーが答えた。

「彼らを行かせたでしょ」

「そんなことしてないよ。ただ僕自身とんずらしようかなと何となく考えていたんだ。言っておくけど、今日は地獄のような日になるよ――それも僕がここに来て以来の上天気だというのに！」

「あなたは大嘘つきね」

彼が頭を振った。「要は、スタイン氏が僕よりはるかに決断が早いということだ。そのことは昨晩実証ずみだけどね」

「それでも、あなたはわざとやったんだわ。あなた、スタイン夫妻のことを何か知ってるのね」

「まあ、座ってプルーストを読んでいれば、うんといろいろなことがわかるものさ。僕はここにいるあらゆる人間についてたくさんのことをきみに教えてあげられるよ」

「きっとそうでしょうとも！」彼女はそう言い捨てると彼に背を向け、もう一度埠頭がどうなっているか見た。

警察の集団がほうぼうに散らばっていた。埠頭の死体のまわりに集まってじっと立っている警官たちもいれば、ダイバーの船まで行って中の道具を調べている警官たちもおり、ホテルの階段に向かって歩いて来ている警官たちもいた。ホテルで何事かが始まろうとしているのがわかったかのように、庭園に人々が集まり始めていた。

ジャックとクローデットは一緒にホテルの入り口のそばに立っており、ジーンは二人の後ろで戸口の踏み段に立っていた。オリヴィエ家の老夫婦もすでに姿を見せていて、松の木々の下にある彼らのいつものテーブルの前に座って低い声で話していた。ヴァイアン夫妻が外階段を上がって来て、彼らと話をしに行った。通りがかりにヴァイアン夫人がシーリアに言った。「きっとイギリスじゃこんなことは起きないんでしょうけどね?」マダム・ティシエがホテルから出て来て、シーリアとバトラーに合流した。

「あの死体を動かすべきよね」と彼女が埠頭の集団を興味深げに眺めながら言った。「あそこに置いてある限り、あの港でやる試合を首尾よく開始できないわ――見苦しくなくもないし」

「まあ、これでもまだ試合をやる予定なんですか?」とシーリアが驚いたように言った。

「あら、なぜいけないの?」と仕立屋が平然と切り返した。「大勢の人たちがこのお祭りのためだけにラ・マレットに来てるのよ。だからあれをやらないとなると、商売としてはかなりの損失でしょう。まあわたしには関係ないことだけど、でもこの不景気だもの、手に入れられるものをみすみす取り逃したくはないと思うのが人情だわ。それにそもそもあのジャメという男はよそ者だったし。ところで、ひょっとしてあなたたちムッシュー・ファンダクリアンを見かけた?」

二人は首を振った。

「昨晩わたしにアメリカの煙草を持って来てくれる約束になってたんだけど、このあたりでいっさい姿を見かけないのよ。嵐のせいで足留めを食ってるのかもしれないけど」

「わたし、ルースの様子を見に行って来ます」とシーリアは言うと足早に屋内へ入った。

階段を昇りかけたシーリアは、ジーンが後からついて来ていることに気がついた。ルースの部屋のドアのところに着いたときには、ウエイトレスは彼女のすぐ後ろにいた。

「彼女は出て行ったんです」ジーンが言った。

シーリアはかまわずドアをノックしようとして手を捕まれた。「ホテルから出て行ったの？」

ジーンがうなずいた。「鞄を持ってました。裏道を通ってホテルの外へ出たんです」

「どのくらい前に？」

「ほんの少し前です」

「どこへ行くか言ってた？」

「いいえ、何も言ってませんでした。ものすごく急いでるようだったんで、わたしも引き留めなかったんです」

シーリアはどうしたものか決めかねてそこに立っていたが、やがてドアに手を伸ばして言った。

「部屋の中を見せてもらってもいい？　彼女のことが心配なの」

「もちろんです」

二人は一緒に部屋の中に入って行った。

一見するとその部屋はルースが引き払って行ったようには見えなかった。床には靴が何足かあり、洋服だんすにはワンピースがぎっしり詰まっていて、鏡台の上には一そろいの銀製のブラシが置いてあった。部屋を見回すとルース・ジャメの持ち物はどれも極上の品であるのがわかった。洋服は新しいものではなかったが、一年ほど前からこういったものはひどく高価なものになっていた。現在の不安定で貧しい生活のためにルース・ジャメがイギリスに残して来たのは一体どういう家だったのかと不審に思い始めながら、シーリアはさらに部屋の奥へ入って行った。「本当に引き払って行ったようには見えないわよね？」

ジーンが指差して言った。「見てください、マドモアゼル。手紙があります」

その手紙はベッドの上に置いてあり、ほとんど信じられないくらい整然とした筆跡でシーリアに宛てて書かれていた。その数行の手紙は実際には大急ぎでしたためられたにちがいなかったが、まるで入念に印刷されたものの断片のように見えた。

手紙にはこう書いてあった。「わたしはここにはもう、とてもいられそうにありません。できる限りお支払いするためにわたしの持ち物を置いていくと、オリヴィエ家の人たちに伝えてください。残りは後で支払うつもりですと。落ち着き先がわかったら知らせます。 R・J」

ジーンが尋ねた。「彼女は何て書いているんですか？」

シーリアはその手紙を翻訳してやった。

ジーンがそれを聞いて首を振った。「かわいそうに。何も出て行かなくてもよかったのに。若奥様は本当におやさしい方なんです――きっと彼女を置いてあげたでしょう。たとえ何もお金がなくても」

二人は部屋を出て、ジーンはルース・ジャメが出て行ったことをクローデットに知らせるために走り去った。

だがクローデットもジャックも庭園にいて、カーキ色のドリル地の皺くちゃのスーツを着た、小柄で血色の悪い男と話をしている最中だった。かたわらには二人の制服警官が立っていた。庭園にいるほかの人間はみな彼らに注目しており、話の内容をなんとかして聞こうとしていた。その血色の悪い男がジャックに、ホテルにいる全員から話を聞きたい、ついては食堂を使わせてもらいたい、まずはあなたから質問を始めたいと言っていた。

そのときバレ家の人々が階段を一列縦隊で上がって来た。今日の子どもたちはおそろいの黄色いサンスーツにつば広の麦わら帽子という格好で、いつにもまして、まるで今から一列に並んで腕立て側転か空中ぶらんこの曲芸でも始めそうに見えた。もっとも女家庭教師が子どもたちを屋内に誘導し、その間にバレ夫妻は彼らのいつものテーブルまで行って腰を下ろした。

とはいえ座って一分後にムッシュー・バレはまた立ち上がり、ジジを捜して庭園を歩き回った。彼女を見つけて連れて戻ると、足下の砂利の上に降ろし、愛情深くその甲羅の表面を撫でた。

その事情聴取には時間がかかった。埠頭では死体がストレッチャーに移され、やがて救急車にそっと運び込まれた。するとまるで何か障壁でも取り除かれたように、ただちに人々が埠頭や防波堤のところへ押し寄せ、そこかしこで集団を作って、興奮してまくし立てた。

ジャックの事情聴取が終わり、次に話を訊かれたのはムッシュー・ヴァイアンだった。彼の後にはマイケル・バトラーが呼ばれ、てっきり自分たち外国人は最後に回されるものと思っていたシーリアは意外な気がした。彼の聴取が終わるとオリヴィエ家の老夫婦が一緒に呼ばれ、その後にシーリアの番が来た。

彼女はその皺くちゃのスーツを着た血色の悪い男を何と呼ぶべきかとまどった。イギリスで言えば警部か警部補かそういったところだろうが、フランスではその辺のところがどうなっているのかさっぱりわからなかった。小さいテーブルの向こうにいる彼を眺めながら、この男は四十前後だろうとシーリアは見当をつけた。ずんぐりした体形で、知的で退屈したような顔をしており、消化不良に悩まされ、あまりよく眠れていないかのようだった。手足がひどく小さくて、まるで医者のようなピンク色の清潔そうな手をしている。そしてほかのことはすべてどうでもいいようなのに、爪だけは念入りに形を整えられマニキュアが塗られていた。

彼はまずシーリアに名前を尋ね、それからパスポートに目をやった。何気なく一瞥してから彼女にそれを返して言った。「いつこちらに来られたんですか？」

「おとといです」

「純粋に休暇が目的ですか？」

「そうです」

「あなたは以前にもここに来られましたね？」

「九年前です」

「ああ、戦争の前ですね」

シーリアはうなずいた。

「で、なぜまた今年こちらへ足が向いたんです？」

「ずっと来たいと思ってたんです」

「パスポートにジャーナリストと記載してありますね」

彼女は虚を衝かれた。彼は一瞥しただけでそれに気がついていた。

「はい」

「それでも休暇のためだけに来られたとおっしゃるんですな？」

「はい」と彼女は繰り返した。

彼のマニキュアをした手がテーブルをコツコツ叩いた。「ただあなたはこちらの一家とはかなり面識がありますよね？」

「あの、さっきも言いましたが、わたしは九年間こちらに来てないんです」

「ぜひこちらに来るように彼らから手紙でも届いたんですか？」

「いいえ、手紙を書いたのはわたしのほうです」

「ただ単に休暇を過ごしたくて？」

「もちろんです」彼女はこの同じ質問の繰り返しにむっとして、さっきより鋭い口調で言った。「ほかに何の理由があって来るというんでしょう？」

彼は肩をすくめて言った。「ジャーナリストの方は興味の幅が広いですからね。ところでちょっと教えてください。あなたはここへ来る前にジャメ夫妻のどちらかに会ったことがありますか？」

「いいえ」

「ジャメ夫妻もイギリスにいましたよね」

「わたしはどちらにも一度も会ったことはありません」

「あなたはマダム・ジャメと話しているところを何度か目撃されていますが」

「別に、普通のことですよね」

「おっしゃるとおりだ」彼は自分のピンク色の手にさっと視線を落とした。「ジャメ氏とジャック・オリヴィエ氏が口論を始めたとき、あなたはその場にいましたか？　それともいませんでした？」

「いました。わたしはその場にいました」

「では何があったか説明していただけますか？」

咄嗟に彼女は昨晩の出来事を何ひとつ思い出せないような情けない気分に襲われた。

彼が促すように言った。「ジャメ氏は一日ばかり不在にしていたんですよね。で、彼と妻がこの部屋に入って来たときには確かもう食事は始まっていた」

「そうです」とシーリアがうなずいた。「そのとおりです――それから二人はバーのほうに行ったんです。で、そのとき灯が消えたんです」

「ああ、そうそう停電がありましたね」

「すると誰かが言ったんです。花火でもしたらいいのにって――マダム・ティシエだったと思いますが――それでオリヴィエさんがバーのカウンターで小さい花火に火を点けたんです。火花が少し服の袖に飛び散ったんで、彼は上着を脱いだ。その拍子に何かが上着のポケットから落ちてわたしの足下に転がって来たんです。それで拾い上げてみると、金の台座にはめ込まれた青い石のネックレスでした。わたしは何か落ちたと彼に呼びかけたんです。彼がそれを受け取ろうとすると、ジャメさんが妨害してひったくった。そして彼は、オリヴィエさんが自分の難破船からそれを盗んだんだと責め始めたんです……この難破船のことはすべてご存じですよね？」

血色の悪い男がうなずいた。「ええ――どうぞ先を続けてください」

「まあ、わたしにはジャメさんの言うことがよくはわかりませんでしたが、どうやら彼は、自分が仕事でトゥーロンへ行ってる間に、オリヴィエさんが別のダイバーに連絡を取って海に潜らせ、難破船の中にあるとされている財宝の一部を発見したと考えてるようでした。オリヴィエさんは、そのネックレスは妻のものだし別に価値などないと反論して、奥さんを部屋に呼び入れた。で、奥さんもネックレスを自分のものだと確認した。それでもジャメさんは彼の話を信用せず、ムッシュー・ヴァイアンに、なんでもこの人は宝石商らしいのですが、その石がまがい物かどうか鑑定してくれるよう頼んだんです。ムッシュー・ヴァイアンは関わり合いになるのをかなり渋ってたようでしたが――」

「お話の途中ですみませんが、これはすべて暗闇で進行したことですか?」

「あら、いいえ、ごめんなさい。言い忘れていました――灯はわたしがネックレスを拾ったあたりで点いたんです」

「なるほど」彼はひとつの爪のあま皮を押し戻した。「できればですね、マドモアゼル。何ひとつ抜かさないでください。すべて重要なことかもしれませんので」

「わたし、たくさん抜かしていると思います」とシーリアは言った。「ところでさっきも言ったように、ムッシュー・ヴァイアンは自分の意見を言うのはどうも気が進まない様子でしたが、それでもその石はサファイアで、台座は十八世紀の細工物と思われると言ったんです。ジャメさんはこれを自分の言い分が正しいことの証拠と取ったようでした。それで彼がどうするつもりだったのかはわかりません。というのはそのときスタイン氏が介入して――」

「スタイン氏? ああ、はいはい、泳ぎに行ってらっしゃるとかいう紳士ですな?」

シーリアは誰がそんなことを彼に告げたのだろうと怪訝に思ったが、すぐにマイケル・バトラー以外にはありえないと気がついた。

血色の悪い男の視線は彼女に注がれていたが、そのまなざしにいくぶんおもしろがっているような様子をシーリアは見てとった。ますます落ち着かない気分になりながら、これはきっと裏に何か陰謀のような欺瞞のようなものがあるにちがいないという気がした。

「それで、スタイン氏がジャメさんの手からネックレスを取って、オリヴィエさんの奥さんに渡したんです。奥さんはそれを着けて――」

「ちょっといいですか」と男が遮った。「ジャメ氏はどうしてそんな介入を許したんです？」

「断定はできませんけど、それはスタイン氏の特異な個性によるものだと思います。そんなふうにふるまえる人もなかにはいますものね」

「なるほど、ではそのスタイン氏は、宝石がオリヴィエ夫妻の手に戻ることを切望していたわけですね？」

シーリアはそれまでそんなふうに考えたことはなかった。彼の興味深そうな視線を避けるように彼女は、窓の外の静かに輝いている海に目をやった。予想していたよりもこの事情聴取が嫌になり始めていた。

「わたしはそんなふうには思いませんでしたけど」彼女は誘導されるつもりはないことをその口調から彼が察してくれることを願いながら言った。「スタイン氏はその騒ぎに単に腹を立てていたようでした。彼はそれを茶番劇と言い捨て、ディナーを穏やかに終わらせたいと言ったんです」

シーリアが男に視線を戻すと、またさっきのようにいくぶんおもしろがっている気配が感じられた。

「そうですか、それから？」と彼が促した。

「ジャメ夫妻は部屋を出て行って――あ、その前に彼は、今から警察に行くと言っていましたわ。わたしがお話しできることはこれですべてです」

「すべてですと？　亀の行方不明のくだりについては何かありませんか？」

「わたしはその前に外出しましたので――そのことは後で人から聞いただけなんです」

「で、どこへ行かれたんですか？」

「バトラーさんとちょっと散歩に行きました。防波堤まで行ったんです」

「なぜ防波堤まで行ったんですか?」

「なぜ防波堤まで行っちゃいけないんですか?」

このとき初めて男が笑った。「確かに、なぜいけないんですかね? たとえ雨の夜でも散歩するにはうってつけの場所ですからね」

「雨はやんでました」

「ああ、そうでしたね。それであなたがたはダイバーの船を見に行ったんですね? 何でそんなことしたんですか?」

「いえ、見には行ってません」

「見に行ってない?」

「ええ、帰ろうとしていたときに確かに船のほうは見ました」バトラーがすでにしゃべったにちがいないと気づいてシーリアは言った。「でも、それはたまたま男が通りかかったからです。わたしたちは、男はずっとその船を見ていたんだろうと思いました。彼は入り江の向こうでカフェをやっているパトリスという男だとバトラーさんが教えてくれました」

「では、あなたとバトラー氏が防波堤まで行ったのには特段の理由はないと?」

「まったくありません」口ではそう答えながらもシーリアは気持ちがややざわついて、本当にそうだったのだろうかと訝った。彼らの足を埠頭へと、そして防波堤へと向かわせたのはバトラーだった。彼がそうしたのにはもしかして何か理由があったのだろうか? 二人で散歩に出たときに、彼女のほうはどこへ行くか無頓着だったので、まんまと彼の計画に乗ってしまったのだろうか?

顔色の悪い男はカーキ色のドリル地のズボンで爪を磨いていた。彼女のほうを見ずに何か一心に考え込んでいた。考えている間彼は顔を引きつらせ、いくぶん奇妙なしかめ面になっていたが、それがふと消えて彼の意識は彼女に戻った。

「では以上で質問は終わりです、マドモアゼル。ありがとう」

シーリアが立ち上がった。

「まだもう少しラ・マレットにいらっしゃいますか?」と彼が最後に訊いた。

「たぶん三週間くらいいますわ」

彼がうなずき、彼女は外に出た。

庭園ではすでに昼食のしつらえがされているところだった。シーリアは自分のテーブルへ向かう途中、バトラーが読んでいた本から目を上げたのに気がついたが、これ以上彼とコミュニケーションをとる前にマイケル・バトラーという人間について少し考えたかった。それで彼の物問いたげなまなざしを無視した。

今日の料理はとても素晴らしく、ジーンはまた嬉しくてしょうがないといった様子で給仕をしていた。それでもシーリアは食事を楽しめる気分ではなかった。どうやらほかの客たちもみな同じ気分のようだった。ムッシュー・ヴァイアンを除いては。彼はいつもと同じように、料理批評家のように熱心に楽しそうに料理を口に運んでいた。一方、彼の妻はほとんど料理に口をつけずに皿を押しやり、夫がもう少し食べるようにしきりに勧めても、黙って首を振って気分が悪そうな顔つきでそこに座っていた。

シーリアはテラスを歩いて来るスタイン夫妻が目に入り、急に不安になった。

彼らは制服警官の一人に呼び止められ、そのまま屋内に連れられて行った。シーリアもマダム・ヴアイアンのようにナイフとフォークを置くと、料理の皿を押しやった。スタイン夫妻のことがひどく心配だったが、それでいて何を恐れているのか自分でもさっぱりわからなかった。

彼女はバトラーのほうを頑として見ようとしなかった。彼には、これから起きようとしているなにがしかの悲劇の責任があるように思えた。あとどのくらいでその悲劇は起きるのだろう？　食堂にいるあの退屈そうな顔をした利口な男は、スタイン夫妻に何を言わせようとしているのか？　彼らを一体どうするつもりなのか？

彼女はワインを少し注いで飲み干した。腕時計にちらりと目をやり、スタイン夫妻は少なくとも三十分は出て来ないだろうと踏んだ。いや、そもそも彼らは出て来るのだろうか？

だが実際には彼らは五分もしないうちに家から出て来ると彼らのテーブルに向かった。スタイン氏の顔は無表情だったものの、衝撃を受けたように硬直して歩いていた。夫人のほうは困惑して興奮しているように見えた。

シーリアのテーブルの前を通り過ぎようとして彼女の足が止まった。自分を抑えられなくなったようだった。

「彼はわたしたちに何も訊かなかったのよ！」と彼女は訴えた。「まったく何も！　パスポートを見せるようにさえ言わなかった」だがその声は嬉しそうでもほっとしたようでもなく、顔色は蒼白だった。「パスポートさえ」と彼女は繰り返した。「不可解だわ」

第十一章

食事が終わるとバトラーがシーリアのテーブルまで来て座って言った。

「ちょっと訊きたいことがあるんだけど」

「わたしがラ・マレットに来たのは休暇のためか、何か後ろ暗いはっきりしない目的のためか訊くつもりなら、答えはノーよ」

「ノー?」

「答えるつもりはないという意味」

彼はテーブルにあるブドウの房から黙って一粒取った。

「僕が訊きたかったのはパトリスのことだよ。警察の連中に彼のことを訊かれた?」

「そうね、昨夜防波堤のところで彼を見たことを話したわ。でもあっちはあなたとわたしがそこで何をしていたかにはるかに興味があったみたい」

「あいつらはフランス人だからな」と彼がぶつぶつ言った。

「そうじゃないわ。あの人たちはあなたが言うところのフランス人ではないと思うわ。それにしても何で知りたいの? 彼らがパトリスのことをわたしに訊いたかどうか」

「妙なことがあったからだ。僕が彼の話題を出しもしないうちに、昨晩どこかで彼を見なかったかとあっちから訊いてきたんだ」

「もうよそから情報が入ってたみたいね」

「僕も同じことを考えていた」

シーリアはブドウの房を彼から遠ざけて自分のほうに引き寄せた。「ところで、あなたに訊かれてないことを今から言うわね」

「どうぞ」

「わたし、あなたのことでいささか気に入らないことがあるの。あなたの行動にはどこかわたしを苛立たせるところがあるのよ」

「言いたいことはそれで終わり？」

「とりわけ、スタイン夫妻には逃げることを勧めておいて、警察には彼らの居場所をご注進するようなところが気に入らないということを除けばね」

彼は彼女に目を当てたまま、がたのきた小さい緑色の椅子を後ろに傾けた。「それのどこが気に入らなかったんだい、シーリア？」

「あの人たちを故意にトラブルに巻き込むなんてちょっと意地悪に思えるわ」

「そんなこと言うけど彼らはトラブルに巻き込まれてる？」

ブドウを持った彼女の手が口まで行かずに止まった。確かにその点については考えていなかった。今じっくり考えると、バレ家の子どもたちを除けばスタイン夫妻は、ホテルにいるほかの誰よりトラブルに巻き込まれていないように思えた。

バトラーはさらに言い募った。「つまるところ彼らは、今回のような事件になどとても関係がありそうなそうにない二人の人畜無害なスイス人観光客にすぎないんだ。そんな彼らが泳ぎに行ったたって警察が何で気にかける？　スタイン夫人が言うのをきみだって聞いただろ――警察は彼らのパスポートさえ見たがらなかったんだぞ」

シーリアはブドウに歯を当てた。

「結構。あなたが何も本心を明かすつもりがないことはわかった。でも別に議論を始めるつもりはないの。わたしはただ、それが気に入らないって言ってるだけ」

「すまない」と彼はやさしげに言った。まるで本心からそう言ったかのようだった。彼の口調にシーリアは不意打ちを食らった。

「それはそうとして」ややあってシーリアが言った。「パトリスの犯行なのかしら？」

「その可能性は高いと思う」

「じゃあ、誰が警察に密告したの？　もし密告したのだとして」

「それがわかればね」

テーブルにどさっとトレーを置く音がして、ジーンが手早く皿やグラスを集めながら二人の会話に割り込んだ。

「ルース夫人が戻って来ましたわ。少し前に裏道から入って来たんです。今、警察と一緒にいます。彼女はどこに部屋を取るんでしょうね？」

「どこって？」と二人は同時に訊き返した。

「彼女、パトリスの奥さんと一緒なんです」

バトラーは急に椅子をぐいっと引いてまっすぐに立たせた。「これは驚いたね、彼女は気が変になったんだろうか？」と彼が大声で言うと、ジーンは食器を満載したトレーを持ってそそくさと行ってしまった。

「この状況だもの、当たらずといえども遠からずかもね」シーリアが冷静に答えた。「あなた、彼女を非難できる？」

「そうだな、きみにできることは何かないの？　彼女をそこから救い出してあげられないの？」

「わたしはそうは思わないわ――もし彼女がパトリスのことを疑ってるなら、自分で離れるだろうと思うけど」

「僕が思うに――」そこで彼の言葉が途切れた。「この集団は一体何だ？」

若者の一団が庭園の階段を一列縦隊で昇って来た。全員つやつやした油ぎった髪をして、ウエストで絞った上着を着用し、小さい蝶ネクタイをつけ、先のとがった靴を履いている。ジーンは彼らを迎えるために走っていき、テーブルを二つくっつけてひとつの長いテーブルにし、椅子をかき集めた。

「楽団だと思うわ」とシーリアが答えた。「今夜のダンスのために演奏しに来たのよ」

「まるで男性アイドルグループみたいだな」

「だけどほんとにダンスをやるのかしら？」

「まあ、たぶんそうなんだろう。きみは殺人事件というものを深刻にとらえ過ぎてるように思えるよ、ミス・ケント」

くだんの若者たちにはそんな様子は露ほどもなかった。彼らは大声で殺人があった話をし、埠頭の死体が寝かされていた場所を指差して笑っていた。

埠頭の状況から見て、殺人によって村の祭りのアトラクションがひとつ増えたことに今やどうやらラ・マレットにいる大半の人々が気づいたようだった。数人の警察官がガードしているピエール・ジャメの船は、観光客の注目の的になっていた。鮮やかな色のこざっぱりしたワンピースに身を包み、美容院に行ったばかりの素晴らしい髪形をした女たちが、お祭り気分の怠惰さを顔に浮かべ、プレスしたての綿のズボンに清潔なワイシャツを着こんだ男たちにエスコートされて、埠頭を行きつ戻りつしながら歩いている。みな一様に恐怖と興奮の入り混じった表情をして、〈ホテル・ビアンブニュ〉を見つめてはそこに警察がいることの意味を熱っぽく議論していた。陽光がその景色をまるで白日夢のような、芝居じみた真実味のないものにしていた。空と海のあまりにも鮮明な青さも、ほとんど現実のものとは思えないほどだった。

マダム・オリヴィエがシーリアとバトラーに近づいて来た。「いらっしゃいな。ちょうどコーヒーを淹れるところよ」そう言うと彼女は思いがけないことにシーリアのほうに身を乗り出して頬にキスをした。「さあさあ、あんなこと気にしちゃ駄目よ。今日はわたしの聖名祝日なんだから」彼女は声を詰まらせて静かに笑ったが、笑っているのではなく涙を流しているかのようだった。そのとき家の中で甲高い騒々しい声が聞こえ、彼女は困惑した叫び声を発した。ルース・ジャメとクローデット・オリヴィエが一緒に庭園に出て来た。

ルースはまるで無理に伸ばした針金のようにこわばって直立しており、顔色は青ざめ、怒った燃えるような目をしていた。クローデットもまた怒っていたが、そのせいで背中を丸め、頭を前に突き出して大股に歩いていた。

「いい、わたしがここにいるときに彼が来たのよ――この庭園のこの場所にね。で、わたしの首からあれをひったくったのよ!」彼女はルースに向かって叫んだ。「彼がそんなことするとは知らなかっかってるでしょ」

たとは言わせないわよ。あなたたちは一緒に出て行って二人で計画を練ったんだわ」

ルースは庭園を素早く見やり、全員の視線が彼女に注がれているのに気づいてますます青ざめた。言葉につかえながら彼女はフランス語で答えた。「あなたが嘘をついてることはあなたが一番よくわかってるでしょ」

「わたしが——このわたしが嘘をついてるですって？　あなたのほうが、わたしの夫が殺人犯だとここにいるみんなに思わせようとしてるくせに」クローデットが金切り声で言った。「そりゃあ必要に迫られたら嘘だってつくでしょう。だけど今はその必要はない——わたしが言ってることは全部真実よ！　あなたのご主人があのネックレスをそこらへんにいる泥棒みたいにわたしからひったくって行った。わたしがここの暗がりで一人で亀を捜してるときにね。だからもしあなたが今あのネックレスがどこにあるか教えてくれても、わたしはちっとも驚かないわ」

「亀を捜してた！」ルースは冷ややかに言った。「そうよ、あのときあんたはホテル中が混乱するように自分であの亀を隠したのよ。そうすればあんたが何をしようが誰にもわからないもの」

クローデットがルースを殴ろうとするかのようにげんこつを振り上げた。「ちょっと、あなた——」

そのときジャックが戸口のところに現れて彼女の手首をつかんだ。

「彼女を一人にしておけ」と彼は小声で言ってクローデットを家の中に引っ張った。

ルースは踵を返して立ち去った。

マダム・オリヴィエが息を吐いて長いため息をついた。「ね、彼は悪い子じゃないの。心根はいいのよ。あの子はあのかわいそうな奥さんに同情したんだわ」彼女は一人微笑むとコーヒーを取りに行った。

シーリアとバトラーは席を立つと、庭園の隅のテーブルに座っているムッシュー・オリヴィエに合流した。

老人は体をかがめてブランデーのボトルのコルク栓を抜いていた。ジュヌビエーブが彼の隣の椅子に座っていた。刺繍が施されている白いワンピースを着て、上手に説得されておとなしくパンツを穿いていた。とはいえこの埋め合わせに彼女は片方の靴を脱いでテーブルの上に載せていた。彼女の手には自分のガラス瓶が握られている。その中には小石がいくつか入っており、彼女はそれを時々ガラガラ鳴らしてはひそかに勝ち誇ったようにまわりを見回した。

ヴァイアン夫妻とマダム・ティシエもコーヒーパーティーに顔を見せていた。バレ夫妻は子どもたちのことがあるのでと招待を断っていた。スタイン夫妻の姿も見えなかった。

マダム・オリヴィエがカップとコーヒーフィルターの載ったトレーを持って戻って来た。今そこでムッシュー・バレに会ったが、一家は翌日ホテルを発つらしいと彼女が言った。

「まるで今回の事件にうちのホテルが何か関係があるとでも言うみたいにね」と言うと彼女は大げさに肩をすくめた。「それはまあ恐ろしい事件ですものね、彼が子どもたちをここから遠ざけたいと思う気持ちもわかるわ。でもあれはうちとは何の関係もないことなの。戦争中のあの気の毒な若者のときと同じで……」彼女はそこで言葉を切って腰を下ろすと、光沢のない陶器のカップにコーヒーを注ぎだした。「あれはドイツ人がここにいたときのことだったわ。一人の青年がガールフレンドと一緒にうちに来て、空いてる部屋はないかと訊いたの。わたしは彼にパスポートを見せるように言った。どこにも不審な点はなかったわ。ただ彼はトゥーロン出身の職人という話だったけど、わたしは彼にアルザスなまり（アルザス地方で話されているドイツ語の方言）があることに気がついたの。ある日わたしは彼に言った。〝あなたはトゥーロンの出じゃないわね〃って。彼は物静かな好青年で、わたしたちは時々一緒におしゃべりをしたの。そのとき彼が言ったのよ。〃ええ、実は僕はトゥーロンの出身じゃありません〃と。それでわたしは言った。〃そんなことわたしにはどうだってかまわない。どういう方法で手に入れたのであろうと、わたしが見る限りあなたのパスポートに不備はないわ〃すると彼が言ったの。〃僕はドイツ軍の脱走兵です〃って」

　彼女がコーヒーカップを配っている間に夫のほうはブランデーをグラスに注いでいた。

「彼はうちに六週間いたの。ガールフレンドと一緒に」と彼女が話の先を続けた。「二人ともきわめて穏やかな人柄で、お互いのことをとても思い合っていた。時々警察が巡回に来るので彼はパスポートを見せないといけなかったけど、何も問題はなかったから誰もそれ以上は干渉しなかった。ところがある日、ゲシュタポと一緒に働いてるという一人のフランス人がうちに来た。男はその青年が話すのを聞いて言ったの。〃きみにはアルザスなまりがあるな〃って。それで一巻の終わりだった。連中はものの数分で彼をたたきのめして、ドイツ軍の脱走兵だと白状させた。そのあと彼を丘に連行して撃ち殺したのよ。すぐさまね。裁判もなく、軍法会議もなく、あっけなく殺されたのよ。彼が警察に引っ張られてあのドアから出て、あそこの階段を降りて行くのをわたしはこの目で見てた。その間彼のガールフレンドは棒立ちになって彼の後ろ姿をくいいるように見つめてた。それが見納めだとでもいうように……」そこで彼女は砂糖壺をシーリアに差し出して言った。「砂糖をひとかけら取ってマール（ブドウの搾りかすから造るブランデー）に浸しなさいな――そうするととってもおいしいから」

「わたしたちはみんな恐ろしい光景を目の当たりにしてきたわ」そう言ってマダム・ティシエはブランデーのグラスに砂糖の塊を浸してすすった。「わたしは到底忘れられないようなことを見てきた。

それでもそんなこと考えたって何もいいことはない。とにかくわたしたちはみんな生きてかなきゃならないの。それでなくてもこんなに景気が悪いのに、落ち込んでみたところで一文の得にもならない。わたしは今年特に仕事が不調だった。なぜってお天気さえ味方になってくれなかったから。あの伝染病がはやったせいでみんな新しい服にどんどん買い変えるはずだったときに、あんなに雨ばかり降って寒かったものだから誰も何も買わなかった。で、この季節も終わる頃になってこんなに晴れ上がっても何の足しにもならないわ。だってみんな新しい服なんて今さら買ってもしょうがないと思って、去年のものをそのまま着てる。だいたい誰もお金を持ってないしね。どこの誰も。南米人のお客でさえ以前のようには羽振りがよくないわ」そのときかすかに音楽が鳴り響いて彼女の言葉が遮られた。「あら、見て」と彼女は椅子に座ったまま体をねじって言った。「船上槍試合が始まったわ」

港の中央で、五十ヤードばかり離れて対峙している二隻の船がお互いに近づいて行った。双方の船には男がぎっしり乗り込んでおり、船首には笛と太鼓を持った男がしゃがんでいる。船尾からははしごが外側に向かって斜めに突き出しており、その一番上にある足場には、上半身に長方形の木の盾をくくりつけ、長い木の槍を持った白装束の男が立っていた。

二隻の船が近づくにつれ松の木の下のテーブルは静まり返った。甲高い笛の音と奇妙な形をした太鼓がガラガラ鳴る音が海のほうからかすかに届いてきた。はしごの上にいる男たちが槍をかまえた。だが船の舵をとっている男たちが、開けておくべき距離の判断を誤っていて、二隻の船は何事もなくすれちがった。はしごの上の男たちはほっとして、埠頭の群衆は期待がはずれてぶつぶつ言った。船は大きく円を描いてくるりと向きを変え、再び向かい合った。

「戦争が始まる前の夏、ジャックも船上槍試合に出たの」マダム・オリヴィエがケーキを切り分けながら言った。「あの子は海に落とされなかった。覚えてるでしょ、マドモアゼル・ケント？　あの子は年のわりにはとても屈強だった。それにしてもあの頃とは何もかもなんとちがってしまったことかしら。昔も同じようにこんなふうに木の下に座って船上槍試合を眺めてたけど、あの頃は花束もケーキもあった。ジャックがわたしに大きな花束を持って来てくれて。その日はわたしの聖名祝日だったから……このケーキはあまり出来がよくないでしょ？　小麦粉のせいよ。鉛みたいに重い。これはムッシュー・ファンダクリアンから買った精白小麦粉だけど、質がよくないわ」そう断って彼女はケーキを配り始めた。「それでも今日のランチはましになってたでしょ？　ひとこと言ってやったのよ――ひどい料理のせいでお客様の足が遠のくようなことはわたしならしないってね」

「ところでムッシュー・ファンダクリアンはどこにいるんでしょう？」とマダム・ティシエが尋ねた。「彼はお祭りの実行委員会のメンバーだから、今日はほうぼうで姿を見かけるだろうと思ってたんですけど」

「まったく見かけないですわね」とマダム・オリヴィエが応じた。

「あの話は本当なんでしょうか？」とバトラーが切り出した。「彼が自分のホテルをオープンするつもりだというのは」

オリヴィエ夫妻が一緒に笑った。「ということは、彼はあなたにその話をしたのね？　まさにそれよ。彼がしてることは。彼はうちに来ては、わたしたちのお客様を片っ端から盗《と》ろうとしてる。それって褒められたことではないわよね？」だが彼女の口調は別段それを憤慨しているふうでもなかった。

「じゃあ彼は本当にホテルを建てるつもりなんですね？」とバトラーが訊いた。

「さあ、それはわたしにもわからない。とにかく彼は始終その話をしてるの。だけど彼はお金を持ってないんじゃないかと思うわ」

「ホテルが欲しいなら、なぜ〈ホテル・ミストラル〉を再開しないのしら?」とマダム・ヴァイアンが横合いから言った。

「それは新しく建てるよりかえってお金がかかるだろう」とムッシュー・オリヴィエが答えた。「あの建物はまさしく廃墟ですよ。何であんなことになったかは謎なんだが、まあいずれの国の兵士にしろあんな巨大な無人の建物に宿営していれば、それを破壊したくなるんだろう。わけもなくあらゆるものを手当たり次第に壊してしまうやんちゃな子どもみたいになって。もちろんあのホテルは戦争が始まった直後に閉めないといけなかったんだが。そのうちドイツ人に接収されて、その後アメリカ人が取って代わった。建物はもう目を疑うような有様じゃよ。いい大人が何でそんなことをしたのか理解しがたいがね」

「戦争絡みのことは何だって理解しがたいわ」とマダム・オリヴィエがつぶやいた。「このケーキはとてもひどいわね? わたし、いつもは上手に焼けるんだけど、今日は何かうまく行かなかった。たぶんケーキ作りに集中できなかったせいだと思うわ」

「ほら、また始まるみたいよ」マダム・ヴァイアンが港を指差した。

二隻の船はすでに接近していた。笛が甲高い音を立てていて、埠頭の群衆はさかんにけしかけていた。はしごの一番上にいる男たちは槍を相手に向けて狙いを定めていた。

二隻の船が至近距離ですれちがう際にはしごの一番上の男二人が突き合いをし、お互いの槍の先端が木の胸当てにぶつかり、両者とも小さい足場の上でなんとかバランスをとろうとして激しくぐらつき、ついに一方が片足立ちでむなしくゆらゆら揺れた後に、大きなしぶきを上げて海の中に落ちて行った。

群衆は喝采の叫び声を上げた。二隻の船はまたいったん大きく離れ、木の胸当てをつけた別の白装束の男が空いた足場に昇って行った。

みなの関心が港に注がれている間に、ジュヌビエーブがだしぬけに祖父のグラスに突進した。すんでのところで彼がグラスを彼女から守ったが、それが手の届かないところに移された途端、ジュヌビエーブの顔はくしゃくしゃになって口角が下がり、彼女はありったけの力を振り絞ってすさまじい叫び声を上げた。ムッシュー・オリヴィエはあわててティースプーンを取ると、グラスのマールをほんの少し注いで彼女に差し出した。

ジュヌビエーブはそれをごくりと飲み込んだ。一瞬彼女は何を飲まされたのかわけがわからず、驚いてショックを受けたようで、その小さな顔がうつろになった。それからたちまち彼女は腹を決め、舌を精一杯突き出してグラスに両手を伸ばした。

今度は急いでそのグラスがどけられ、彼女の悲鳴が聞こえた。

「ほら、言わないことじゃない」と言ってマダム・オリヴィエが孫を抱き上げて自分の膝の上に乗せた。「しーっ、静かにしてね。さあ、ケーキをひと切れおあがりなさい……義理の娘はわが子に関心がなくてね。時々ほんの数分この子にキスをしたり撫でたりはするけど、わたしが世話をしてやらなきゃこの子はぼろぼろの服を着て走り回ってるわ。そもそも結婚がまちがいだった、諸悪の根源はあの結婚なのよ。ジャックはわたしたち夫婦の友人の娘と結婚するものとばかり思ってたのに。きれいな娘さんでね、あちらの両親もそれを望んでた。それなのに息子はわたしたちの言うことに耳を貸さなかった。あの子は軍隊に入ってこの土地を離れてた間にあの嫁を見つけて来たのよ」

「わたしも家族の意に反して妻とは恋愛で結婚しました」とムッシュー・ヴァイアンが誇らしげに言った。「で、うちは非常にうまく行っていますよ。妻は料理が上手ですし、わたしのやることには一切干渉しませんし」彼は妻の柔らかな手を軽く叩いて言った。「結婚生活は円満です」

「干渉しないですって！」マダム・オリヴィエが馬鹿にしたように言った。「わたしだっていつも夫には好きなことをするように勧めて来たわ。その結果、今思えば夫の気持ちがよその女に行ってるときほど、夫から花やチョコレートやプレゼントをたくさんもらったことはなかったわね」

「まあ、冗談ばかりおっしゃって」マダム・ヴァイアンはそう言うとため息をついた。

「わたしが言いたかったのはそういうことじゃなくて」とマダム・オリヴィエが言葉を続けた。「嫁は息子に、せっせと自分の機嫌をとらなくていいから、野心とか突拍子もない夢を大事にするようけしかけて、友だちや親戚をないがしろにさせてるの。もう今やあの子には友だちはいない。あのダイバーみたいな人種を除けば……」彼女は言いさしてやめると放心したようにつぶやいた。「わたし今何の話をしてました？」

港のほうでもう一度水しぶきが上がった。また群衆が喝采した。

「やっとムッシュー・ファンダクリアンのお目見えだわ」とマダム・ティシエが言った。

その小柄なアルメニア人は陰気な威厳を漂わせて彼らのほうにやって来た。まるで葬送の行列について歩いているようなひどくまじめくさった顔をしている。彼は一同に無言で頭を下げて腰を下ろし、持っていた革の鞄を開けるとマダム・ティシエに〈ゴールドフレーク〉の箱を半ダース手渡した。

「昨晩お渡しできなくてすみませんでした。お約束したことは必ず守るのがわたしの信条です。夜のうちに煙草をお持ちすると言った以上は、たとえ槍が降ってもそうしたかったのですが、今度ばかりは煙草の調達に少々手こずりまして、友人に電話で依頼しないといけませんでした。そのうえとても大切な会合があってどうしてもトゥーロンに留まらざるをえなかったんです。で、ついさっきこちらに戻って来て、あの恐ろしいニュースを聞いたところです。なんと痛ましい！」

「ムッシュー・ファンダクリアンにマールのグラスを差し上げて」マダム・オリヴィエが夫に言った。

「ムッシュー・ファンダクリアン、今日はわたしの聖名祝日なのよ。今お祝いしてるところなの」

「それはおめでとうございます、マダム」彼はそう言うと彼女のために乾杯した。「必要以上に動じないとは実に賢明でいらっしゃる。だがそれでもなんとも恐ろしい出来事ですね。もう警察は誰か捕まえましたか？」

「もちろんまだよ」とマダム・ヴァイアンが答え、シーリアに向き直った。「イギリスでは警察が犯人を捕まえるんでしょ？」

「こちらの警察は犯人を見つけないんですか？」とシーリアが訊き返した。

「警察が見つけても犯人は罪を免れるわ」

「お金さえ持ってれば」とマダム・オリヴィエがつけ足した。

「あの男は金なんぞ持ってないでしょう」とムッシュー・ファンダクリアンが言った。

「どうしてわかるんです？」と何人かが一斉に言った。

「わたしの知る限りパトリスはあまり金を持ってませんよ」

「パトリスだって！」意外そうな声が上がった。

「あんなことほかに誰がやるって言うんですか？　あの男はワルですよ。危ない男だ。あの事件のときに捕まるべきだった」

「あのとき罪を免れたんだからおそらく今度だってそうでしょう」マダム・オリヴィエが言った。

ムッシュー・ファンダクリアンが首を振って言った。「今回は前のときとはだいぶ状況がちがう」

「でもなぜ彼があんなことをしないといけないんですか?」とバトラーが尋ねた。「ジャメのどこが気に食わなかったというんです?」

「聞けば彼は高価なネックレスを持っていたという話ですよね?」ファンダクリアンが確認するように言った。

「ああ、そうでした。あのネックレスか——忘れていましたよ」

バトラーの声に皮肉な調子を感じとったのは自分だけだろうかとシーリアは訝った。彼は椅子を後ろへ傾けて、その小柄なアルメニア人をさりげなく観察していた。

「彼はたぶんそれをパトリスに見せたんでしょう。愚かにも」とファンダクリアンが言った。

「それにしてもあなたはラ・マレットに戻って来たばかりなんですよね? 耳が早いですね?」とバトラーが言った。

「友人が今朝電話をくれました。ところで昨晩のわたしの会合のことをお話ししないといけませんね。思いがけないことがありましてね。同胞のアルメニア人のボーイスカウトとガールガイド（米国のガールスカウトに相当）の大会でスピーチをするよう頼まれたんです。大会には東方正教会の総主教も列席されていましてね。当然そんなご依頼をお断りすることはできませんでしょ。お引き受けするのはわたしの使命のように思えたんです。人はみな人生経験から得た教訓を若い人たちの前で披露するのを決してためらってはいけないんです」そう言うと彼は立ち上がった。「もうわたしは家に戻らないといけません。噂がいろいろ出回っているので姪があんまり動揺してないか様子を見に。こちらへはマダム・ティシエに煙草を渡しに寄っただけなんです。約束を破るのは好きじゃないもので」彼はもう一度頭を下げて歩み去った。

マダム・オリヴィエが体を揺すって笑いだした。「ちゃんちゃらおかしいわよね。あのちんけな男がボーイスカウトとガールガイドの子どもたちの前で人生で成功するための教訓を垂れるなんて」

「でもあのパトリスという男についての彼の見立ては正しいのかしら?」マダム・ティシエが訝しげに言った。「当たってるのかもしれないわね。ムッシュー・ファンダクリアンはとても頭のいい男性のように思えるから」

「まあ一理あるわね」マダム・オリヴィエはそう言いながらまた吹きだした。「ボーイスカウトとガールガイドとはね!」

パーティーは散会し始めた。〈ホテル・ミストラル〉の庭園で闘牛の模擬試合がある予定になっていてヴァイアン夫妻が見たがっており、マダム・ティシエも同行することになった。

彼らが行ってしまうと、松の木の下のテーブルにはまた沈黙が訪れた。港では今また別の男が大の字になって海に落ちて行ったところだった。一羽の雛鳥がくちばしで砂利をつつきながら歩き回っていたが、だしぬけにテーブルに飛び上がってケーキのかけらをついばもうとし、ジュヌビエーブには声を上げて歓迎されたものの、マダム・オリヴィエにしっと言って追い払われた。

彼女はまだ若者の指導者たるムッシュー・ファンダクリアンを思い浮かべてはくすくす笑っていたが、ふっと彼女の顔から笑顔が消えた。「あの子はわたしたちとちょっと一杯飲みにさえ来てくれなかった」と彼女は低い声で言った。「わたしの聖名祝日なのよ——今日くらいは来てくれたっていいと思うでしょう。あの子はわたしの息子なのよ。来てくれたって——」彼女は声を詰まらせた。

夫が彼女の肩に手を置いた。

「あの子はもう今ではわたしたちと一緒に食事もしなければ、あっちから食事を一緒にどうかと誘って来ることもないの」彼女は訴えるようにシーリアの顔を覗き込みながら言葉を続けた。「年寄りは若い人にとって厄介者で邪魔だというのはわたしにもわかってるわ。だからそのことに慣れなきゃいけないのよね。老人がいないほうが若い人は幸せだということに。わたしは全部わかってるし、厄介者にはなりたくない。本当にそう思ってるのよ。それでもわたしの聖名祝日にくらい、ほんの少しの思いやりや愛情を見せてくれたって罰《ばち》は当たらないとあなただって思うでしょう。わたしの望みはそれだけ。そのほかのことはどうだってかまわないわ。時々ささやかな思いやりや愛情を見せてさえくれれば……それなのにあの二人は孫をわたしのところに寄越すときに、一緒に花を何本か送ろうとさえ思わないの。たぶんこんな些細なことで思い悩むなんて愚かなことなんでしょうね。それでもこれはフランスの習慣なのよ。だから、わたしたちには大事なことに思えるの。だいたいとても簡単なことでしょう。ちょっと花を何本か子どもの手に持たせて、それをわたしに渡すように言い聞かせることくらい……」

「マダム！」テラスの下の道から声がした。「マダム・オリヴィエ！」

ひどく痩せた老人が、木の柵の杭の間に立って見上げている。

マダム・オリヴィエはすぐに涙を拭うと朗らかな声で答えた。「こんにちは、ルイスさん。ご機嫌いかがですか?」

「元気にやっとるよ」老人は言った。「今晩椅子を二脚ほど貸してもらえないだろうかね、マダム・オリヴィエ？　お客が二、三人来るんでね」

「もちろんですわ、ルイスさん。どうぞ持ってってください」

「じゃあ後で行きますよ。よければ」彼は言った。「またあらためて伺うよ。ところで例のニュースはもう聞いたかね?」

「何のニュースですか、ルイスさん?」

「殺人じゃよ。あれはパトリスの仕業だ。みんな言っとる。犯人はパトリスじゃと」

シーリアがバトラーにささやいた。「じゃあわたしたちの予想はまちがってたわね。みんなジャックが犯人だとは言ってないのね」

「そうだな。でも僕に言わせればそれもどことなく胡散臭い話だが」彼の口調は妙に当惑しているようだった。

第十二章

パーティーがお開きになるとシーリアは少し横になろうと自室に引き取った。昼日中に飲んだマールのせいで眠気を催していた。ところが一人になった途端に頭痛がして落ち着かない気分になり、部屋は暑くてむっとしていることに気がついた。埠頭の群衆の騒音が神経にさわり、隣室でひっそりしているスタイン夫妻の存在も心地悪く感じられた。

整理ダンスの上にスティーブン・ミラードに出すために買った絵葉書が置いてあった。ペンを取り上げ彼の名前と住所を書いて、何か彼に送るメッセージを考えようとした。やっとのことで彼女はこう書いた。「何もかも素晴らしいです——素敵な時間を過ごしています」だが書き終えるとその葉書を出すのは実に馬鹿げたことに思われた。彼女は整理だんすの上にそれを置いたまま、また階下へ降りて行った。

ホテルを出ようとするのを誰かに止められるだろうかと思ったが、もうあたりには警察の姿は見当たらず、入り江まで向かう間も誰にも話しかけられることはなかった。その小さい入り江は閑散としていて、膝まで海につかってウニを捕っている老人が一人いるだけだった。

海の中に滑り込むと、きっと陽光も海水に溶け出しているにちがいないと思われるほど、海は温かく穏やかだった。彼女はのんびりと泳いだ。海の中にいる間はあらゆることがまた正常な状態に戻り、美しくさえあるように思われた。本来そうあるはずだったように。そしてその日崖の向こう側で起きたことが、ことごとく非現実的なものに思われてきて元気が出てきた。海の水はひどく透明で、彼女の体の下で揺れている海藻のひとつひとつの葉状体や、パッチワークのように生えている海藻の間の白い砂に映った、手足を広げた彼女自身の影まで見えた。

シーリアは岸まで泳いで戻ると、濡れた体に刺すように痛い太陽の光を感じながら、岩の上で手足を伸ばした。心をかき乱すような疑問が次から次へと頭に浮かんで来るまでに、ものの数分とかからなかった。それが浮かび始めた最初のうちはそれが何かほとんどわからなかった。なぜなら詩でもつぶやくように不意に浮かんで来て、どういうわけか彼女の意識の中にするりと入り込み、そのままそこに留まったかのようだったからだ。その言葉のやわらかでけだるい響きが、波の打ち寄せる静かでやさしい落ち着いた音とひとつになっていたからだ。

〝……畑に九列に豆を植え、蜜蜂の巣箱を置き（イェーツの詩の一節）……

ソラマメに、インゲンマメに、ベニバナインゲンに……〟

ということは、彼女が知らず知らず考えていたのはイェーツの詩のことではなく、マイケル・バトラーのことだったのだ。このことに気づくと彼女の心はまた乱れ始め、午後の平穏は失われた。

マイケル・バトラーの問題を整理できたらと思った。アイルランド人なのに自分をイギリス人だと称する男。リュックサックにプルーストを十二巻入れて徒歩旅行中だと口では言いながら、その実〈ホテル・ビアンブニュ〉の庭園にほとんど日がな一日腰を落ち着けて、本を読んだり人としゃべったりまわりの様子を観察したりしているだけの男。スタインと名乗る謎めいた男女のことを何か知っているようなのに彼女にはそのことを明かそうとせず、この午後には二人に対して妙に欺瞞に満ちた態度をとったように見える男。彼女にキスをし、そのことで彼女にいくぶん奇妙な大きな影響を与えた男。つまりキスされたという事実ではなく、それにまつわる記憶が激しい痛みを伴って彼女の脳裏によみがえって来たのだ。その痛みの中には思いがけない精神の安らぎもあったとはいえ。そしてまたこの男は、どういうわけか彼女のことを信用していなかった。

彼女は太陽が崖の後ろに沈み、その影が岩の上を滑るように動いて行くまで入り江にいた。彼女がホテルに戻って最初に会ったのはムッシュー・バレだった。彼は戸口のところで興奮した様子で騒いでいた。

「言語道断ですよ」彼はシーリアを見るなりそう言った。「断固として抗議するつもりです。わたしには有力者の友人がいるんだ。彼らを妨害することだってできる。能力のない、想像力もない、しがないつまらん役人どもが、わたしをこんなふうに扱いおって！」

「あなたがおっしゃってるのは警察のことですか？」

「ほかに誰がいます？」彼は白いビーチローブを怒った雄鶏の羽のようにばたばた動かした。「考えてもみてください、マドモアゼル。わたしには子どもが六人もいるんですよ。あの子たちをわたしは休暇でここに連れて来た。それはつまりわたしにとっては多大な出費ということです。ずいぶん手間もかかりますしね。年端もいかない六人の子どもをパリから南フランスまで連れて来るのがどんなものか想像できますか。彼らのために寝台車は取らなきゃいけないし、こっちでは運転手付きで車を借りなきゃいけない。それはもっぱら子どもたちの健康と楽しみのためです。それがどうなりましたか？　今さら言うまでもありませんが――殺人ですよ！」彼はどんどん興奮して来てついには大げさに怒りだした。「さあ、どうしますか、マドモアゼル？　わたしの立場だったら。あなたが六人の子

ども の親だったらどうしますか？……そうです。そうなんです。わたしは警察に言ったんです。〝わたしは子どもたちを連れてここを出るつもりです。協力したくないとかいう意味ではなくて、子どもたちがこんな出来事で不安にならないような場所に連れていかなければいけないんです〟とね。するとあのいばりくさったちんけな小役人どもが、ここにいてもらわないと困ると、こう言うんですよ！」

「それはほんとにお気の毒ですわね」シーリアはなんとか階上へ逃げようとしながらそう言った。

「まあ、彼らがふんぞり返っていられるのも今のうちですがね。わたしには何人か友人がいる。今夜彼らに電話するつもりです——あの連中もきっと思い知るでしょう。わたしは決してやられっ放しではいませんし、決して誰にも屈しませんよ。特に、うぬぼれて天狗になっている有象無象の田舎者集団なんぞに。連中には犯人が誰かわかってても捕らえる敏捷さすらなく、みすみす取り逃がしてしまうんだ」

「では犯人が誰かおわかりなんですか？」

「もちろん、もちろん」と彼はじれったそうに言った。「例のパトリスに決まってるじゃないですか。誰にでもわかることだ。そこらじゅうでみんな噂してますよ。で、警察があの男に事情を聴きに行ったらどうなったか？　どうなったと思います？……そうです。パトリスはどこにもいなかった。パトリスはとんずらしたんです。実に有能な警察だ。なんとも自分たちの仕事をよく心得てるじゃないですか！　それともうひとつ言わせてください。無能さが一番の悪だというならそれもちがうと思いますね。おそらくは贈収賄だ。その根底にあるのは。贈収賄と汚職です」

今度こそシーリアは彼をやり過ごして玄関広間に出ることに成功し、階上へと昇って行った。

まだ夕闇というほどではなく、ほんのわずか薄暗くなっているに過ぎなかったが、すでに色着きの灯が点されており、港のまわりで大きな蹄鉄の形を描きながらかすかな光を放っていた。パトリスのカフェには数珠つなぎになった灯がつるされ、そのまま崖の横を伝ってほとんど海面近くまで垂れ下がっている。ダンスのためのロープが張られている埠頭の広場は、おびただしい旗と灯で飾り付けられていた。スピーカーが何カ所かにあってやかましい音楽を吐き出していた。

シーリアがまた階下へ降りると、庭園に人が大勢集まっているのがわかった。ジーンが興奮状態でテーブルの間を走り回っており、今日はさすがにジャックとクローデットも彼女を手伝っていて、老夫婦も飲み物を出す係を受け持っていた。マダム・オリヴィエは幅の広い顔に晴れやかな笑みを浮かべ、お客全員を相手に冗談を飛ばし合っていた。夕闇が深まると色着きの灯は鮮やかにきらめいた。

「ここの雰囲気がちょっと変わったみたい」シーリアはバトラーに会うなりそう言った。「みんな元気になったわ」

「僕以外はね」とバトラーが答えた。

シーリアが彼をしげしげと見ると、確かに彼は気分が浮かないようだった。「どうかしたの?」

「最悪の気分だ。何もかもどこかがおかしい気がする。でもとにかくマダム・オリヴィエはいつもとちがって嬉しそうだね」

「何か理由があるのかしら?」

「ああ、そうね。パトリスが犯人だと聞いたからかな。内心彼女は息子が犯人だと思ってたからね」

「えっ、でも彼女そんなこと思ってた――?」

「ああ、そうだよ。今日の午後のパーティーだって実のところそのためだった。それなのにあの馬鹿息子はほんの二、三分顔を見せる礼儀さえわきまえていなかった」

「かわいそうな女《ひと》」とシーリアはぽつりと言った。「今まで気がつかなかったわ」

「でもあれから老夫婦は今夜はホテルの仕事を手伝うよう頼まれて、それで彼女はつまるところ天にも昇るような気分になって、もらえなかった花のことなどもうすっかり忘れてるよ」

シーリアは彼の言い草に眉根を寄せた。「あなたはほんとに気分が浮かないみたいね」

「僕はどうやら回復力に欠けてるようだ。それが問題だ」

「まだあの殺人のことを考えてるという意味？」

「どういうわけかね」

「パトリスが犯人ではないと思ってるの？」

「僕にはさっぱりわからないよ。だけどたとえ彼がやったにしても――」

「やったにしても何？」とシーリアは促した。

「この次は何があるんだ？　僕が知りたいのはそのことだ」

そのとき埠頭で楽団が不意に演奏を始めて、スピーカーから流れて来る音楽をすべてかき消した。庭園にいた人々が、下の様子を見ようとテラスの端に押し寄せた。まだ誰も踊り始めてなかったが、音楽につられた二、三組の男女がロープのところまで行ってうろうろしており、誰かが先陣を切るのを待っていた。

「どうして次にまだ何かあるの？」そんな考えを自分に吹き込んだバトラーに猛烈に腹を立てながらシーリアは尋ねた。

彼は両腕をものうげに伸ばしながらあくびをして言った。「スタイン夫妻が来たよ」

その夜の陽気さはスタイン夫妻にも伝染しているようだった。ようやく彼らに漂う倦怠感は影を潜め、二人は思い悩むことを忘れたかのようだった。スタイン夫人は、はっとするほど簡素だがそれでいてきわめて高価そうな純白のドレスに身を包んでいた。彼女はシーリアとバトラーに微笑みながら近づいて来た。

「あなたたちは今夜のダンスにいらっしゃるの？　わたしは夫に連れて行ってくれるよう約束させてるの。もうずっと外でダンスなんてしてないわ――そう、戦争が始まってまもない頃に踊ったのが最後。若い時分はよく仲間と一緒に島に行ったものだったけど――わたしの故郷の近くにある島よ――そこでは始終ダンスパーティーがあって……」彼女は奇妙に動揺して声がかすれて行った。

「僕はあんまりダンスが得意じゃないんですよ」とバトラーが答えた。「でもミス・ケントがあえてその危険を冒すというのなら――」

「まあそうなの。ぜひ行きましょうよ」夫人が誘った。「今日はさんざんな一日だったけど、とりあえずすべて終わったことだし――」

夫が彼女の言葉を遮った。「警察はあのパトリスという男を捕まえたんですかね？」

「僕が聞いてる限りではまだです」

「その話をするのはよしましょうよ。お願いだから。こんなに美しい夜で、灯は夢のようにきれいだし、音楽は馬鹿みたいに陽気で、空気はこんなに爽やかで、思い思いの魅力的なドレスを着た若い人たちはとっても幸せそうに自由を謳歌しているように見える……今夜のことはきっとずっと忘れないだろうと思うわ」

「今のフランスがとりわけ幸福な国だとは思わないがね」夫が陰気に言った。「それに自由と言ったって、左派と右派の脅威のはざまの――」

「ああ、その手の話もしないでちょうだい」と夫人が遮った。「あなたのお得意の政治と経済の話は明日まで封印して。今ここにあるすべてが魅力的じゃありません、ムッシュー・バトラー？　たとえどんなに将来のことを憂えていたとしても、つかのまそんなことは忘れて、そこらじゅうに色着きの灯をつるしてダンスでもするほうがよっぽどいいことじゃなくって？」

「とってもいいことですよね」とバトラーがにっこりして答えた。

彼女は夫と組んでいた腕をほどいた。「さあ食事に行きましょう」そして去り際に二人にこう言った。「後ほどお会いしましょう」

だがディナーの後でシーリアがスタイン夫妻を見ることはなかった。彼らが席を立ったのにシーリアは気がつかず、たまたま彼らのテーブルのほうに目をやったときにはすでに二人の姿は消えていた。最後に見たとき彼らはファンダクリアンと話をしていた。その後でシーリアは、その小柄な太った男がお祭りの実行委員会のメンバーであることを示すバッジを付けて、尊大な態度で客たちの間を小走りで行ったり来たりしているのに気づいたが、スタイン夫妻のほうは二度と現れなかった。

人々はあらかたダンスに出かけたので、庭園は早々に無人になった。シーリアとバトラーが埠頭に降りて行くと、ダンスのロープの囲いの中は非常に混み合っているのがわかり、二人は体を横にしてやっとのことで割り込んだ。みんな浮かれて騒いでいた。楽団の面々が汗をかきかき曲を演奏し、時折急に歌いだした。

「ほらジャックとクローデットよ」とシーリアがささやいた。「一緒に踊ってるわ」

「二人は心から愛し合ってるみたいだね」

「そうね——老夫婦がその点をもっと酌《く》んであげるといいんだけど」

「きみはアングロサクソン系だから感傷的なんだよ、当然」

「ふうん、そのどこが悪いの？」

バトラーはもう一度オリヴィエ家の若夫婦を見やってから答えた。「まあそうだな、ジャックの妻がもう少し彼の興味を惹かない、あまりオツムが軽くない女だと想像してみて。そのほうが彼にとってはいいことだと思わない？」

「あら、クローデットはちっともオツムは軽くないと思うわ。彼女はきわめて抜け目がなくていくぶん鋭いくらいよ。ある程度気立てもいいし」

「それに不正直だろ？」

「昨晩見たことを言ってるの？　でもあれは不正直というよりは夫に忠実だったのかもしれないわ。いずれにしろ利口で頭の回転が速いのは確かよ」

「それでジャックは——ジャックは利口者だと思う？」

「そうではないと思うわ」

「じゃあ、こういう訊き方をしよう——きみがもし詐欺師だとして、ちょっと手伝いをしてくれる人間が必要だとしたら、ジャックは適任だと思う？」

彼女はだしぬけに笑った。「わたしはあなたのことが真っ先に浮かんだわ」

「僕のことを？　まいったな。何で？」

「前にわたしにしてくれたあのペポカボチャの話に関係があるの。直感でわかるわ。そんな場所は存在しないって」

「ふうむ」と彼は唸った。「僕たち踊るのをやめようか?」

そのときちょうど音楽がやんだのでその問題は解決した。

「ところで」と彼は続けた。「スタイン夫妻を見かけないな」

彼らのまわりではすし詰め状態の人々が、音楽が再開するのを待ってじっと立っていた。楽団の面々は顔の汗をぬぐっていた。オリヴィエ家の老夫婦がロープの外からじっとダンスの集団を眺めているのがシーリアの目に入った。空には信じられないほど大きい光輝く月が昇っていくところだった。

「じゃあきみならジャックを共犯者としては選ばないんだな」

「まあ、あなたって何て偏狭な心の持ち主なの。いいえ、とんでもないわ」

「どうして?」

「そもそも犯罪者が自分の欲しい駒をわかってないといけないということはないでしょ?」

「名を成すような犯罪者とか大物の親分とかなら話は別だが、下っ端の小悪党なら、むしろ自分の欲しい物があまりわかってないというのもかえって好都合かもしれないな」

「あなたはすでにそのことをちょっと考えてたみたいね」

「僕は今日一日そのことを考えてた——で、きみの意見がちょっと参考になったと言えなくもない……」

それからまもなく彼らはダンスの集団から離れた。ひどい人混みと暑さにそれ以上耐えられなかった。彼らは煌々とした月明かりを浴びながら村を通り抜けていき、そこかしこをそぞろ歩いているほかのカップルと混ざって歩いて行った。だがやがてバトラーは、はたにいて苛々するほど一人で物思いにふけりだした。彼は、お祭りはどうも自分の性に合わないと弁解し、どこかで酒でも飲もうともちかけた。

「どこで？」

「パトリスのカフェはどうかな。きみは行ったことある？」

「いいえ、それにその案にはまったく心を惹かれないわ」と彼女は断固として言った。

「あそこの庭園からの眺めは素晴らしいんだよ」

「それにたぶんルース・ジャメがそのあたりにいるでしょ。彼女はわたしたちに会いたがってない。それにパトリスの奥さんだっている。推察するに彼女もなかなか大変な状況よ。とても楽しい夜になるとは思えないわ。ホテルへ戻りましょう」

「どうせ混んでるだろう」

「今夜はどこだって混んでるわよ」

「それでこの祭りはいつまで続くんだろう？」

「明日が最終日だと思うわ」

「それはありがたい」

「あなたがそんなに人間嫌いだとは思わなかったわ」

「でも言ったじゃないか。僕が好きなのは、静かで居心地のいい庭園に座って誰にも邪魔されずに読書をすることだって」

「あら、あの警官がいるわ」シーリアは前方にあの血色の悪い男がいるのが目に入った。彼は、真鍮色の巻き毛頭の豊満な中年女の腰に腕を回していた。「どうやら勤務中にお楽しみのご様子ね」

「確信はないんだけど」とバトラーが言いかけた。「あの女はパトリスの愛人だ」

「何でそれを知ってるの？」

「前に言っただろ。僕はここのことをいろいろ知る必要があるって。ただ座ってるだけでも気がつくことがあるものさ」

「それにしても、目下のところ彼はそれなりに役得があるように見えるわね」

血色の悪い男は通り過ぎざま二人を見たものの、連れの女をダンスフロアのほうへしきりに促していて、彼らには何の関心も示さなかった。

ホテルはひどく騒々しくなっていた。食堂の窓の前を通りかかると、バーのまわりに人が大勢集まっているのが見えた。歌声や笑い声が聞こえ、一、二組のカップルがテーブルの間を縫うようにして踊っていた。マダム・オリヴィエがバーを切り盛りしていた。彼女自身もかなり飲んでいて、それを楽しんでいるようだった。ムッシュー・ヴァイアンが彼女が酒を出すのを手伝っていた。一度彼女はその肥った男の首に腕を回し、情感たっぷりに頬を押しつけた。するとムッシュー・ヴァイアンはすぐさま力一杯声を張り上げて歌いだした。

「スタイン夫妻はあそこにもいないな」とバトラーが言った。

「それはそうでしょ。物静かな人たちだもの」

「僕ときみみたいにね。シーリア――」

「何？」

「今夜の僕はとても退屈ですまないね。心に引っかかってることがあるんだ」

「見ればわかるわ。言われなくても」

「そうか、今からあそこでちょっと飲もうよ」

シーリアは頭を振って言った。「わたしは階上へ行こうと思うわ。だからあなたはまだパトリスの店に行けるわよ。もしも行きたければ」

だが部屋に戻ったシーリアは、お祭りが始まったら眠れないわよというクローデットの警告を思い出した。埠頭の楽団のやかましい音楽がいやに大きく、窓のすぐ下から聞こえて来るようで、食堂からはどっと笑う声やらグラスのチャリンと鳴る音やらが響いて来た。

シーリアは本を取り上げ、しばらく読むことにした。それでもその夜のトロロープはまちがいなく場ちがいなようだった。彼女はまたマイケル・バトラーのことを考え、酒の誘いを断ったことを後悔し始めた。本をかたわらに放り、煙草に火を点けた。

後で考えると確信はないのだが、彼女は何かに関心を引かれて自分の部屋とスタイン夫妻の部屋の間のドアに目をやった。おそらくどこもかもひどく騒々しいのにその部屋だけは静まり返っていたせいだろう。とにかく、彼女が廊下を通りかかった際にスタイン夫妻の部屋のドアの下から灯が漏れていなかったことを不意に思い出し、彼らもきっとまだ寝つくことなどできないだろうにと思い、彼らの部屋との境のドアに視線を投げた。

そして瞬間的に彼女は立ち上がった。部屋を横切ってドアに膝をついた。床に何かが置いてあった。鉛筆で二言三言走り書きがしてある一枚の紙と、その上に渦巻き状にした真珠のネックレスが置いてあった。

まるで今にも鎌首をもたげて彼女に噛みつきそうな蛇のように見えるそのネックレスを凝視したままシーリアは、やっとのことで手を出してそれをつまみ上げた。それから紙を拾い上げて走り書きを読んだ。

「どうか、どうかわたしの代わりにこれを持っていてください」

第十三章

シーリアはその走り書きを何度か読んでから立ち上がった。スタイン夫人からのものにちがいない。だがなぜ彼女がスタイン夫人の真珠を彼女の代わりに取っておかなければならないのか？　それにこれは本物だろうか？　あのサファイアと金のネックレスが高価なものだとわかったように、これもまた価値のあるものなのだろうか？　で、もしそうだとして、これを一体どうすればいいというのだ？

彼女はそれを灯のところへ持って行ってためつすがめつした。落ち着いた素晴らしい光沢があった。どうやら本物のようだ。速い息をしながら彼女はドアへ引き返して取っ手を動かしてみた。予想どおりドアには鍵がかかっていた。彼女はそっと呼びかけた。「マダム・スタイン！」返事はなかった。

スタイン夫妻の部屋が無人かどうか確認するために彼女は廊下に出て、その部屋の別のドアをノックした。反応がないので、今度はもっと大きな音でノックをして呼びかけた。「マダム・スタイン！」依然として部屋の中では何の物音もしなかったが、さらに彼女はドアをノックした。すると廊下のずっと先のドアが開く音が聞こえた。

その音でシーリアは自分がまだ手に真珠を握っていることに気がついた。スカートのひだに隠れるように素早くそれを落とした。

「すみませんが、マドモアゼル」マダム・バレの澄んだ歌うような声が廊下の先の戸口から聞こえた。

「もう少し静かにしてもらえませんこと？　子どもたちの目を覚まさせたくないの」

楽団のがんがん響いて来る騒音や食堂のお祭り騒ぎの中でも寝入っている子どもたちを、彼女の立てるどんな物音で起こすことができるというのかと怪訝に思いながらも、シーリアは「すみません」と言って自室に引き取った。

そうしているうちにドアがそっと閉まる音が聞こえた気がした。だがそれはマダム・バレの部屋のドアではなく、廊下をはさんで反対側のドアで、おそらくヴァイアン夫妻かマイケル・バトラーの部屋のドアだった。

ホテルに来て以来初めて彼女は自室のドアに鍵をかけた。そしてベッドに座ると真珠のネックレスを注意深く眺め、走り書きを読み返した。それにしてもなぜスタイン夫人の真珠を彼女が代わりに保管しておかないといけないのか？　あの不安げな魅力的な女性によって、彼女は何に巻き込まれようとしているのか？

少なくとも朝まではその真珠を保管しておかねばならないだろうということはわかった。だが一体どこに？

彼女は部屋の中を見回して、安全な場所などどこにもないと結論を下し、ついにしぶしぶ枕の下にそれを置いた。

その夜彼女はほとんど眠れなかった。楽団は夜中の二時まで演奏を続け、それから近所の家のステレオのスピーカーが後を引き継いだ。四時頃になると、港を出て行く漁船のエンジンのダッダッという音が聞こえだし、五時を回ってからやっと村中が一、二時間静まり返った。それでもシーリアは安心して眠れなかった。自分が何か身を危うくするような秘密を抱えている夢を見た。目が覚めたとき、彼女の手は枕の下の真珠を握りしめていた。

その朝も晴天で風もなかった。海にはかすかに霧がかかっていて、その日が非常に暑い日になることを暗示していた。彼女は身支度をしながらその真珠をどうしたらいいか冷静に考えようとした。最初にすべきことはもちろん、スタイン夫妻を見つけ出し、こんな突拍子もない責任を彼女に押しつけようとした理由を問い質すことだった。もし話そうとしないなら、真珠を保管しておくつもりはないと言ってやろう。一方で、真珠を保管するもっとも安全な方法は、ハンドバッグに入れて持ち歩くことだと考えた。彼女はハンドバッグを脇の下にぎゅっと抱えると、スタイン夫妻を捜すために部屋を出た。

だが彼らの部屋の前を通ると、彼女は新たな変化があるのにはっとした。ドアが開け放たれ、ベッドがすでに整えられており、床のタイルはモップがかけられたばかりで濡れていた。それにその部屋はたまたま人がいないのではなく、すでに引き払われたように見えた。鏡台の上にはヘアブラシもなく、洋服掛けには一着の服も掛かっておらず、スーツケースも見当たらなかった。実のところその部屋は新しいお客のために整えられたばかりのように見えたのだ。

シーリアが庭園への階段を降りて行くと、マダム・オリヴィエがそこにいるのが見えた。彼女は緑色の木製の椅子を数えていた。うわの空でシーリアに挨拶をしながら、彼女は短い人差し指をひとつひとつの椅子のほうに順に突き出して数え続けた。

「……二十三、二十四、二十五……昨晩はよく眠れて、マドモアゼル・ケント?」

「いいえ、あんまり」とシーリアは答えた。

「そう、みんなそうだと思うわ。わたしはベッドに入ったらすぐ眠れたけど、とても遅い時間だったし、ひどく酔っぱらってたから……二十五ね——二十五脚しかないわ」

「ということは、椅子がなくなったんですか？」

だがマダム・オリヴィエはまた椅子を数えだしていて、それには答えなかった。「二十五、やっぱりね」二、三度入念に椅子を数えたあとで彼女はそう言った。

シーリアも彼女の隣りに行って数えだした。「そうですね」と彼女はうなずいた。「二十五脚ですね」

マダム・オリヴィエはがっかりしてため息をついた。「まあ、そうね、わたしは酔ってたから。昨晩は大いに飲んだの。だって何しろわたしの聖名祝日だったから」

シーリアには彼女が昨晩酔っぱらっていたことが、翌朝庭園で見つかる椅子の数になぜ影響があるのかわからなかった。「誰かが椅子を持ち去ったんですか？」

「いいえ、でもいい取引をしたものと思ってたから」マダム・オリヴィエは答えた。「ムッシュー・ルイスが——あなたも昨日会ったご老人の——椅子を借りたいって言ってたでしょ。彼は夜それを取りに来て、バーにいたわたしのところに来て言ったのよ。二脚貸してもらえたら、朝には三脚余分に返すよって。〝結構ね。そういう取引なら大歓迎——そういう利率で利息を払ってくれるんだったら、好きなだけ椅子を持ってってちょうだい〟ってわたしは答えたわ。だけど彼は何も余分の椅子を戻して来てないの」

「あちらもあなた同様に酔っぱらってたんじゃないかと思いますけど」

「どうやらそのようね」そう言うとマダム・オリヴィエは最後にもう一度椅子を数えた。「二十五」

彼女は悲しげに言った。

「彼は借りた二脚は戻して来たんですか?」

「ええ、そうよ」

「じゃあ、これ以上椅子が増える見込みはあまりなさそうですね——彼はその取引のことはすっかり忘れてしまってるんでしょう」シーリアは自分のテーブルの前に座ると、ジーンが運んで来てくれたコーヒーを飲み始めた。

「今朝スタイン夫妻を見かけました?」

「スタイン?」マダム・オリヴィエの目は、隅っこにまだ見つかってない余分の椅子が積み重ねてあることを望んでいるかのように、まだ庭園を捜していた。「ああ、あのスイスの人たちね——いいえ。あの人たちは昨晩発ったと思うわ。ジャックがそんなようなことを言ってたわ。でも今はわたし、昨晩あったことに何ひとつ確信が持てないけど」そう言って彼女は歩み去った。

目の前のテーブルに無防備によく目につくように置いてあるハンドバッグをひどく意識しながら、シーリアは朝食を続けた。

しばらくしてジャックが通りかかった。

彼もまた前夜飲み過ぎてしまったらしく、母親よりはるかにひどい二日酔いに苦しんでいた。顔色は蒼白で肌が荒れていて、元気なく肩を落としていた。彼は地面に視線を当てたままシーリアの前を通り過ぎようとして、ホテルのあるじとしての義務を思い出したらしく、足を止めて朝の挨拶をした。それから彼はだしぬけに彼女と向かい合って座った。

「マドモアゼル・ケント、ロンドンでフランス料理店を開けば大金を稼げるんじゃないかと思うんだけど」と彼は切り出した。彼の黒い目はひどく血走っており、彼女の顔を不安げに見据えていた。

シーリアは慎重に答えた。「そうかもしれないわね」

「大金を稼げるんじゃないかと思うんだ」と彼は陰気に繰り返した。「最近ずっとそのことを考えてる。ここにいても見込みがない」

「実際に自分でやることを考えてるという意味なの？」

「もちろんそうだ。僕はここから逃げ出したい――早ければ早いほどいいんだ」

「でも元手が必要でしょ？」

「その金は借りられるよ。それにロンドンの立地のいい場所でうまい料理を出す一流のフランス料理店ならきっと儲かる」

シーリアは疑わしげに言った。「もうすでにそういう店はたくさんあるじゃない」

彼は不意を衝かれたようで、今までほかの誰もこれを指摘してくれなかったと思っていることが窺えた。「それでも大金は稼げると思う」と彼は頑固につぶやいた。「ここはもう駄目だ。何もかもどんどんひどくなっている。食べていくには馬車馬のように働かないといけないんだ」彼の目は地面をにらみつけていた。

「スタイン夫妻に何があったか教えてもらえる？」

彼ははっとした。「スタイン夫妻だって？　彼らは発ったよ」

「ラ・マレットを？」

「僕が知る限りはそうだ。昨晩ホテルを引き払った。彼らは外国人なんで警察が退去させたんだと思う。それにほかの人々もみんな早急にここを発つだろう」

「でもスタイン夫妻は戻って来るんじゃないの？」

「そうは言ってなかったけど……」そこで初めて彼は彼女の話に興味を持ったようだった。「どうして？」彼は胡散臭そうな目になっていた。

「ああ、あの人たち今後のことをちょっと話してたから」

「僕は何も聞いてないよ」と言いながら彼は今度はシーリアを凝視していた。「彼らは何て言ってたんだい？」

「まあ、漠然としたことよ。あの人たち、どこへ行くかは言わなかったんでしょう？　連絡先の住所を残していかなかった？」

彼は首を振った。シーリアは彼がまたさらに何か訊くだろうと予想したが、彼はそうはせずに唐突に立ち上がると家の中に入って行った。

やがてバトラーが村へ通じている階段を昇ってやって来た。我知らずシーリアは手をハンドバッグに伸ばし膝の上に落とした後で、それを隠すべき理由など何もないことに気づいた。それにしてもなぜ自分は咄嗟にジャック・オリヴィエよりマイケル・バトラーからバッグを隠すことのほうが大事だと感じたのか？

「今日スタイン夫妻を見た？」彼がそばに腰を下ろすとシーリアは尋ねた。

「いっさい見かけてないね」

「ジャックから聞いたけど彼らはここを出たんですって」

たちまち彼の顔から笑顔が消えた。「いつ？」彼の語気は鋭かった。

「昨晩よ」

「でも夜は列車がない。どうやってここを出るっていうんだ？」

「たぶんバスで行ったのかしら?」

「九時以降はバスもないよ。僕たちが彼らを最後に見たときはもう九時を過ぎてたよ」

「じゃあたぶん車を雇ったのよ」

「ハイヤーは高いよ」

「事実、スタイン夫妻はいたって裕福な人たちだと思うわよ」

彼はその言葉を無視して言った。「で、出て行ったのは確かなの?」

彼の口調に彼女は困惑した。彼女に対して腹を立てているようだった。まるでスタイン夫妻がいなくなったことは彼女に非があるとでもいうように。「いいえ、ジャックがそう言ってるだけよ。わたしは——わたしはあまり確信が持てないわ。彼がわたしに本当のことを言ってるかどうか」

「どうしてなんだ?」

彼女はついしゃべり過ぎてしまったことに自分でも苛立ち、下唇を噛んだ。とはいえほんの数分前まではぼんやりとではあったが、もしスタイン夫妻を見つけられなければ、彼に真珠のことを話し、それをどうしたらよいか彼に助言を求めるつもりでいたのだ。

彼は興味深そうに彼女を眺めていた。「何かあったの?」

「何かって?」と彼女はとぼけながら、彼がスタイン夫妻の出立にあまり関心がなさそうだったらおそらく真珠のことを打ち明けただろうにと考えていた。

「きみは何だかとても妙な顔をしているよ」

「あら、ごめんなさい。気がつかなかったわ。わたし、スタイン夫妻のことになるとあなたがとても妙な態度になると思ってたの。あの人たちが行ってしまったのはわたしのせいではないわ——もし行ってしまったのだとして」

「もし行ってしまったのでなければ、彼らは一体どこにいるの？」

「たぶんどこかに別の部屋を見つけたのよ。ジャメ夫人みたいに、殺人とあまり関わりのない場所に」

彼は立ち上がると手すりのところへ行って港を眺めた。やや間をおいてシーリアが彼の隣に立った。

「マイケル――」

「うん？」

「スタイン夫妻について知ってることを話してくれるつもりはある？」

「きみはなぜ彼らに関心があるの？」

「わけがあるの」

「それが何か話してくれ。そしたら僕も――僕もきみの質問に答えるかもしれない」

「ということはやっぱり何か知ってるのね？」

「そうは言ってない」

彼女は木の手すりを指でトントンと叩いて言った。「スタイン夫妻についてのわたしの考えを言いましょうか、マイケル？」

「お好きに」

「あの人たちは亡命者か何かだと思うの。どこから来たのかはわからないけど、鉄のカーテンの向こうのどこかじゃないかとわたしはにらんでる。いずれにしろ彼らはその場所を明らかにしようとはしていない。昨夜スタイン夫人はもうちょっとでそうするところだった――彼女の故郷のそばにある島のことを話し始めていたの。と思ったら不意に話すのをやめたのよ。ひどく怯えて。それがどこにしろたいしてお金は持たずに出て来たと思う。でも多少の宝石を持ち出していて、ここへは身を隠すために来たの——どれくらいの間なのかとか誰からなのかはわからないけど」彼女は一気にそう言うと彼を見た。「どう？」

「そうなのかもね」と彼は相槌を打った。「でもどうして宝石のことなんて言いだしたの？」

「ああ、わたしあることをずっと考えてたの。あのサファイアをあしらったネックレスのことだけど——あれを実際に着けてしっくりくるのは唯一スタイン夫人なんじゃないかって」

「じゃ何でジャックの手に渡ったの？」

「何かの支払いに充てたにちがいないわ」

「数日間の宿代として？」

「さあ。たぶん彼は彼女に代わってあれを売却するつもりだったのよ」

「じゃあなぜ妻の物だというふりをしなければならなかったんだい？　ジャメにあれを盗んだだろと言って責められたとき」

「わからない。でも想像するにスタイン夫妻は、とにかく誰の関心も引きたくなかった。それでもあのとき急に介入して来て、ジャメにネックレスをオリヴィエ夫妻に返させたのはスタイン氏だった。あなたも覚えてるでしょ？　当初考えていたよりも複雑な背景があるのかもと思うきっかけになったのは例の警官よ」

「まあ、とても興味深い説ではあるよ」彼は彼女と目を合わさず、青い入り江にじっと視線を当てていた。「でもね、シーリア、きみの話には何かが抜け落ちてるような気がしてならないんだよ」

「何が?」

「わからないけど、仮に僕がスタイン夫妻のことを何か知っているとして……心からの信頼にはこちらも信頼で応える可能性はあるかもしれない。でも……」彼は言いさしてやめた。

「わたしがあなたに心からの信頼を置くべき理由が何かある?」とシーリアは言い放った。「前にも言ったようにあなたはかなり胡散臭い人よ」

「きみにそんなふうに思われてるとは心外だ」

シーリアには彼が怒っているのがわかった。

「それでわたしの話に何かが抜けていると思うのはなぜ?」

「まあ、この会話のとば口に話は戻るけど、きみはなぜスタイン夫妻がラ・マレットを出てないことにそんなに確信があるんだ?」

「別に確信はないわ。彼らはここを出て行ったのかもしれないわ。後で戻って来るつもりで」

「でも、なぜそういうふうに思うんだ?」

そのとき彼らの後ろで穏やかな声が聞こえた。「そうですよ、マドモアゼル。あなたがそう考える理由を聞けたらわたしも嬉しいです」

彼女がぎょっとして振り向くと、そこにはいつにもまして皺くちゃのスーツを着た、消化不良風の疲れでどんよりした目をしたあの血色の悪い男が、例によっての退屈そうな知的なまなざしで彼女を眺めていた。

最初にシーリアの口から出たのは「あら、英語を話されるんですね」という間の抜けた言葉だった。

「戦争中イギリスにいたんです」と彼は答えた。「あの気候は好きにはなれませんでしたが、それを除けば大いに楽しい経験をしましたよ。かつてエディンバラにいたときに、フランスにいる妻のためにレインコートを買ってやろうと思いつきましてね。本物のスコットランド製のレインコートなら、妻もさぞありがたがるだろうと思ったんです。ですが残念ながらわたしは配給切符を持っていませんでした。そのときのわたしの驚きを想像してみてください。店を一軒一軒回っては相場よりずいぶん高い金額を提示しても、結局買えなかった――どうしてもレインコートが手に入らなかったんです。ひどい話でしょう!」彼の憂鬱な顔が一瞬赤みを帯びた。

バトラーはにやりとして言った。「僕だったら、たぶん難なくレインコートを手に入るようにして差し上げられたのに、と警視殿に申し上げたら少しは敬意を払ってもらえますかね」

男は体をこわばらせて言った。「冗談でしょう。わたしは――わたしもあらゆる権謀術数には長けてるつもりだが――どうしてもレインコートを手に入れることができなかったんですよ。ところでマドモアゼル、先ほど偶然お聞きした話題に戻りますが、スタイン夫妻の所在について話していただけますか?」

シーリアはあっさりとバッグを開けて中の物を彼に見せたいという衝動に駆られた。だがよくわからない何かが彼女を押しとどめた。つまるところ正直にそうするのが最善の策だったのかもしれないが。まずは自分の置かれた状況をじっくり考えて、単に不意打ちをくらったからという理由で下手に動かないのがスタイン夫人に対する義務のように感じたのだ。

「あなたは誤解されているようです」とシーリアは答えた。「わたしは彼らの居場所も、どういう人たちかも知りません」

「それでもあなたは彼らが戻って来ると思っている」

「必ずしもそうではありません。ただ昨晩スタイン夫人はあることをわたしに言ったばかりだったので――もう犯人がわかったのでこれで平和で静かな日常に戻り、今からいい休暇を過ごせることを願ってると。だからわたしは――わたしにはあの人たちが休暇を突然打ち切るつもりでいたようには思えなかったということです」

血色の悪い男は口を歪めていびつな笑顔を見せた。「ではあなたは、誰が犯人かもうわかってるとお考えですか？」

「ちがうんですか？　わたしはてっきりあのパトリスという男が――」

「ああ、はいはい」と男が遮って言った。「パトリスね」

「彼の犯行じゃないんですか？」

「あの紳士にたまたま出会ったら、彼の尋問を省略するものではありませんが」顔色の悪い男は軽く会釈をして歩み去った。

「皮肉な言い方だな」とバトラーがつぶやいた。

「それでもパトリスの犯行ではないの？」とシーリアは繰り返した。

彼は返事をしなかった。彼女のほうを見もしなかったが、ややあって言った。「きみはたいした嘘つきだね、シーリア？　昨晩スタイン夫人がきみにしたというあの作り話の裏には何があるの？」

「あれは嘘じゃないわ」シーリアはよどみなく答えた。

「いや、ちがう、嘘だ。僕はきみのそばに居合わせてた。スタイン夫妻がきみに話しかけたとき。覚えてるだろ」

「あの後の話よ」

「いや、ちがう」

彼女は自分の言葉があまりにも当然のように疑われていることに猛烈な怒りを感じ始めた。「わたしはあなたよりはずっと嘘つきじゃないわ」

彼は不意にまた笑顔になった。「〝ずっと〟ってなぜわかるの？」

「知らないわよ」

「わかったよ」彼は向き直って彼女を見た。彼の落ちくぼんだ明るいブルーの瞳には今はもう笑顔の痕跡はどこにもなかった。「ただ行動には十分気をつけたほうがいい。現実の危害がきみに及ぶのは僕も嫌なのでね……おや、マダムは何をしてるんだろう？」

今しがたホテルから出て来たばかりのマダム・オリヴィエが、心配そうに顔をしかめてもう一度椅子を数えていた。

第十四章

「二十五脚」と彼女は言った。「やっぱりまだ二十五脚しかないわ。ムッシュー・バトラー、どうかこっちへ来てわたしに代わって椅子を数えて、二十五脚しかないかどうか確認してもらえないかしら?」

バトラーは快く応じて椅子を数え、彼女の言うとおり庭園にある椅子の数は二十五脚で、それより多くも少なくもないことを確認してみせた。

自分がなぜ気が揉めているかを説明するために、マダム・オリヴィエは彼にムッシュー・ルイスとの取引の話をした。「まあきっと、マドモアゼル・ケントから話を聞くでしょうけどね」と彼女は断定して言った。「さっきも椅子を数えたら二十五脚しかなかったけど、取引をしたときにムッシュー・ルイスはわたしと同じくらい酔ってたから、すっかり忘れてしまったとしても無理はないと思ったのよ。残念だけど。だいたい、年老いた友人に酔ってるときにした約束を守らせることなんてできないでしょ。ところがついさっき、十分くらい前にムッシュー・ルイスに会ったのよ。彼は今朝早く借りた椅子を返しに来て、それと一緒に自分の家の椅子も三脚持って来たと言い張るの。だけどそうじゃなかった。彼は今朝もまだ酔ってたにちがいないわ。それもひどく」

マダム・オリヴィエが話している間にシーリアはそっとその場を抜け出した。極力さりげなく動こうとした。というのも何かはっきりした目的があるように見えると、それを突き止めようとしてバトラーが後を追って来るにちがいないと彼女には確信があった。そこで外階段の一番下に着くまではゆっくりと歩いた。だがその後はできるだけ早足で、パトリスのカフェまで港を回って歩いて行った。いくぶんホテルを離れてから振り向いてみると、バトラーがまだ庭園でマダム・オリヴィエと一緒にいるのが見えてほっとした。

崖ぞいにあるそのカフェは、薄紫色の塗装が施された平屋で、小さな煉瓦敷きのテラスが海の上に突き出していた。シーリアはその背の低い建物を回り込んでテラスに出た。そこからは〈ホテル・ビアンブニュ〉の庭園がやけにはっきり見えることに驚いた。おそらく松の木々にあまり遮られていないせいなのだろうが、ホテルの庭園からカフェを見るより、今彼女が立っている場所から庭園を見るほうがはるかによく見えるようだった。崖の影が眼下にあるなめらかな海面に映っており、ひんやりした暗い海中でかすかに揺れている撚り合わさった海草の一本一本まで見えた。

花柄のワンピースの上に黒いエプロンを着けた白髪の小柄な女がカフェから出て来て、彼女に注文を訊いた。

シーリアは不安になってきた。「パトリス夫人ですか?」と尋ねた。

その女は怪しむようにうなずいた。彼女は皺《しわ》の刻まれた、疲れた幸薄そうな顔をしていた。災難や屈辱をおよそ世の中とはそういうものと諦観して受け入れ、もとより働くのに懸命でそれをあまり気にも留めない人間の顔だった。

「ジャメ夫人に会いに来たんです。彼女はまだここにいますか?」

「ええ、でも彼女があなたに会いたいかどうかわからないわ。人に会いたくないって言ってたから。

かわいそうな女性。わかるわよね。あなたは〈ホテル・ビアンブニュ〉にいるイギリス人のお嬢さんね？」

シーリアはうなずいて言った。「彼女に、外に出てわたしと一緒にコーヒーを飲まないか訊いてもらえませんか？」

「ご注文はコーヒー？」

「ええ、お願いします」

「一緒に何か召し上がらない――バター付きの精白粉のロールパンとか？　わたしがこんなこと言うのは差し出がましいんだけど――」

「何でしょう？」

「あなたから彼女に何か食べるよう勧めてもらえたらいいと思って」

「わかりました」とシーリアは答えた。「彼女が出て来てくれたらそれをいただきますわ」

女はトレーを下に置き、しみのあるざらざらした手を目の前ですり合わせながらまだ躊躇していた。彼女は長く黒いまつ毛に縁どられた黒くて美しい目をしていた。かつては非常に美しい女性だったにちがいない。

「たぶんあなたは、彼女は気がおかしいんじゃないかって思ってるんでしょうね。わたしと一緒にここにいるなんて。村でみんなが噂してることを考えたら」と彼女が切り出した。

どう答えてよいかわからずシーリアは黙っていた。

パトリスの女房は続けた。「もちろんうちの亭主は悪い男よ。でも、それは何も彼だけじゃないでしょ？　それにもしうちの人が彼女の旦那を本当に手にかけたんだとして、永遠に塀の中にいることにでもなったら、わたしはうちの人に二度と会えなくなる。そうなったら結局二人とも同じことでしょ？　彼女もわたしも。それに、ここでわたしと一緒にいるのもまんざら捨てたものでもないのよ」そう言うなり彼女は不意にトレーを持ち上げると店の中に入って行った。

シーリアは座って待った。

港の向こうに見える〈ホテル・ビアンブニュ〉の庭園は今は無人のようだった。シーリアの目に、その横長の白い建物の正面からの全景がきわめてはっきりと見えた。彼女の部屋の窓も見え、外に出るときはいつもそうしているようにシャッターが上げられており、隣のスタイン夫妻の部屋の窓にはシャッターが下ろされていた。彼女の部屋の中で人影が動くのまで見えた。たぶんメイドが掃除でもしているのだろう。真珠を置いてこなくてよかったと思った。

それから不意に彼女はさらに目を凝らした。さっきの人影が窓辺に近づいていた。その距離からでは絶対の自信があるというほどではなかったが、何かが彼女にそれが男性の人影であることを確信させた。

すぐそばでルース・ジャメのやわらかで明瞭な声が聞こえた。「おはようございます、ミス・ケント。お電話くださってありがとうございます」不思議な響きだった。まるで田舎の牧師館ででも話されているかのようだった。

ルースを見上げたシーリアには、彼女がいつもにもまして華奢で青白く透き通っているように見え、ほとんどこの世のものとは思えないほどだった。彼女がシーリアと向かい合って腰を下ろすと、しばらくしてパトリスの女房がカップに入ったコーヒーを二つと、クロワッサン少々とバターの皿を運んで来た。ルースはコーヒーは受け取ったが、クロワッサンには黙って首を振って食べるのを拒んだ。

「煙草を一本いただけたら」とルースが言いかけた。「ありがたいんですけど」

シーリアは彼女に一本手渡した。「あのね」と彼女はいきなり言った。「あなたはなぜここに来たの？」

ルースは繊細な眉を吊り上げた。「ここは静かで平和なんです。前に言いましたけど、わたしはあの張り詰めた雰囲気には我慢ならないの。それに、パトリスの奥さんにはさっき会ったでしょ――彼女はいい人なの」

「そうなんでしょうね。それでもやっぱり――」シーリアは彼女に対してどういう態度で臨むべきかわからずに躊躇した。そして、つまるところおそらくそれはたいして重要じゃないという考えに至った。というのはルースの認識は、いわばガラスの鐘のようなものの中にあって、超然として外界との接触を断っているようだったから、現実の他人の行動などせいぜいそこに歪んだ影を投げかけるにすぎないように思えたからだ。「パトリスが犯人だと噂されているのはあなたも知ってるわよね？」

「ええ」とルースは答えてコーヒーを少し飲んだ。「ここの人たちはホテルよりおいしいコーヒーを淹れてくれるの」

「あなたも犯人はパトリスだと思ってるの？」シーリアは続けた。

「可能性は十分あるわ。でももしそうでも――」

「もしそうでも？」

「彼はただの道具よ。彼自身にはピエールを殺す動機がない」

「あなたのご主人が持っていたあのネックレスが殺害原因だとされているのはご存じ？」

「でもあなたはその話を信じてないでしょ？」

「あなたは信じてないの？」

「ピエールはあのネックレスを持ってなかったもの」

シーリアはまた港の向こうのホテルのほうに視線を投げていた。窓辺の人影は消えていた。そのことは考えないようにした。「じゃあ、あのネックレスはどうなったの？」

「ジャックとクローデットがまだどこかに隠し持ってるんだと思うわ――それかすでに売り払ったか」

「ルース――」シーリアは目の前にいる女の、無感情で青いくまができていてかなり間の抜けた目を覗き込んだ。「あのネックレスのことをあなたがどう考えてるか教えてもらえる？　お願い。ほかのある人たちにとっては大事なことかもしれないの」

「ほかのどの人たち？」

「あのスタインさんという人たち」

「ああ――あの」

シーリアは続けた。「あのネックレスがあなたのご主人の難破船から出て来たなんて話は信じてないんでしょ？」

ルースは難しい顔をして燃えている煙草の先を見つめた。そして「信じてたわ」とのろのろと答えた。

「でも今はちがう？」

「わからないわ。さっぱりわからない。警察は、誰かが夫の船を出した可能性はないだろうって言ったわ。ガソリンが満タンだったからって。それに去年ここで働いてたという別のダイバーは、どうも肺の病気かなんかで病院に入ってるらしいの。だから彼が関わったというのはたぶんありえない」

「だけど何も心当たりはないの？　あのネックレスが出て来た可能性のある場所に」

ルースは立ち上がり、テラスを縁どっている手すりの上の笠石に身をもたせかけた。そして静かな空気の中に煙草の煙を吐き出した
「あれが難破船から出た物じゃないなら、わたしにはさっぱり見当がつかないわ。それでもピエールは、ネックレスの出所をあれ以上詮索されるのを恐れた何者かに殺されたにちがいないと思うの。それにわたし、あのホテルで妙なことが進行してることは知ってるわ。そして——そしてあのバトラーという男の人がそのことに関わってるとわたしは思ってる」彼女は向き直ってもう一度シーリアをまじまじと見た。「そして、あなたは彼といつも一緒にいるわよね」

シーリアはむっとしたが、平静な声を保って言った。「もしそうなら、パトリスはどう関わってくるの？　ご主人とジャックが言い争いをしたときは彼はあの場にいなかった。だけどどうやらご主人の船のそばまで来て彼を待ってたようよね」

ルースは深いため息をついた。「誰かが電話したの」

「パトリスに電話したですって？」

ルースは手首をぐいっとねじって煙草の吸いさしを海に放った。「パトリスの奥さんがわたしにそう言ったの。で、彼女は警察にもそう話した。あの晩ピエールとわたしが出て行った直後に、誰かがホテルからパトリスに電話をかけた。彼はその後すぐに家を出て、夜中の十二時くらいまで戻らなかった。誰がその電話をしたのか誰も知らない。なぜならみんな外の暗がりの中で亀を捜してたから。そっと建物の中に忍び込んで電話をすることはホテルにいる誰にでもできたわ。で、わたしにわかる

のはここまでよ。それにしてもあなたがどうしてそこまで興味を持つのかわからないわ。あなたには関係ないことじゃない。まあ、もっとも――」そう言いかけて彼女は意味ありげに言葉を切った。

シーリアはバッグを開け、コーヒー代を支払うために紙幣を何枚か取り出した。その際にバッグの底にある真珠が目に入った。

「そうね」と彼女は言った。「わたしには関係のないことだわ――でも、巻き込まれてしまうときもあるものなの」彼女はいとまを告げて店を出た。

ホテルへ戻るとすぐに彼女は急いで自室へ上がった。タイルが湿っていることから、ついさっき掃除されたばかりだとわかった。ということは、彼女が見た窓辺の人影は結局メイドだったのだろう。一渡り見回して何も妙なところはないように思われた。

だがそれでも胸騒ぎがした。その部屋の何かがおかしかった。何かがあるべき状態とちがっていた。鏡台のところまで行って、やっとそれが何かわかった。彼女がスティーブン・ミラード宛にしたためて、決して投函されることのなかった絵葉書がなくなっていた。そしてその絵葉書と並べて、彼女が整理ダンスの上に置いておいたスタイン夫人の鉛筆書きの手紙もなくなっていた。

第十五章

四角い窓から燃えるような陽光が降り注いでいたものの、シーリアは凍りつくような冷気が皮膚を撫でるのを感じた。すぐにその感覚は失せ、二、三匹のハエが天井をぶんぶんいいながらものうげに飛んでいるその部屋はいつもどおり暑く感じられたが、彼女の胸は気持ちが悪いほど動悸がしていた。ベッドの縁に腰を下ろし、なんとか落ち着こうと論理的に考えようとした。

あの絵葉書と手紙をゴミとまちがえて持って行ったのはメイドだと自分に言い聞かせた。だがそのメイドは勝手に何か捨てたりしないという事実にふと気がついた。現に今も、絵葉書と手紙があったはずの場所からほんの数インチのところに、煙草の空き箱がそのまま置かれていた。それに彼女が入り江の向こう側から見たあの人影。あれはまちがいなく男だったと彼女はあらためて確信した。

あの男が誰にせよ、スタイン夫人の持ち物を今彼女が持っていることを知られてしまった。もっともあの手紙だけではそれが何かはわからなかったかもしれないが。それにしてもなぜスティーブン宛の絵葉書を持って行ったのだろうか？　英語が読めずに、あの葉書が意味のあるもののように思えたのだろうか？　その答えがどうであれ、彼にとって重要なのはスタイン夫人の手紙だったにちがいない。ひょっとしたら彼には伝言の意味がわかったかもしれない。ひょっとしたら彼にはスタイン夫人が真珠を残して行ったことが何となくわかったのかもしれない。

だしぬけに階下から叫び声が聞こえ、シーリアは縮み上がった。ホテルが一斉に騒音に包まれた。彼女は立ち上がって戸口のところへ行き、ドアを二、三インチ開けて聞き耳を立て、それから赤いタイル敷きの廊下を静かに進んで、階段を眺めた。騒音に救われた気分だった。先ほど次々に生じてきた一連の疑念はさしあたりどこかへ追いやられた。

叫び声を上げたのはクローデットだった。だがそれはすぐにマダム・オリヴィエによってこだまのように繰り返され拡大された。二人の女は、無造作に戸口に立って片手の爪をもう一方の手のひらに当ててこすりながら、見たところ言われていることにほとんど耳を貸そうともしていない、顔色の悪い男に向かってわめいていた。ムッシュー・オリヴィエは妻のかたわらに立ち、ちょっと考えたいので頼むから静かにして欲しいと興奮気味に懇願していた。

だがマダム・オリヴィエはその警察官に向かって怒鳴り続け、クローデットは金切り声で彼女を援護していた。ジーンは目に涙をためて厨房の戸口に立っていた。そのだらしない身なりのずんぐりした警視の向こうにある庭園に、ジャックが制服警官の集団に囲まれて立っていた。彼は逮捕されていた。

だがどうやら彼はピエール・ジャメの殺害容疑で逮捕されたのではないようだった。クローデットが偽造がどうのこうのと金切り声で叫んでいる。彼女の夫が一体どうやって偽造の知識など持ち合わせるだろうか？　とはいえそんな罪に問われるようなふしが彼にあったのか？　マダム・オリヴィエもクローデットとまったく同じことを言っている。二人の女の意見が一致しているのをシーリアは初めて聞いた。

大騒ぎのさなか、ジュヌビエーブがよちよちとジーンの前を通って部屋の真ん中まで歩いていくと、この騒動に怯えて、誰よりも大きい、耳をつんざくような長々とした叫び声を上げげた。クローデットがあわてて彼女に飛びつき、胸に抱え上げた。ジャックのこわばった表情が一瞬ゆるみ、あいまいな笑みが浮かんだ。警視は例によって無頓着に肩をすくめてみせると外に出た。そして警官たちと共にジャックを連行して立ち去った。

シーリアはためらいながらも階下へ降りて行った。マダム・オリヴィエは彼女を見ると、まるで怒りの矛先を警察からシーリアに転じようとするかのように彼女に向かって叫びだした。「今の見てた？　彼らが何をしたかわかって？　あの連中はジャックを逮捕したのよ！　わたしの息子を――わたしの息子を逮捕したのよ！」

「しーっ、しーっ！」と夫が懇願するように言った。「頼むから、みんなちょっと頭を冷やして、これがどういうことか考えよう」

「考えるですって！」と妻が嚙みついた。「わたしの息子が――わたしの息子が逮捕されたというのに、そのことを考えないといけないですって！　わたしは何か考えたりできるような心境じゃないわ。ものすごく頭に来てるの。何もかもおかしくなってるような気がするわ。以前は物事はこんなふうには起きなかった。それでもわたしは考えないといけないと言うのね！　なんて人なの、あなたって人は」

「そうはいっても、これがどういうことか考えるのは絶対必要なことだよ。それに僕だって考えられないよ。考え始めることさえできないよ。そううるさくされたんじゃあ。マドモアゼル・ケント、きみは僕の意見に同意してくれるだろう？　今は興奮してる場合じゃないんだ」

「彼女に訊いてなんになるの？」マダム・オリヴィエが言い放った。「彼女を見てごらんなさいよ

――興奮したことなんてあるように見えて？　彼女はいかにもイギリス人らしいわよ。とても静かで、とても礼儀正しくて。でもわたしはちがう。わたしはフランス人よ。わたしは興奮したらそれを表すわ。それをみんなに言うわ。それがわたしという人間よ」

「だがジャックのことも考えないといけない。僕たちは何をしないといけないか考えないといけないんだよ」

「じゃあ、わたしが一分一秒だってジャックのことを考えないときはないと、あなたは思わないわけ？」と彼女はヒステリックに叫ぶと、こぶしをこめかみに何度も打ちつけた。

老人はお手上げだというようにシーリアを見た。おそらく彼はずっとこんなふうに人を見てきたのだろう。妻の扱いに手を焼き、無言で助けを求めるように。

そこで助けに入ったのはクローデットだった。ジュヌビエーブをジーンに渡すと、マダム・オリヴィエの脇の下に手を滑り込ませ、彼女を食堂のほうに引っ張って行った。「さあ」と彼女が呼びかけた。「こっちへ来てください。ちょっと落ち着いて考えないといけないのは確かです。マドモアゼル・ケント、あなたも一緒に来てください。あなたならわたしたちを落ち着かせるお手伝いができるかもしれないし、それはわたしたちにとっていいことだから」彼女は多分に自嘲気味な満面の笑みを浮かべた。

「わたしの息子が！」とマダム・オリヴィエがぼそぼそ言った。彼女は涙を流していた。「ドイツ人があの青年を連行しに来たときよりひどいわ」

「くだらん」と老人が言った。「あの子は丁重に扱われて、おそらくすぐに釈放されるだろうよ」

「きっと首を切り落とされるわ！」

「静かにしなさい！」彼は徐々に主導権を取りつつあったが、依然として自分の代わりに誰かがやってくれないものかと願っているかのようだった。「まずやらないといけないのは、僕たちのこのホテルでずっと何が起きていたのかをクローデットに話させることだ。それが終わったら、僕がマルセイユに行って弁護士に相談する。たぶん保釈の手配ができるだろう」

「それにはお金がいるわよね」マダム・オリヴィエが言った。

「まあとにかくあの子には何の危害も及ばんだろう。あの子は何も悪いことはしておらん。なのに何を心配する必要がある？」

沈黙が流れた。マダム・オリヴィエがクローデットをじっと見た。

「それは本当？」彼女は厳しい口調で訊いた。「あの子は何も悪いことをしてないの？」

老人ははっとしたようだった。「だがお前はさっき、逮捕されるなんて信じられんと――」

「わたしは息子のことがよくわかってるわ」マダム・オリヴィエは部屋の中央にあるテーブルの前に座った。「あの子は頭がよくない。利口じゃないの。それに弱い人間だわ。ああ、わたしにはあの子がわかってるのよ」

クローデットはバーのほうに行った。「みんなちょっと飲んだほうがいいかもしれません」そう言ってグラスをテーブルに運んで来た。「わたしはいつも彼に言ってたんです。あなたは馬鹿だって――あのダイバーの話を真に受けたりして。始終言ってたんですよ。あの話はどこかおかしいって」

「あなたがあの子にそんなことを言ったって？」老女がさも馬鹿にしたように言った。「あのいかれた計画に加わるようあの子をそそのかしたのはあなたじゃないの」

クローデットは首を振った。「いいえ、ほんとにわたしはいつも言ってたんです。何かおかしいって。あなたは馬鹿だって。信じるか信じないかはお義母さんの勝手ですけど」

「それにしてもここで一体何が起きてたんだね？」老人が詰問するように言った。「うちのホテルで何が起きてたんだ？」

「わたしが知っていることはお話しします。聞いてくださると言うなら」クローデットはそう言って素早く酒を流し込み、もう一杯注いだ。「でもわたしが知ってることはそう多くはありません。それにジャックだって何も知りません。警察はじきにそのことに気づいて彼を釈放するでしょう。わたしたちに試練を与えて話し合うようにさせるためだけに彼を逮捕したようなものです」

シーリアはおずおずと口を挟んだ。「そもそも警察は何の容疑で彼を逮捕したんですか？」

「ホテルのお客を正当に記録していないとかいうでっち上げの容疑よ」マダム・オリヴィエが答えた。

「馬鹿馬鹿しい！　だいたいそんなことをごまかすなんてあの子らしくないでしょう？」

老人はテーブルをグラスでごんごん叩いた。「わたしは何が起きていたのか知りたいんだよ！」

「話します。今話しますから」とクローデットがもどかしげに言った。「それが始まったのは春のことです。ここでの万事がうまく行ってなくて、仕事が不調で――」

「もちろん仕事は不調だったわ」とマダム・オリヴィエが言葉尻をとらえて言った。「このご時世に商売が繁盛することなんて誰が期待する？　今こそまじめに働くときでしょう――今こそ！　ワインセラーを空にしないためにも！」

夫が彼女の腕に手を置いて黙らせた。

クローデットが話を続けた。「わたしたちはここを好きだと思ったことがなかった。もっと成功するチャンスのある場所に逃げ出すためのお金を作りたかったんです。ある日そのことをファンダクリアンさんと話していて――」

「ファンダクリアンと！」マダム・オリヴィエが爆発した。「あのアルメニア人と！」

「彼はお義母さんたちのお友だちじゃないんですか?」クローデットがむきになって言った。「始終ここに入り浸ってませんか?」

「でも、なんてことなの、わたしは口を酸っぱくしてあなたに言わなかった? 彼がどういう人間なのかを」マダム・オリヴィエはまくし立てた。「アルメニア人よ、根っからのアルメニア人! そりゃあ彼がここに来ればおしゃべりはするわ。わたしを楽しませてくれるから。でもいつだってみんなには彼に注意してと警告してる。そうじゃない、マドモアゼル・ケント? わたしあなたに言わなかった? 用心して、彼はアルメニア人よって。誰だって知ってるわよ。アルメニア人は誰のことだってだますって。ペテン師でさえ」

「話を続けて、続けて」老人が促した。

「その、わたしたちがファンダクリアンさんと話をしていたら」とクローデットが続けた。「彼が言ったんです。自分なら簡単にお金を作れるようにしてあげられると。わたしたちはただ、彼が時々送り込んでくる人たちをここに滞在させるだけでいいと。この人たちは支払いをする代わりに、宝石やら何かほかの貴重品をわたしたちに渡してくれて、それをわたしたちがパリのある住所に送る手筈になっていた。で、その住所は常に変わっていて――つまりファンダクリアンさんが適宜新しい住所を教えてくれて、わたしたちが言われた仕事をするとお金を払ってくれたんです。彼はずいぶん気前よく払ってくれました。この人たちが普通のお客だったとして支払う分の四、五倍もです。つまりわたしたちにとっては、労せずして儲かるおいしい仕事だったんです」

「四、五倍もですって！」マダム・オリヴィエが激怒して叫んだ。「たったの四、五倍のお金につられて、あなたたちはそんな危険を冒して、彼に代わって盗品を実際に扱って――あのちんけなずるいアルメニア人のために！　あの男を信用したら駄目だとわたしはみんなに言わなかったかしら、マドモアゼル・ケント？　あの男はいつだっていい取引のように口では言うけど、その実決してただでなんか何ひとつくれないって、わたしは言わなかった？」

「盗品じゃありませんでした」クローデットが言い返した。「わたしたちのことを何だと思ってるんですか？　それにあのスタイン夫妻、彼らが盗品なんか扱うような人たちですか？　あのサファイアのネックレスはあの人たちの物だったんですよ」

「誰だね？　そのスタインというのは」ムッシュー・オリヴィエが尋ねた。

クローデットが肩をすくめて言った。「わたしが確実に知ってることはもう洗いざらいお話ししました。ただわたしが思うに、うちに来たそういう人たちは全員、東側の国からの亡命者か、国を追われて帰るに帰れない人か、まあそういう類いの人たちでしょう。先週ここにいた男の人は、こういう人にしては珍しくたくさんジャックに話してくれて――どうもわたしたちを実際以上に事情通だと思ったらしいんですね、新しいスタートを切るのに手を貸してもらったと感謝されました。で、もし自国に戻ったら命はないと言ってたそうです。かわいそうに。わたしはよく彼らのことをものすごく気の毒に思いました。だからあの人たちを助けられてよかった。それはジャックも同じでした」

「でもあの人たちはここで何をしていたのかしら？」マダム・オリヴィエがつぶやいた。「それにどうして彼らは判で押したように自分たちをスイス人だと言ったのかしら？　そしてみんなどこへ行ったの？」

「わたしたちは、彼らをスイス人だと言うように言われました。単に、今年フランスには非常に大勢のスイス人がいるんで、彼らが外国人に見える場合はそう言っておけば無難だろうというわけです。あの人たちがどこへ行ったかはわたしにもわかりません。ジャックもわたしもあまり知り過ぎないほうがいいと思ってたんです」

「彼らはどうもここで偽造文書の準備が整うのを待っていたようだな」ムッシュー・オリヴィエが言った。「そう考えると、さっきの警視が言っていた文書偽造罪というのも説明がつくし」

クローデットが彼に向けた表情からシーリアは、すでに彼女も同様の推察をしており、その気になればもっとしゃべることがあったのかもしれないと思った。

彼が続けた。「だがね、これを何か証明できるのかね？ この件を取り仕切っていたのはファンダクリアンだときみは立証できるのかね？」

クローデットの目に不安げな色が浮かんだ。「ええ、はい」と彼女は言った。「もちろんわたしたちはそれを証明できます」

マダム・オリヴィエは考え込んでいた。彼女の表情には妙な満足感が見てとれた。「じゃあ、それが真相なのね？」彼女は静かに訊いた。「これが真実なの、クローデット？――誓える？」

「もちろん真実です」

「そういう宝石は盗品ではなかった、あなたたちはそういう不幸な気の毒な人たちを助けていただけだと？」

「ただそれだけのことです」

マダム・オリヴィエは深いため息をついて夫のほうに向き直った。

「わたし、いつも言ってなかった？　あの子はいい子だって。心根のいい子だって。たぶんわたしだって頼まれたら同じようにしたでしょう。彼らを助けたでしょう——ただわたしなら無償でやったでしょうけどね。まあとにかくジャックが、合法な商売で稼げた分のたった四、五倍のお金をつかまされて、ファンダクリアンに完全にだまされてたことは明らか。わたしならそんなまちがいは犯さなかったはずよ。でもジャックは商売の才能があったためしがないの。で、それはたぶんわたしたち夫婦のせい。わたしたちがあの子を甘やかして駄目にして、自分の行動に責任を持てるような人間にしてやれなかった」

ムッシュー・オリヴィエが絶望的だというような仕種をした。「どうかしてるよ。あの子は心根はいい——おそらく——そう願うよ。それでもやはり正気だったとは思えん。そういう人々にどんないいことをしてやったとあの子は思っているのか？　彼らは遅かれ早かれ見つかって大変なことになるのに。あの子はただ、もう十分に苦しんできた人々からファンダクリアンが大金を巻き上げるのに手を貸してるんじゃよ。わたしはそういうのは好かんね」

マダム・オリヴィエが思案顔で言った。「そうなの、あなたはこれをまちがったことだと思うの？　わたしはそういう人は手を尽くして助けるべきだと思うわ。それでも、それが彼らを助けることになってないとしたら……マドモアゼル・ケント、あなたはどう思う？」

シーリアはしぶしぶその議論に加わった。そもそも彼女はクローデットが言ったことに半信半疑だった。「実はわたしは別のことを考えていたんです。それは——」彼女は言いよどんだ。「それは、今のお話がピエール・ジャメの殺害とどうつながるのかということです」

彼女の言葉に部屋は静まり返った。言われてみればまるで殺人事件のことはしばらく忘れ去られていたかのようだった。ややあってマダム・オリヴィエがクローデットに向き直って言った。

「そのとおりだわ。その話があの殺人とどう関係があるの？」

「わかりません」クローデットが答えた
「何か知ってるはずよ」老女が言った。

クローデットは急に絶望的な苛立った表情になって首を振った。それを見てシーリアは初めてクローデットがどんなに怯えているかわかった。

「そこが問題なんです。わたしは何も知りません。ジャックもです。あの事件が起きて以来、わたしたちは気が変になるくらい怖いんです。ああいうことは想像したこともありませんでしたから。最初はファンダクリアンさんの犯行かと思いました。でもそれはありえない。なぜなら彼はその時間、ボーイスカウトとガールガイドの子どもたちと一緒にいたからです。それにわたしはあることを知っています――ファンダクリアンさんも怯えてるんです。彼もこういうことは予期してなかったらしくて。それで彼もわたしたちと同じくらい怖がってるんです」

「だけどなぜあの気の毒な男が殺されないといけなかったのかしら？」マダム・オリヴィエがつぶやいた。「彼が誰かに何か害を及ぼしてた？」

「それもわからないことのひとつです」とクローデットが応じた。「最初、わたしとジャックは、彼が警察に駆け込んで騒ぎを起こすのを阻止するためかと思いましたし、おそらくそうだったのかもしれませんけど。でも結局、もちろん警察沙汰になりました――というか大事《おおごと》になりましたし」

「ジャメがあなたの首から宝石をひったくったというあの話だけど」マダム・オリヴィエが言った。

「あれは本当のことじゃなかったの？」

「ええ」とクローデットが、そんな話で誰かをだませるとはさらさら思っていなかったとでもいうように、馬鹿にしたように答えた。「それでも、わたしたちがあのネックレスを出して見せられない理由を説明するのに何か考えないといけなかったので」

「それであれをどうしたの？」

「ファンダクリアンさんに渡しました。彼が戻って来てすぐ」

「馬鹿じゃないの！」義理の母が叫んだ。「とんでもない馬鹿だわ！」彼女は夫のほうを向いて言った。「わたしたちはこれから一体どうすべきかしら？」

シーリアが口を挟んだ。「ちょっとお訊きしたいんですが。この家に電話はありますか？」

全員唖然としたように彼女を見た。

「ええ」とクローデットが答えた。「どうしてですか？　お電話したいんですか？　どうぞ」

「いえ、ちがうんです。でもどこにあるのか知りたいと思って」

「階段の昇り口にあるわたしたちの部屋にありますわ」クローデットが言った。

「みなさんの部屋ですか？」

「ジャックとわたしのです。わたしたちの寝室でもあり、居間でもあり、事務所でもあり、とにかく何にでも使ってます。この家の中でわたしたち専用の唯一の部屋です」

「なぜ知りたいのかね、マドモアゼル・ケント？」老人が訊いた。

「何でもないんです――別にたいしたことでは」シーリアが言った。「でもあの亀の件で――」

「あの亀、あのジジ！」マダム・オリヴィエがいまいましそうに叫んだ。「もちろんあれは仕組まれたものよ。誰かがあれを隠したのよ。ひとりで階段を降りていけたはずがないもの」

「全員を屋外の暗がりに出したかった何者かが隠したんだろう。誰にも気づかれずに姿を消せるようにな」と夫がうなずいて言った。

「わたしはその人間が電話に近づくためだったと思ってます」シーリアは言った。「で、パトリスに電話するため。だからあなたたちの誰かではありえません。なぜならあなたたちなら誰の注意も引かずに電話のある場所に行けたでしょうから。それでもホテルの通路を知り尽くしている人間だと考えられます。おそらくホテルにいる誰かでしょう。まあ大変、あれを見てください！」

彼らはさっと振り返った。すぐさま全員がぎょっとしたような叫び声を上げて立ち上がり、窓辺に駆け寄った。

海の向こうから入り江を横切って、壁のような濃い霧がみるみるうちにかかって来ていた。さっきまでいつもどおりはっきりと色鮮やかに見えていた明るい崖や、派手な色の家々の屋根や、松の木々が、次の瞬間には霧の中にぼんやりとした影や形しか見えず、それも一瞬のちには消えてしまった。

空も村も港もすべてのものが視界から消えた。ただ数ヤード四方の庭園だけが残っていたが、二、三分後にはその木の柵が、灰色の湿った渦が果てしなく立ち昇っている世界との境界になっていた。

「でも、こんなことはいまだかつてなかったわ！」マダム・オリヴィエが叫んだ。「一度も！」例によって突発的に気分が変わった彼女は、シーリアのほうを向いて笑いかけた。「あなたが一緒にロンドンをここに連れて来たのね」

「確かに。こんなことは非常にめずらしいよ」夫がうなずいた。「それと、これはいったんやって来ると不穏だな――危険だ。ものすごく動きが早い」

「わたしは好きだわ」マダム・オリヴィエが元気よく言った。「ここは一日中おてんとうさまが照りつけてばかりだもの。こういうのもいいわよ。気分が変わって」

砂利の上を歩く足音が聞こえた。やがて霧の中から人影が現れ、窓辺に立った。

「犯罪にはお誂え向きのお天気ですね」マイケル・バトラーが陽気に言った。「でも外にずっと座ってることはできないが。ああ、ところでミス・ケント、きみの物を預かってると思うんだけど」彼は相変わらず持ち歩いているプルーストの本を開くと、しおりとして使っていたらしいものを抜き出して、窓辺にいるシーリアに手渡した。

それはスティーブン・ミラード宛の絵葉書だった。

第十六章

彼女が言った。「そう、あなただったのね」

「ああ」とバトラーが答えた。「僕だった」

「ちょっとお話ししたほうがよさそうね」彼女はかすかに体が震えていた。

「僕もちょうどそう思ってた」

オリヴィエ家の面々に断って席を立ち、シーリアは庭園に出た。バトラーが戸口のところで彼女を待っていた。

「コートはいらない?」と彼が訊いた。「急に雨が降ったりひんやりしたりするけど」

「そうね。じゃちょっと待ってて——そんなにかからないから」

彼女は急ぎ足で階上へ向かいながら、さっき大事なことが頭をよぎったような気がしたのはなぜだろうと訝しみ始めた。実際にはこれといって何も考えていなかったようなのに。絵葉書を持って行ったバトラーに対して言いようのない怒りを覚えたことは別として。それでも、何かきわめて重大なことが一瞬彼女の頭にはっきりと浮かび、またすぐに消えたという思いはいつまでも残り、彼女を当惑させた。

彼女は部屋に入ってコートをつかむとまた急いで降りて行った。バトラーが佇んでいた。自分のまわりに灰色の理想郷を築いている、活気に欠ける人物であるバトラーが。さらに近づいて行くと、彼の顔には表情がないことが見てとれ、その骸骨のような無感情さが不意にシーリアに一撃をくらわした。なぜ彼がそんなふうに見えたのだろうか?

ハンドバッグを脇の下にぎゅっと抱えながら、シーリアは彼が口を開くのを待った。

「どこへ行こうか?」彼が言った。

「どこかへ行く必要がある?」

「話すべきことがたくさんあると思ってね。それに丘を少しぶらぶら歩いて行けば、霧の上に出られるかもしれない」

「じゃあ行ってみましょう」

彼らは歩きだし、村を通り抜けて行った。

その霧が村中に衝撃を与えているのがわかった。途中で連れ立って歩いている人々とすれちがったが、たいていは女たちで、興奮した口調で漁船の安否を気遣いながら埠頭へ急いでいた。家々が途切れたところで村の道も終わっていたが、バトラーとシーリアは鉄橋の下を通っている道に入り、小さいブドウ園を通り過ぎて、使われていない採石場のほうへ向かった。採石場の向こうでその道はしだいに細くなって、やぶに覆われたふたつの丘の間にある窪地の小道になっていた。

「ほら」とバトラーがようやく声を発した。「僕の言ったことが当たってたみたいだな。前のほうに太陽の輝きが見えるから」

その小道は急勾配の上り坂になっていて、不意に霧が薄れたかと思うと強い日差しが再び彼らの顔に照りつけた。やぶの生暖かくて濃厚な香りがあたりに立ち込めていた。

「座りましょう」とシーリアが言った。「訊きたいことがいくつかあるの」

「最初にひとつ、僕も訊いておきたいことがある」

彼らは生育不全の低木の茂みの中にある斜面を選び、並んで腰を下ろした。

「何かしら？」

「このミラードという男だが、彼は何者？」

あまりにも予期せぬ言葉だったのでシーリアは吹きだしそうになった。

「わたしの知ってる人よ」

「どの程度に？」

「かなりの程度に」

「彼と結婚するつもりなのかい？」

「へえ、一体何だってただの絵葉書一枚であなたはそんなこと思ったの？」

「きみにはほかに友だちはいなさそうだったからね」

「失礼ね。あなたって人はいけすかない私立探偵みたいね」

「ともあれきみは――？」

「彼と結婚するつもりかって？　彼のほうはそれもいいかもと思ってるわ。わたしはよくわからない」と言って彼女はまわりを見渡した。彼らのいる丘は、まるで湖のような一面の霧の中から突き出している島のようなものだった。「ここまで村から誰も上って来ないのは変ね。とても素敵なのに」

「もう少し先まで行くと小道がなくなっているのがわかるよ。正確には小道とはいえないただの水路だが。それがなくなって、地中海沿岸特有のオークの木の茂みを通って進むのはたいしておもしろくもないことがわかるよ。それにしてもどういう意味？　わからないって」

「ちょっと、まだ決心がつかないっていうこと。さあ、今度はあなたが答える番よ。あなたは警察官なんでしょ？」

「そのとおりだ」

「どこから来たの？」

「ベルファスト（北アイルランドの首都）」

「で、あなたがここにいるのは、偽造パスポートで難民を入国させる――アイルランドにね――何らかの組織について調査するためだとわたしは見てるんだけど」

「ずいぶん情報をつかんでるみたいだな」と彼は言い、温かい地面に体を大の字に伸ばし、頭の下で腕を曲げた。彼の青い瞳がじっと彼女を見た。「訊きたいことは残らずどんどん訊きなよ。こっちもまだいっぱいあるからさ」

「なぜわたしの部屋を調べたの？」

「きみが何をたくらんでいるのか、真相を探らないといけなかったから」

「どうしてわたしが何かたくらんでいると思うの？」

「きみはスタイン夫妻のことで何かを知っているようだった。だからさ。彼らが去ってしまったわけではないと確信してたし――いやに確信してたし。それはつまりきみがこの組織の一員であるか、あるいはどういうわけかこの件に巻き込まれかけているかのどちらかだ。もっと言えば、最初の仮説の場合だと、きみは危険な女だということで、後の仮説の場合はきみは危険なことに巻き込まれかけているということだ。どちらにせよ真相を探り当てるのが僕の仕事だ」

「マイケル——」彼女はローズマリーの木から葉のついた小枝をむしり、それをもみくしゃにして指の匂いを嗅いだ。「わたしがあなたが言うところのその組織に属しているなんて、真剣に思ったわけではないんでしょ？」

「悪いが、あまり直感を信じないよう訓練されているんでね」と彼はにこりともしないで答えた。

「それにしても何だってわたしのことを怪しいと思わなきゃならないの？」

「きみは何か目的があってここに来たんだったよね？ 以前きみは僕にそう言った。おまけにきみはジャーナリストだし、僕は現場にあまりにも都合よくジャーナリストが居合わせた場合はいつも疑うことにしてる。それとマダム・オリヴィエが言ってたんだが、きみには前々から、ここに来るある目的があったんだと。彼女は言葉を濁しながらも、そうほのめかした」

「マダム・オリヴィエが？」シーリアは奇妙な笑い声を立てた。「彼女は鋭いわ」

「じゃあほんとに目的はあったんだね？」

「ええ、そうよ」

「それが何か僕に話してくれる？」彼の目に不安の色が浮かんだ。「無理強いできないのはわかってるけど」

「まあ、難民とは関係のないことよ。偽造パスポートとも殺人とも」シーリアはそう言うと、だしぬけに二人の間にローズマリーの葉っぱをまき散らした。「わたしがここに来たのは——追憶のためよ」

彼は何か言いかけてやめ、彼女をしげしげと見た。

「過ぎ去ったことの追憶」と彼女は言葉を続けて微笑んだ。「前にここに来たのは九年前のことで、そのときわたしはひとりじゃなかったの。数週間というものわたしは、知りうる限り完璧な幸福に限りなく近いものを味わったわ。実際、完璧ではありえなかったの。戦争が目前に迫っていて、わたしたちを待ち受けていたから。夜になると決まって見る、どうにも逃れようのない恐ろしい悪夢みたいにね。それでも休暇は素晴らしかった。とても素晴らしかったの。そしてやがて彼は戦死した。そのときわたしは彼と二年近く会っていなかったの。それ以来ずっとわたしは幽霊に取りつかれてるように思う。なぜって、ただそのまま会えない時間が続いているにすぎず、ほんの二、三語書かれた一枚の紙きれ以外に何も実際の形ある物がないような死には、とうてい現実味がないもの。幽霊が歩き回る余地があるのよ。で、幽霊を退散させるにはたったひとつしか方法はない」

彼女がそこで間を取ると、バトラーが抑揚のない妙な声音で言った。「そうか、それだったのか」

「ええ」と彼女は答えた。「それだったの。で、さっきも言ったけどマダム・オリヴィエは鋭いわ。彼女は何もかもお見通しだったみたい」

「それで幽霊のことは？」

「今言ったように、幽霊を退散させるには方法はひとつしかないの。幽霊とお近づきになって、仲間としての愛情を注ぐの。最初に試みるときはひどく傷つく――その傷つきようは尋常じゃない。でもわたしは信じてるの――きっと乗り越えられるって」

また間があった。今度は長かった。やがてバトラーが言った。「ごめん。察してあげるべきだった」

「それは仕方ないわ」

「でももう少しわかってあげるべきだったよ。自分が許せないな。でも僕はひとつのことを考えだすと、そうとしか考えられなくなってしまうんだ。それでいつも失敗する」

「まあ、それはどうかわからないけど……それはそうとさっき話してた件に戻りましょうよ」

彼は片ひじをついて体を起こした。「何だったたっけ？」彼のまなざしは霧との境界となっている、まるで幻影のようなまわりのやぶをぼんやりと眺めていた。

「スタイン夫妻のことよ」

「ああ、そうだった」それはまるで彼らのことをしばらく本当に忘れてしまっていたような口ぶりだった。「その件を片付けよう。すっかり整理してしまおう。彼女はきみに何を渡したの？」

シーリアはバッグを開けて真珠を取り出した。

「これはまた」と彼が言った。「きみはどうやら一部の人間からはひどく信頼されるようだね」彼はそう言うとそのネックレスを入念に吟味した。「これをいつ渡されたの？」

「昨晩よ」

「でもあの手書きのメッセージはどうして？」

シーリアは部屋で手紙と真珠を見つけたときのいきさつを説明した。そしてさっきクローデットから聞いたスタイン夫妻の話と、あのサファイアのネックレスが彼女とジャックの手に渡った経緯を話した。

シーリアの話が終わると彼は、自分にとっては何もかもよくわかっている話だとでもいうようにうなずいた。「だけどこの真珠――きみはこれをどうするつもりだったの？」

「まだ決めてないわ。なぜスタイン夫人がわたしにこれを残したのか理解できないし。まるで誰かに奪われることを恐れてたみたいにね。ただ、彼女は必ずこれを取りに戻って来るつもりだと確信したのよ。もっとも理由もわからずにこんな物を預からないといけないなんて、何だか空恐ろしい気分だったけど」

「あきれた女性だ。きみにこんな一方的なことをする権利は彼女にはないよ！」バトラーが憤慨して言った。

「それにしても彼女はどこに行ったの？　あの二人に何があったの？」

「それがわかればいいんだが」

シーリアが彼の苦り切った顔を覗き込んだ。「何か不都合なことがあったの？　あなたたちには何か計画があった。で、それがうまく行かなかったんでしょ？」

「うまく行かなかったと考えるべきだろう」彼は小石を一握り拾い上げると、斜面のほうに投げつけた。小石は岩山に当たって、がらがら音を立てて落ちて行った。「スタイン夫妻はずっと監視されるはずだった。ある男が彼らから一瞬も目を離さないことになっていたんだが、あの会場がどんどん混雑してくる中で、その男がファンダクリアンに酒を一杯おごられている隙に、気がつくとスタイン夫妻の姿は消えていた」

「じゃあファンダクリアンは彼らに何があったかわかってるのね」

「ああ、彼にはわかってる。それに彼自身も監視されていて、もちろんそのこともわかっていた。だけどこんな霧の中じゃあ、そうしたいと思えばいつだって視界から消えられるだろう」

「彼を逮捕できないの？」

「ああ、できるだろう。だがファンダクリアンはあの殺人とは無関係だった。彼はまちがいなくトゥーロンにいて、事件が起きた後も何も知らなかった。僕の印象では、事件のことを聞いて以来、彼は死ぬほど怯えてる。あの男は自分で怪しげなおいしい商売をもう何年も順調に続けていて、受け取った金に見合った物を提供することになにがしかのプライドを持っていて、よもや自分が殺人なんかに関わり合うとは夢にも思ってなかったんだ。だがファンダクリアンの後ろには誰かいる。誰か全体を仕切っている人間が。だからファンダクリアンを泳がせておけばその男にたどり着くかもしれない」

「ファンダクリアンから直接聞き出すことはできないの？　彼を逮捕して」

「その保証はまったくない。殺人容疑で完全にシロというわけでないなら、おそらく彼を引っ張ることはできるだろう。だが現状では黙秘するのが得策だと彼も心得てるよ」

「スタイン夫妻を逮捕しなかったのも、それだからなのね？　あの人たちが偽造パスポートを所持していたことはわかっていたのに。あなたたちは、彼らを通して首謀者の男にたどり着きたかったのね？」

彼はうなずいて言った。「彼らがその男を知ってるからということではなく、何が起きるか観察しようとしていたんだ。僕たちは、ファンダクリアンがここに人を送り込んで来ていることは知っていたが、当初ジャックとクローデットの関与は疑ってなかった。オリヴィエ家の人々はごく良識のある人たちに見えたから、そんなことはまさかありえないだろうと思ってね。そのうち家庭内に不協和音が生じているのがわかって、僕は初めて若夫婦がこういうことに加担している可能性を疑うようになった。それまでは、こういう人々の宿代の支払いがどのようになされているのかわからなかった。ファンダクリアン自身が秘密裏に金をやり取りしているようには見えなかったしね」

「それに、最初に警察がここに踏み込んだときに、スタイン夫妻を彼らの手の届かないところに行かせて、ほとんど尋問されないように手筈を整えたのも同じ理由からだったのね？」

「ああ、そうだ」

「マイケル、スタイン夫妻とは何者なの？」

彼は手首を素早く動かして、小石をまたいくつか丘の斜面に投げつけた。「もっとも不運な人々の類いだ。きみや僕みたいなごく普通の自由主義の人間が、たまたままちがった場所に住んでしまったんだ。最初ドイツ人に強制収容所に入れられて、それからほかの連中に捕まった。あれやこれや地獄のような体験をするうちに、当然のことだがきちんとした信仰も良識もあらかた失いながらも、警察に駆け込んで、〝わたしたちを助けてください〟と訴えるような危険は冒さない。それでも、彼らの選択はいたって正しいのかもしれない。ときに悪い警官に当たると、元いた場所に連れ戻されてしまう。まあ、そうでなくても、しかるべきようには助けてもらえないのがよくある落ちだ」

彼女は思案顔で彼を見た。「あなたは今回の仕事があまり気に入ってないみたいね」

「気に入ってたさ！　でも、だからこそ混乱してるのかもしれない。ずっと彼らがうまく逃げおおせてくれることを半ば念じてきたけど、今は彼らに何があったかは神のみぞ知るだ。何か悪いことが——何か悪いことが彼らの身に起きたんじゃないかとひどく心配なんだ」

「それにしてもわたしがいまだにわからないのは——」彼女は彼を真似て、下のほうにある大きな岩に小石を投げ始めた。「ピエール・ジャメはどうして殺されなければならなかったの？」

彼はため息をついた。「確かに、理由は明白というわけではないね？　一見すると、およびでないところに警察を介入させようとした彼を阻止するためかと思われた。でもそれじゃあまりにも短絡的すぎる。実際、逆の結果になったも同然だ——すなわち警察は介入した」

「そうね、ちょっと無理があるわよね？」

「それで、僕なりに考えてることがある」と彼は慎重に言った。「あまり明確な考えではないけどね。つまり、ある一定の行動がある一定の効果をもたらすなら、それはその効果をもたらすことを意図したものだったかもしれないと、ちょっと考えてみる価値はあると思うんだ。言い換えれば、ジャメの殺人が警察を登場させたなら、それは警察の登場が必要だったということだ。つまりもう少し飛躍させると、殺人がパトリスをラ・マレットから逃亡させたのなら、それはパトリスをラ・マレットから逃亡させることを意図したものだったのかもしれない。一石二鳥というか一本の銛で二匹の魚というか、ひょっとしてパトリスのほうがより重要な魚だったとかね」

「で、パトリスは殺人犯なの？」

「そうだと思う。誰かがホテルから彼に電話をして、ジャメを始末するように言った。その後でパトリスが殺人犯だという話を周到に広めた」

「だけどなぜパトリスを追い払う必要があるの？」

「まあ、彼はそもそも危険な男だからな。それに事情を知り過ぎていたのかもしれないし、あるいはうまい話を横取りしようとしていたのかもしれない。様々な可能性が考えられるよ。それでも僕の考えがまったくまちがっている可能性もある。警視は僕の意見に反対だ。彼には別に、非常に衝撃的な自説があって。でも残念ながらそれについては話せないけど」

「もうひとつだけ質問があるの。誰が電話をかけたの？」

「きみの推理力はたいしたものだ。そこも警視と僕の意見がくいちがう点のひとつでね」

「オリヴィエ家の人たちではないわ。あの人たちなら何も亀を使って小細工しなくても電話ができたもの」

「そうだな」

「じゃあ残るは？」

「ヴァイアン、バレ、それに一応、彼らの妻たちとマダム・ティシエだ」

シーリアの全身を寒気が走った。この謎めいた人物の可能性のある名前を考えると、にわかに不吉な現実味が感じられた。精一杯冷静に彼女は尋ねた。「それであなたはどっちの男だと思う?」

「さあ、正直言ってわからないんだ」

「まったく五分五分なの?」

彼はひじをついたまま体をねじって彼女を見上げた。「そうは言ってもきみならどっちを選ぶ? 六人の子連れでペットが亀の休暇中の株屋か、パリの宝石商か」

「マダム・ティシエはどうなの? 女性ってこともありえるでしょ?」

「そうだね、女性ってこともありえるよ」と言って彼は立ち上がった。「それはそうと、もう戻ろう。それと、シーリア――」

「何?」

「ペポカボチャのことできみが言ったことは当たってたね」

彼女はあいまいな調子で笑った。「もちろん――わたしにはわかってたわ」

「不可解なのは、何できみにわかったかだ。僕、何かまちがったこと言ったかな?」

「そうね、何もかもあまりにも観念的だった。あなたはあまり現実味のあることを言わなかったのよ」と言って彼女は立ち上がった。「あのね、スティーブン・ミラードは正真正銘の庭師なの」

「まいったな」

「それと、いずれにしろわたしは最初から疑ってたの。ほんの少し躊躇しただけで、甘んじて自分をイギリス人だと名乗ったアイルランド人を」

「きみが何かそこに引っかかっている感じはしてた」そう言うと彼は彼女の隣に立った。「でも僕がアイルランド人だということがファンダクリアンに知れたら、彼はおそらく急に警戒しただろう。きみの推測どおり、くだんの人々はみんなアイルランドに密入国しているからね」

彼らは丘を下り始めた。じきに霧が、あたかも真珠のように白いベールがゆるやかに動いていくように彼らを取り巻いて、いい香りのするとげだらけの雑木林をすっぽりと包んだ。採石場に着くまでは小道を一人ずつ歩いて行かねばならず、そうしているうちにシーリアの思いは当面の問題から、哀れなオリヴィエ家の人々と彼らをのみ込んだ数々の不運へと移っていった。するとほとんど自分の意志とは裏腹に、気がつくと微笑んでいた。彼女を待とうとして振り向いたバトラーが尋ねた。「何かおもしろいことでもあるの？」

「ああ、急に思い出したの。あのなくなった三脚の椅子のことを」と彼女は答えた。「あの騒動のさなかでマダム・オリヴィエが、あのやり手のビジネスウーマンの彼女がおろおろして庭園を歩き回ってたのを。まるで彼女の椅子から新たな椅子が生まれることを願ってでもいるかのようにね」

彼は笑った。それから笑い声は不意にやみ、彼が彼女を凝視した。「三脚の椅子だ！」彼は叫んだ。「三脚の椅子がなくなって、三人の人間がいなくなった。なんということだ！」

第十七章

最初のうちシーリアにはまったくわけがわからなかった。いなくなった三人が、なくなった三脚の椅子に座っているのかもしれないということまでは理解した。だがちょうどうまい具合に数が合っているとは思ったが、さして驚くようなことにも思えなかった。

とはいえバトラーの顔を見ると、彼にとっては決してちょうどうまい具合などというものではないのがわかった。

彼女は急いで彼の考えに追いつかねばならなかった。

「何なの？　どういう意味なの？」

「どうにも嫌な感じがするという意味だ」

「椅子が？」

「三脚の椅子が」

訂正されたことはわかったが、まだ彼の意味するところはわからなかった。そして唐突に彼女は理解した。

「三脚――スタイン夫妻とパトリスのための……ということは、パトリスもまだラ・マレットにいるの？」

バトラーは落ち着かなげに答えた。「ちょっと乱暴な推測だがありえると思う」

「それで、スタイン夫妻と一緒に?」

彼女の質問に苛立ち始めたかのように彼は肩をすくめると歩調を速めた。

村には相変わらず濃い霧がかかり、湿ってもやっとした冷気に包まれていて、生活の音がのみ込まれていた。港に着くまで彼らはほとんど誰にも出会わなかった。かなり前方を、素足の小柄な娘が長いパンのようなものが入ったバスケットを持って小走りで歩いており、そこここで戸口に立って心配そうに霧の中を見つめている女たちがいたものの、村の人々はあらかた埠頭に集まり、漁船が入って来るのを待っていた。

シーリアとバトラーが埠頭に着くと、オールがきしむ音が聞こえ、一隻の船が静かな海にぼうっと現れるのが見えた。一人の女が歓声を上げ、船の男の一人がそれに応えて手を振った。その瞬間笑い声と安堵の声が沸き起こった。

ひとつの人影が埠頭の集団から離れ、ホテルの外階段のほうへ向かった。ルース・ジャメだった。彼らはルースに近づいて行った。

「もう大変な騒ぎだわ。あの人たちは何しろ芝居がかってるのよ」

「それでも、僕ならこんなときに小さい船で海に出ていたくはないね」とバトラーが言った。

「だけど海はいたって穏やかだわ」とルースが言った。「それに、たとえ船が少々漂流しても、岸から遠いところまで流されることはありえないわ」

「だが大きい船と衝突して簡単に沈没することだってあるよ」

彼女は苛々と頭を振った。「あの人たちは大騒ぎして楽しんでるだけよ。機会さえあれば感情を表に出すのが好きなの。わたしはここに立ってて、実にお涙ちょうだい的な再会シーンを二、三度見たわ。知らない人が見たら、あの男の人たちは戦争から帰還してきたところだと思ったでしょうね」彼女は階段に足をかけた。

「ホテルに行くの？」シーリアは驚いて言った。

「ええ」とルースが答えた。「ちょっと片付けないといけない用事があって」

シーリアはバトラーがこれをどう思ったか見ようと彼の顔をちらりと覗いた。もっとも彼はルースを見ていなかった。彼は霧を見通せないことがにわかに腹立たしくなったような表情を浮かべて村のほうを振り返っていた。

シーリアはルースのあとを追って歩きだし、「行くでしょ？」とバトラーに訊いた。

「ああ、すぐ行く——その前にちょっと煙草を調達してくるよ」彼は煙草の売店がある方向に足早に去って行き、すぐに姿が見えなくなった。

シーリアはテラスへの階段を昇って行った。上に着くと、ルースが振り返って彼女を直視した。

「お金を清算しに来たんです」彼女は抑揚のないくぐもった声でそう言った。その顔はまわりの霧とほとんど見分けがつかぬくらいに青白く透き通っていた。「今ならなんとかできるものがあるので」

その言葉はあまりにあいまいで奇妙な口ぶりだったので、シーリアは咄嗟に戦慄を覚えた。「どういう意味なの？」と彼女は急いで尋ねた。

ルースは返事をしなかった。そして振り返ってホテルを見ると、バッグを抱えている痩せた長い手に、あからさまに力を込めた。

「ルース、どういう意味なの？」シーリアは不安を募らせながら繰り返した。

「ホテル代の支払いができるんです」

「それ――それだけのことなの？」シーリアはルースの腕の下からバッグをひっつかみたい衝動に駆られた。

ルースは眉を上げて驚いたように彼女を見た。「どういう意味だと思ったんですか？」

「何でもないわ。わたしは――わたしは驚いたのよ。ただそれだけ」

ルースはバッグを開けると、ひとつかみの汚れた紙幣を取り出した。「正確には数えてないわ。こんなに汚れてるから。誰だってこんな汚らしいもの数えられないわ。おそらく彼にだまされてるわ」

「彼って？」

「ファンダクリアンですよ。もちろん」

「いつファンダクリアンに会ったの？」

「今朝です。あなたが帰ったあと」

「あのカフェで？」

「ええ。仕事の話をしようと言ってわたしに会いに来たんです。彼はわたしをだますつもりだともちろんわかってました――予想はついたの。だけど少なくともここでのお金の清算はできる。わたしは誰かに借りがあるのは嫌なんです。とりわけこの家の人たちには」

シーリアは彼女があのアルメニア人と何を取引したのか訊きたかった。だがそこまで訊く権利が自分にあるのかと気おくれがした。

もっとも躊躇するにはおよばなかった。というのもルースが話し続けたからだ。「わたしは難破船の権利を売り渡したんです。最初は気が進まなかったけど――あれはわたしたち夫婦にとってはすごく意味のあるものだったから。ピエールのために自分であの計画を進めたかった。それでもじきにわかったんです。ピエールがいなくなった今となっては、そんなこともう何の意味もないんだって。それに、ここの人たちはみんな外国人のわたしを敵視した。みんなわたしをだまそうとした。だから思ったんです。一度ファンダクリアンの話に乗ってこっぴどくだまされてみるのも悪くないって。そのあと国に帰ろうって」

「カナダへ戻るの？」

「ええ」

「おうちはどこ？」シーリアは興味を引かれた。

「バンクーバーです。うちもやっぱり海のそばなんですが——その——海の色が灰色なんです。わたしはいつもあれが本当の海の色だと思ってる。緑がかった灰色で、海面が青く輝くのは灼熱の太陽の下だけなんです」彼女の唇が引きつった。「おかしいでしょ？　わたしは故郷をずっと嫌ってた。ひどく退屈してた。で、ヨーロッパとかロマンチックな南国へ逃げて行きたいと願ってたのに」

「ご家族はいるの？」

「ええ、母と弟が。うちの家族は結構うまく行ってると思います。考えてみれば」

「何を考えてみれば？」

「まあ、わたしたち夫婦が言われてたことを」

「ご家族は今度の事件のことをもう知ってるの？」

「わたしの口からは言ってません。新聞で見たかもしれないとは思うけど、可能性は低いです。とにかくわたしが家に帰って来てもかまわないそうです。どうせそうなると母はいつも言ってましたから。

彼女はわたしがフランス系カナダ人と結婚するのを快く思ってなかったんです」

　ある考えがシーリアの頭の片隅に引っかかっていた。「でも難破船のお金は」と彼女は切り出した。「フランで支払われるんでしょ？　だからあなたはそれをフランスの国外へ持ち出せないわよね？」

　ルースはまた口角を引きつらせてかすかな笑みを浮かべた。「ファンダクリアンは海外にも手づるがあるんです」

「それであなたは彼が支払うと信用できるの？　あなたがここを離れても」

「あら、ええ」とルースは答えた。「ファンダクリアンは約束は守ります——それが仕事には何より大事だというのは心得てますから。それにしてもあなたのお友だちのミスター・バトラーは煙草を買うのにずいぶん時間がかかってますよね」

　それはシーリアも思っていたことだった。で、ちょうどそのときはすぐに理解できないことは何でも気に入らない心境だったので、彼の不在も気に入らなかった。とはいえ彼女が推測する限り、彼はほんの三、四十ヤード離れたところで、たまたま知り合った誰かと世間話でもしているのだろうが。

「わたしがあなただったら彼を待たないわ」ルースが言った。「もうすでにランチには遅れてるもの」

「そうね。中に入ったほうがいいわね」

　彼女はドアに近づいて行ったが、ルースはそこに立ったままだった。

「あなたは彼のことが好きなのね？」

「ええ」とシーリアはちょっと考えて答えた。

「でもあなたは同じように彼を好きだと思うかしらね？　もし——」

「もし何？」

「まあちょっと、わたしが見たことをあなたが見たら。あのね、わたしは知ってるの。彼にはわかってるんだということを偶然知ったのよ。誰があの亀を隠したか」

シーリアはルースが立っている場所まで引き返して彼女を正視した。

「それが多少なりとも真実なら、あなたは誰がご主人を手にかけたか知ってるのね？」

「夫はパトリスに殺されたのよ」

「そうね、でも誰がパトリスに命じたのかも知ってるんでしょ？」

「もしそうだとしたら？」

「驚いた。警察に行きなさいよ――今すぐ！」

ルースは地面に視線を落とした。そして片方の爪先で砂利の上に曲線を描いて答えた。「わたしがそうしないのには、ある理由があるの――たった今わたしがあなたに話したことに、ある理由があるのとちょうど同じで……つまるところあなたはわたしにずっと親切だったから」

「それは理にかなった理由じゃないわ。少なくともあなたが言ったことが真実なら、あなたは自らを危険にさらしているわ」

「わたしは自分のことなど考えてないかもしれない」とルースは言って視線を上げた。その目が、悲しげなやみくもな激しさでシーリアの目をじっと覗き込んだ。やがてルースはホテルのほうへ走って行った。

のろのろと彼女のあとを追いながら、シーリアはもう金輪際どんな形の事件も御免こうむりたいと痛切に思った。

廊下でシーリアは、トレーを持って食堂へ駆け込んでいくジーンに会った。「まあ、遅かったですね！」とジーンは叫んだ。「もういらっしゃらないのかと思ってました」

「ごめんなさいね」とシーリアはうわの空で答えて、食堂の彼女のテーブルへ行った。ほかの人々はみなほとんど食事を終えているのがわかった。

「で、ムッシュー・バトラーは？」とジーンが尋ねた。「あの方も来られます？」

「彼はいつ来るかわからないわ」とシーリアは答え、自分でも不愉快な気分になった。

彼女はジーンがテーブルの用意をしているのを眺めながら、彼女の浅黒い美しい顔が、当惑するほどわけありげに見えるのはどうしたことかと訝った。それから不意にジーンがやけに幸せそうであることに気がついた。

「今日はとてもご機嫌そうね、ジーン」

ジーンがテーブルの脇に立った。

「ええ、実はそうなんです」と彼女は低い声で言った。「わたし、今最高に幸せな気分なんです。どうしてもわかっちゃうんですね。ほかの人にとっては面食らうことでしょうけど。みんなが幸せなときに一人だけ泣いてる人間がいることくらい。でも仕方ないですよね？　心が自然とうきうきして、ずっと歌ったり踊ったりしていたいようなときは」

「息子さんのことで何か嬉しいニュースがあったのね」

ジーンの目がぱっと輝いた。「ええ――あの子がここに来るんです。まあ聞いてくださいな――うちの人が明日あの子を連れて来ることになっていて、この週末には会えるんですよ！　もうこっちで部屋も見つけていて、わたしが仕事をしている間は、ある女性が息子の世話をしてくれるの。だからこの週末まで待てばいいだけなんです――この週末ですよ、マドモアゼル・ケント！」彼女はいそいそと立ち去ろうとし、歌を口ずさみかけたが、声に出してはしゃぐのは不作法なことだとわかっているとでもいうように、すぐに声を押し殺した。

確かにその部屋でほかに浮かれている人間は誰もいなかった。バレ家の子どもたちでさえ、中央のテーブルにおとなしく輪になって座り、大急ぎでメロンの厚切りにかじりつきながら、父親のほうを心配げにちらちら盗み見ていた。またバレ夫人もいつもほど落ち着き払っているようには見えなかった。おそらくムッシュー・バレが、ものの何分か前にいつものヒステリーの発作を起こしたにちがいないとシーリアは確信した。

ヴァイアン夫妻もまた寡黙で陰鬱だった。もっともムッシュー・ヴァイアンはいつものようにまるで仕事のように黙々とメロンを食べていたが。一方、マダム・ティシエの顔は紅潮しており、飲み過ぎたかのように目が悲しげに潤んでいた。霧が窓辺に濃い灰色の紗《しゃ》のカーテンのように垂れ込めていて、部屋全体がうすら寒い不気味な様相を呈していた。

この荒涼とした部屋の中に犯人が座っているのだ、とシーリアは思った。

彼女が頭を動かさずとも視界に入っていて、名前を呼べば礼儀正しく応える、ここにいる中のひとりが、ある犯罪組織の首領で、詐欺師で、故買屋で、代理人を使った殺人者なのだ。だが、彼が近くにいるということはこの際何の意味もないようだった。所詮、人というのはそういう人間とたとえ同じ部屋にいても気がつかないものなのだ。生まれてこのかたずっとそんなことなど起こらずに過ごして来たことが、そういう考察を不可能にしていた。

しかしながらシーリアには、ほかのことを不可能に思うのと同じくらいはっきりと、これが馬鹿げた考えであることはわかった。彼女が殺人犯の近くにいても気づかないからといって、彼が自動的に罪を免れるわけではないからだ。霧の間から射す、影のない光の下で一人ひとりの顔に視線を移しながら、シーリアはどれが犯人の顔か探り当てようとした。

犯人は誰なのか？　ひょっとしてムッシュー・バレなのか？　小柄で神経質でいばりたがり屋の男。ヒステリックな暴君で迷信深くて、そのくせ穏やかな妻や大家族におそらく微妙に支配されていて。で、そのせいで常に半ば腹を立てていて。シーリアは彼の人格の高潔さなど何ひとつ認めておらず、ジジのご神託を通して表現されてはいるが、かなり幼稚な利己心が彼の行動を決定していると信じていた。とはいえいかなる男であれ、パトリスのような手強い相手と渡り合おうとしているときに、果たして妻と女家庭教師と六人の子どもを連れて来るだろうか？

次いで彼女の視線はヴァイアン夫妻のテーブルに移って行った。ムッシュー・ヴァイアンは宝石商で、スタイン夫人のサファイアの価値がよくわかっており、あれを目立たぬように処分する方法も熟知しているかもしれない。彼はおいしい料理や酒に目がなくて、ふくよかで美しい妻を愛しており、釣りが趣味の、人のいい親しみやすい男に見えた。それでも彼の妻はある種の憂鬱感にさいなまれている。夫は必ずしも十全ではないとでもいうように。つまりは、ムッシュー・ヴァイアンの血色のよい丸ぽちゃの顔の裏には、シーリアが想像する以上の闇が隠されているのかもしれない。少なくとも彼はアリバイとしての六人の子どもを連れて来てはいない。

彼女の思考はそこで不意に錯綜した。アリバイとしての六人の子ども。まさにアリバイとしての。そんなことがありえるだろうか？

彼女は両手で頭を抱え、しっかりと目を閉じた。見たところ泳ぎにも釣りにも散歩にも絵を描くことにも、そのほかのいかなる比較的田舎じみた暇つぶしにも何の興味もなさそうな裕福なパリジャンが、ラ・マレットのようなあかぬけない小さな村で、何をしているのか誰にも怪しまれずに、仕事のために不特定の期間を過ごす必要がある場合、家庭に幼い子どもたちがいるということにまさる口実があるだろうか？　それにムッシュー・バレの家族は厳しく管理されていたので、彼が自分の関心事にプライバシーが必要な際には何ら問題はない。

だがそうはいってもやはり六人もの子どもだ。シーリアは目を開けてムッシュー・バレをじっと見た。彼の小さく黒く輝く目がシーリアを見て、驚いた表情になった。彼女はうろたえて目をそらした。いや、それは道理に合わない。確かにどんなに邪悪な男でも、殺人を目論んでいるときにわざわざ六人の子どもを連れて来はすまい。ムッシュー・ヴァイアンを疑うほうが理があった。

だが彼女が、つまるところ恰幅がよくて感じのよい男に見えてもヘルマン・ゲーリング（ナチス・ドイツの指導者。ゲシュタポを組織した）のような犯罪者である可能性はあるのだと思いながら、この太った男をもう一度眺めていると、つじつまの合わない考えが頭に浮かんだ。もしムッシュー・ヴァイアンが犯人なら、なぜこの間の晩、サファイアのネックレスは本物だと自分の見解を述べたのだろうか？　ムッシュー・ファンダクリアンとジャックとクローデットが関わっている陰謀団の頭としては、サファイアはガラス玉だというジャックの言い分を支持したほうが、自分の利益になったのではないのか？　ピエール・ジャメも彼の言うことにはあえて反駁しなかっただろうし、息まいて騒ぎ立てるのをやめざるをえなかっただろう。何しろパリジャンの宝石商の意見に異を唱える者など誰もいなかっただろうから。

気がつくとマダム・ティシエが席を立ってドアのほうへ向かっていた。彼女はシーリアのテーブルの前で足を止めた。ほんのり酔っているせいで、硬い感じのする彼女の顔がいくぶん柔らかみを帯びていた。

「ひとり身ってせつないわよね、マドモアゼル・ケント？」彼女はそう言うなり、ごつごつした大きな手をテーブルの上に置いた。「あなたもわたしもひとりぼっち。でもあなたは、あなたはきっとそう長いことひとりではないわ。わたしは——」と言って彼女は胸を叩いた。「わたしはずっとひとりよ」

シーリアは小声で何事かもっともらしく相槌を打ち、マダム・ティシエはわかったようにうなずいた。

「だけど、いいこと」と彼女は続けた。「わたしは成功した女よ。わたしは仕事で成功してるし、男の人の受けもいい。それでもたとえ恋人がいてもわたしは孤独なの。夫は、わたしの心には仕事しかないと言って、わたしから去っていったわ。でもそれはちがう。わたしの仕事がどういうものかあなたはおわかり、マドモアゼル・ケント？　うちはきわめて高級なお店なの——だけど毎週うちのサロンのシラミを駆除しないといけないのよ。うちのお客は絹や毛皮でそれは美しく飾り立ててやって来るわ。でもドレスを脱ぐと、その下には燃やさないといけないようなものしか身に着けてない。一番の金持ちが一番最悪よ。なぜって、人からどう思われようが気にしちゃいないから。まいるわよ！それでもわたしはお金をうんと稼いでるので、毎日子牛肉のカツレツを食べることだってできるし、クリーム菓子だって買えるし、アメリカの煙草も吸えるの。ここでは子どもたちのための新鮮な牛乳すら手に入らないっていうのにね。といってもわたしは子どもを持ったことはないのよ、マドモアゼル・ケント。一度運勢を占ってもらったことがあってね、四人の子どもに恵まれるって言われたけど。まあそもそもわたしはあんなもの信じちゃいないけど。迷信なんて信じないの。占い師だとか亀だとか——総じてくだらないわ！」彼女は自分の言葉を嚙みしめるようにおごそかにうなずき、おぼつかない足取りで歩み去った。

ほどなくヴァイアン夫妻とバレ一家も彼女の後を追うように席を立った。

シーリアは、どうしてみんなあの亀のことばかりひとつ覚えのように口にするのだろうかと考えた。あれは災いをもたらす不吉な生き物だとでも言わんばかりだ。

彼女の頭の中ではあの亀は、今回のラ・マレットへの訪問での、すべての予期せぬとんでもないことの象徴だった。本来亀などというものは、村中でもっとも何の犯罪にも関わっていそうにない動物だったのだから……それから彼女の思いはマダム・ティシエに戻って行った。容疑者としての可能性は低い。おそらくムッシュー・バレよりもムッシュー・ヴァイアンよりも。といって可能性がないわけではない。ピエール・ジャメを待つように言ってパトリスを埠頭へ行かせたあの電話が、女性からのものではなかったとは断言できなかった。そもそもあの仕立屋は無情さと決断力を十分に持ち合わせている。もとより彼女は何より仕事を優先しており、ファンダクリアンに仕事を頼むこともよくあり、酒でも入らなければ、ここでは子どもたちのための新鮮な牛乳も手に入らないことに心を痛めることなど決してない。しかも彼女はあの亀のことが心に引っかかっている。マダム・ティシエは意図せずしてその事実を明かしてしまったのか？

とにかく、あの殺人があった晩にあの亀を隠した人間が誰であるにせよ、その人間がピエール・ジャメの殺人犯なのだ。

しかし、クローデットが亀を捜しに庭園に出る前に、それを隠せるように食堂を出たのは誰なのか？　シーリアとバトラーが食堂を出たときには、マダム・ティシエとヴァイアン夫妻とバレ一家はまだ自分たちのテーブルに着いていた。彼らのうち誰が最初に食堂を出たのか？

おそらく警察は知ってるのだろうとシーリアは考えた。ジーンがそれを知っていて警察に話しただろう。彼女がその辺にいないかとシーリアがまわりを見回したちょうどそのとき、ファンダクリアンが部屋に入って来た。彼の様子にシーリアはぎょっとした。彼は憔悴した土色の顔をしてひどく具合が悪そうで、ひとりで座っているシーリアを見ると、向かいの椅子にくずおれるように座り、ポケットからハンカチを取り出して額の汗をぬぐった。シーリアはこれまでそんなに怯えた目を見たことがなかった。

「ミス・ケント」と彼は叫んだ。その声は出だしから甲高くひび割れていた。「言っておくけどわたしは何の関係もないです！　いっさい。わたしはトゥーロンにいたんだ。それは証明できる。わたしはボーイスカウトとガールガイドの前で話をしていた。仕事の原則と愛国心について彼らに講演をしていたんですよ。わたしはこれまでずっとその最善の原則に従って仕事をしてきたし、そのことに誇りも持っています。でもそれが今、何かわたしの役に立ちますか？　邪悪で暴力的な人々がわたしがこれまで築いてきたものをすべてふいにしてしまった今となって。ミス・ケント、わたしはこれから一体どうなるんでしょう？　これからどうなるんでしょう？」

第十八章

　ファンダクリアンが苦悩する姿はシーリアに思いがけない同情心を覚えさせた。彼は完全にそう確信している様子だったので、彼の思い込みに影響されないようにするには努力が必要だった。彼女はひとまず飲み物でもどうかと彼に尋ねた。彼は何も言わずに首を何度か縦に振ると、ハンカチで顔をあおいだ。

　シーリアは飲み物を運んで来ると、こう言った。「それにしても一体何があったんですか、ファンダクリアンさん？」

「一体何があったかですと？」

「ええ、たった今。あなたをそんなにも動揺させるような何が？」

「何も。何も起きていませんよ。今回の殺人と、あの警官たちと、あの霧以外にはーーわたしはあの霧には耐えられない。あれで喉をやられたし、不安な気分になった。あれじゃどこで何があったって見えませんよ」彼はそう言うと飲み物をごくごく飲んだ。ほとんど彼女のほうなど見ていなかった。彼の視線はあるものからまた別のものへと絶え間なく動いており、まるでじっと見ても気の休まるものなどひとつもないとでもいうようだった。「ここには今まで霧なんかかからなかったんだーーめったに。あんなのは耐えがたい。他人が何をしていてもわからん」

「たぶんじきに晴れますわ」シーリアが言った。

彼の目がさっと彼女の顔を見た。「そう思いますか?」

「まあ、よくはわかりませんけど」と彼女はあいまいに言った。「でも、霧が出たのもあっという間だったんで」

「そうなんだ。あっという間だった――何もかもあっという間に起きた。考える間もなく。どうしたらいいかわかる間もなく。わたしは社会的地位のあるビジネスマンですよ、ミス・ケント。それはわかってますよね? わたしはまっとうに仕事をしています。殺人なんかわたしの好むところじゃない」

「もちろんそうでしょうとも、ファンダクリアンさん」

「殺人なんて愚か者のやるゲームだ。割に合わないですよ」

「そうですよね」

「人は、やり過ぎてはいけないんです、ミス・ケント。何事においても。人は頑張るべきだが、やり過ぎてはいけない。それが成功の秘訣ですよ」

「それが、あなたがボーイスカウトとガールガイドの前でお話ししたことですか?」

「そうです」彼はひどく真剣だった。「見てください、ミス・ケント。わたしはこのとおり人畜無害な男です。そりゃあわたしだってみなさんと同じで生きていかないといけません。そうでしょ? でもだからといって誰にも危害を加えたりしませんよ」

「それでも、なぜそんなに不安そうなんですか、ファンダクリアンさん?」

彼はまた彼女から目をそらした。「この霧のせいですよ。わたしを神経質なタイプの人間だなんて言わないでしょうね？　ごく普通の男でしょう？　静かな暮らしをして何のトラブルにも巻き込まれたくないと願っているような。だけど霧の中では何だって起こる可能性がある——何だって。物事も仕事もそれまでのようにはいかない。人だってどこにいるのかはもうわからないんだ」

「パトリスのことですね」シーリアが考え込みながら言った。

彼が椅子の中で反射的に体を動かした。「どういう意味ですか、パトリスって？」

「あの男がどこかこのあたりにいるんでしょう？　彼はここを出て行ったわけではなかった」

ファンダクリアンは威厳を取り戻そうとした。「おっしゃってる意味がわかりませんね。わたしはパトリスとは何の関係もない。わたしの好きなタイプの人種ではないですからね。ああいう連中に用はないんだ」

「でも彼はこのあたりにいるんでしょ？」シーリアはそう言って彼の顔をしげしげと見た。

彼は大げさに肩をすくめて言った。「さあね、わたしは知りませんけど」

「だけど椅子が三脚なくなって、人が三人いなくなった」そう言うとシーリアはグラスの飲み物を一口飲んだ。「あなたが彼らに椅子を用意してあげたのは親切なことだったと思いますわ、ファンダクリアンさん」

彼は今度は微動だにしなかった。いっさい何も言わなかった。ただ不意に全身の力が抜けてしまったかのように顔の筋肉がたるんだ。

「彼らはずっとどこにいるんですか？〈ホテル・ミストラル〉だとわたしは思ってるんですが」とシーリアは続けた。「それでもパトリスが、スタイン夫妻のような人たちのいい連れになれたとは思えませんけど」

ファンダクリアンは少し気分が落ち着いたようだった。「あなたは自分が何を言ってるのかわかってないですね。しゃべり過ぎですよ、ミス・ケント。それでもあなたはまだ何もわかってない。まあ結局のところ、それが一番なんだ！　いつだって何も知らないのが一番いいんです。わたしの忠告を聞きなさい」

「でもファンダクリアンさん、あなただったんでしょ？　あの人たちが座れるように椅子を渡してあげたのは。つまるところあなたはホテルの仕事をされてたから、よく心得てらっしゃる。それで、あなたのお客をあんな巨大ながらんとしたビルに座るものもなしに置き去りにしたくなかったんだわ」

「おっしゃるとおりです。わたしにはホテルの仕事がよくわかってますよ」これでいくぶん自信を取り戻したかのように彼は声を張り上げた。「それに来年、忘れないでくださいよ。わたしは自分のホテルをオープンするんですから。すべて一流の。お見えになればわかりますよ。実に快適な気分にして差し上げますから。あなたもミスター・バトラーも来年こちらに来られたら、必ずわたしの高級ホテルにご宿泊ください――一流の料理に一流のサービスの――わたしがホテルの仕事をよく心得てるかどうかおわかりになるでしょう。ですが――」彼はそこでテーブルをどんと叩いたのでグラスががらがら鳴った。「わたしは〈ホテル・ミストラル〉のことなど何も知りません。いいですか？　あんな馬鹿でかいだけの古くさい建物が何の役に立ちますか？　わたしが金持ちだったら、たぶんあれを買い取って取り壊して、跡地にラ・マレットの人々のためのりっぱな庭園を造りますがね。わたしはそういうタイプの人間です。わかります？　公共心というものがあるんです。そりゃあわたしだって生活はしていかねばなりません。ですが自分のことなど考えてないんです」

「だけどあそこにパトリスが潜伏しているのでは？　それに現在はスタイン夫妻も」シーリアの口調

は穏やかだったが、自分の中で不確かな考えがふくらんでいくにつれ、恐ろしい不安に胸を締め付けられた。

「よく聞いてください。わたしはパトリスのことなど何も知らないんだ」ファンダクリアンは動転して答え、不意にその状況に耐えられなくなったかのようにぱっと立ち上がった。丈の短いずんぐりした全身が震えていた。「わたしは何もしてない、何も知らないんだ！」彼は叫んだ。「わたしには何の関係もない！」

彼の恐怖心がシーリアにも不快な影響を及ぼした。彼女もひどく興奮し、彼をあおって何か驚くべき真実を引き出したい衝動に駆られた。だがそれでいてその真実を恐れる気持ちもあり、体が冷たく硬直して自由がきかないように感じられた。

「ファンダクリアンさん」その声はか細く、半ば抑制がきかなかった。「教えてください。スタイン夫妻は亡くなったんですか？」

「静かにしなさい。黙りなさい！」彼は叫んだ。悪意のある怯えた顔で彼女のほうに身を乗り出して言った。「あなたはしゃべり過ぎですよ――パトリスだの、スタイン夫妻だの、〈ホテル・ミストラル〉だの！　どれもわたしには関係のないことだ。知りたいことはすべてあなたのミスター・バトラーに訊いてくださいよ。わたしは何も知らないんだ！」

「だけどあなたは〈ホテル・ミストラル〉から今来たばかりなんですよね？」

彼ははっとして息をのみ、だしぬけにもう一度座った。ややあって彼は耳障りな声でささやくように訊いた。「どうしてそんなこと言うんです？」

「そこで何を見たんですか？　あなたをそんなに怖がらせるような」

「怖がる？　誰が怖がってると？」

「あなたはほんとに殺人なんて好きじゃないんだと思いますわ」シーリアはつぶやくように言った。やがて彼女は自分の言葉の意味に不意打ちを食らい、気がつけば彼女自身もどうしようもないほど震えていた。「教えてください」彼女は懇願した。「何があったんですか？」

彼の小さく鋭い目は冷たくどんよりとしていた。彼は自分の殻に閉じこもり、彼女の問いかけを無視して、彼女の心痛をいくぶん楽しんでいた。

「ミスター・バトラーを見かけましたか？　彼はそこにいたんですか？」

「この霧じゃあ誰も見えませんよ」

「それでも彼を見たんでしょ？」彼の目の動きで彼女はそうだと確信した。「彼は何をしていたんですか？」

「言ってるでしょう、静かにしなさい！」彼はまた声を張り上げた。「わたしはもしかして彼を見たかもしれないし見なかったかもしれない。この霧の中でどうやってわかります？　わたしはもしかして何か聞いたかもしれないし何か見たかもしれない。でもそれが何なのかどうやってわかります？」

「何か聞いたんですね？」

「いえ、いえ、特に何も聞いてません。言ってるでしょ、もしかしてと」

「何を聞いたんです？」

彼は答えなかった。彼女が立ち上がった。すぐに彼が鋭い口調で訊いた。「どこへ行くんです？」

「何があったか見に行くんです」

「そんなことはできない、あなたはここにいるんです。あなたはどこにも行きません！」彼の声はまた甲高くなった。「それがあなたにとって最善だという意味です、ミス・ケント。わたしの忠告を聞くんです。あなたはここにいてディナーをすませなさい」

「シーッ！」彼女は体を硬直させて言った。「あれは何なんでしょう？」

彼女の耳には遠くで鐘がかんかん鳴っているような音が聞こえていた。霧の中でかすかに鳴っているその音を聞いたときになぜそんなに衝撃を受けたのか、最初はわからなかった。やがてその音で何を思い起こしたかに気づき、なぜ神経がぴりぴりするような感じがしたかを理解した。

「救急車のサイレンのように聞こえましたけど」彼女は言った。

「座りなさい」ファンダクリアンが言った。「あなたは余計なことに首を突っ込まなくていいんです。座ってディナーを終わらせなさい。面倒に巻き込まれないでいるにはそれが一番だ」

「あれは救急車だったんでしょう？」彼女はかんかんと言う音がまた聞こえないかと耳を澄ましながら、窓のほうを見つめていた。だしぬけに彼女がつけ足した。「霧が晴れてきてると思います」

窓を見ようとして彼は椅子に座ったまま体をぐるりと回した。

かすかな光に霧が色を変えつつあった。濃い灰色だったのが次第に明るみを帯びていた。と同時にその質感も変わってきていた。何層にも重なった、曇った濃密な物質が剝がれようとしていて、ただちらちら光る薄もやのベールだけがそこに残って垂れ込めているかのようだった。

もや越しに港の青い海が輝き始めた。一瞬のちには、崖が姿を見せ始めた。赤い岩とエメラルド色の松の木々が、明るさを増していく光の中で急速に暖かく色づいていった。ホテルは灰色の沈黙の中にある忘れられた孤島ではなくなり、再び活気のあるにぎやかな村の一部になった。霧が晴れていく数分の間、まるでいくばくかの不安感が消え、平和で正常な時間があたりに戻って来たかのようだった。

はじけるような笑い声がテラスに響いた。ジュヌビエーブが窓辺を駆けて来た。霧がかかって消えていくまでの、あの神秘的な魔法のような光景に大喜びして両腕を振り回している。彼女は道の真ん中にジジがいるのに気がつき、熱狂して歓声を上げげた。それから一列縦隊で進んでいるアヒルの群れが目に入り、嬉しそうに駆け寄るとそれを四方八方に追い散らした。

「何て成長が早いのかしら」とシーリアがつぶやいた。

「えっ?」とファンダクリアンが言った。

「アヒルですよ。ずいぶん大きくなったと思います。わたしがここに着いたときに比べて。それにあれがずいぶん前のことのように思えます――もしかしたら本当にそうなのかもしれないけど」

「ああそうですね、あなたのお休みはついていないですね。ことごとくうまく行ってない、でしょ?悪いことがあり過ぎだ。来年はわたしのホテルに来るといいですよ。何もかも最高級だとわかりますから」

「マドモアゼル・ケント」マダム・オリヴィエがテラス伝いに急いでやって来た。「マドモアゼル・ケント、ちょっと来てみて。何か起きてるのよ!」

シーリアは彼女の表情を見て、気は進まなかったが合流することにした。このままもう少し窓辺にとどまり、ジュヌビエーブがアヒルに向かっていくときの無邪気な獰猛《どうもう》さに吹きだしながら、ローズブラウン色の肌や、とっぴで愛らしい魅力や、嬉しそうな歓声を愛でているほうがよっぽどよかっただろうが。それでもマダム・オリヴィエはひどく深刻な顔で、有無を言わせぬ口調で呼び立てた。

「出て来て、すぐ出て来て!」

外へ行こうとして振り向いたシーリアの目に、ファンダクリアンがおぼつかない手で煙草に火を点けているのが見えた。彼の顔は消えゆく霧のように灰色で生気がなく、謎めいていた。

シーリアがテラスに姿を見せるやいなや、マダム・オリヴィエは彼女の腕をつかんで、もう一方の手でさっと指差した。「見て！」

彼女が指差していたのは〈ホテル・ミストラル〉だった。

ホテルの庭園は人であふれていた。あたりはまだ完全に霧が晴れているわけではなく、シーリアは一目見て、そのカーキ色の服の人々はみな兵士にちがいないと思った。霧がかかっている間に何かまったく不可思議なことが起き、どういうわけかそこにいる人々は過去から来た人間にちがいなく、〈ホテル・ミストラル〉を破壊して現在のような荒涼とした廃墟に変えてしまった兵士たちで、彼らが建物の中から静かに出て来て、かつては上流社会の客たちの散歩道になっていたヤシの木の下の小道に押し寄せているように感じた。

その狂気じみた印象はほとんど瞬時に消えたのだが、不可思議な感覚はいくぶん残った。男たちは警官であることがわかった。また、ホテルの入り口に救急車が一台停まっており、灰色の毛布に覆われた二台のストレッチャーが救急車のほうに運ばれているのも見てとれた。ストレッチャーは毛布ですっぽり覆われており、その距離からではどうやらどちらも顔は見えていないようだった。

ささやくようなか細い声でシーリアが尋ねた。「スタイン夫妻でしょうか？」

「わからないわ」マダム・オリヴィエが答えた。「主人が、様子を見に行ってるの。戻って来たら話してくれるでしょう」

「ムッシュー・バトラーはあそこにいます？」

「さあ、どうかしら」

「ストレッチャーが二台」とシーリアがつぶやいた。「三台じゃないんだわ」

マダム・オリヴィエが振り向いた。「どうして三台あるべきなの？」シーリアが答えられずにいると彼女が続けた。「彼らが来たのは数分前よ。救急車と警察が。警察はトラックでやって来た。それで主人に、彼らの後についていってって何があったのか見て来るよう頼んだのよ。〝絶対パトリスよ――あの男をどこかに追い込んだのよ！〟って言ってね」

「だけど蓋を開けてみればストレッチャーは二台ですね」とシーリアが言った。やがて彼女は〈ホテル・ミストラル〉の二階の窓を凝視した。「見てください。あの窓のところにあるのは霧でしょうか？――それとも煙ですか？」

「煙ですって？　まあ」マダム・オリヴィエが叫んだ。「火事じゃない？」

二人の目に、窓の向こうで何人かの人影が動いているのが見えた。

「あの人たち、火を叩いて消してるわ」マダム・オリヴィエが言った。「火事にちがいないわよ。でもどうして？　どうしてそんなことになったのかしら？」

シーリアが首を横に振りながら言った。「ご主人が戻って来ましたよ」

老人は階段に姿を見せたところだった。彼は膝を手で押さえながらゆっくりと昇って来た。それが階段をなんとか昇り切る助けになるとでもいうようだった。彼は頭を垂れ、ぼんやりと物思いに沈んだ目をして、テラス伝いにやって来た。

「終わったよ」と彼は言った。「彼を捕まえた――でも手遅れだった」

「手遅れだった？」妻がおうむ返しに言った。「パトリスね――じゃあ、彼は死んだの？」

「パトリスじゃないよ——別の人たちだ」

「スタイン夫妻ですか?」シーリアが言った。

彼はうなずいて白いウールの帽子を脱ぐと、頭頂部と唇を拭った。「そう。彼らはあそこに隠れていたにちがいない。あの男が彼らを殺害した理由はわたしにはわからんが」

彼らの後ろで砂利を踏む静かな足音が聞こえた。ルース・ジャメだった。彼女の痩せた顔は蒼白だった。彼女には最後の会話が聞こえていた。

「また人が亡くなったんですか?」と彼女が言った。「また殺人ですか?」

シーリアは腕を伸ばしてルースの肩に回した。彼女の体が震えているのがわかった。

「でも警察はパトリスを捕まえたの」シーリアは彼女に言った。「だからこれで一件落着よ」

「そのとおりだ」とムッシュー・オリヴィエが言った。「あの男は警察が捕まえようとすると発砲したんだが、警察に撃ち返された。だが死んではおらん。ああいう連中はちょっとやそっとのことでは死なんよ」

ルースのうつろな目に恐怖が宿った。「まだ生きてるんですか?」

「あの男が生きているのもギロチンにかけられるまでよ」マダム・オリヴィエが言った。「それにしてもあの火事——誰が火を放ったのかしら?」

「きっとパトリスのやつだろう」夫が答えた。「あの男が自分の犯罪を隠すために、二人の死体を焼こうと決めたにちがいない。現場にはガソリンがあったと警察が言っていた。夜だったら彼は簡単に漁船のところまで取りに行けただろう」

シーリアはどうしても腑に落ちなかった。「でも筋が通りません」

「何だって筋が通ってないわ。何だって！」マダム・オリヴィエが息まいた。「何もかも変わってしまった。何ひとつ以前と同じではないわ」

「それにしても彼にはわかるはずです。火事なんか出したら、自分が〈ホテル・ミストラル〉に潜伏していることが注目を集めてしまうって」とシーリアは言った。「霧がかかってたといっても、だいたい霧なんていつ何時晴れるかわからず、そうなれば火事の煙が見えてしまうこともわかってると思います」

「あの男はたぶん頭がおかしいのよ」マダム・オリヴィエが口を挟んだ。「だから何も筋道立ててなんて考えられないのよ」

だがルース・ジャメは静かな口調で言った。「あなたの言うことはまったく正しいわ。ミス・ケント」彼女の華奢な肩がこわばっていた。シーリアからさっと体を引くと、一歩離れてまっすぐ立って、シーリアの目をじっと覗き込んだ。「きっとパトリスは火なんか点けなかったんでしょう。誰かほかの人が点けたのよ」

シーリアは咄嗟に、あのとき怯えて食堂に駆け込んで来てそこにへたり込んだファンダクリアンのことを思い浮かべた。彼の名前を口に出そうとしたが、ルースが話を続けた。「それにたぶんパトリスは、スタイン夫妻を殺してなんかないんじゃないですか？　あるいは仮に彼がやったんだとしても、彼にそれをやらせた人間が別にいたのかもしれない。誰かがわたしの夫を彼に殺させたように。で、そのあと彼を煙でいぶし出してすべての罪を着せることにした」

ほとんど陽気とも聞こえる声でマダム・オリヴィエが言った。「ジャックは今朝逮捕された。それにクローデットはそのあとずっとわたしたちと一緒にいたわ。警察を乗せたトラックが来るまでね。

だから、あの二人がこのことに関わっているとは誰にも言えないわね」しまいには陽気な調子は消え、彼女はほとんどすすり泣いていたが、無意識に唇が歪んで安堵の笑みがこぼれていた。

「もちろんあの二人には何の関係もなかった」と夫が脇から言った。「一体誰がそんなこと思ってたんだね？」

「ルース夫人はそう思ってたわ」マダム・オリヴィエが涙を拭きながら言った。「彼女はうちの子がご主人の殺害を仕組んだと思ってた」

「そうですね。わたしは確かにそう思っていました」ルースが低い声で答えた。「すみません、マダム・オリヴィエ。最初はそうかと思ったんです。あのときは確信がなかった。でも今ならわかります」その間ずっと彼女のまなざしはシーリアに向けられていた。「パトリスにわたしの夫を殺させて、スタイン夫妻を殺害して彼らの死体に火を放った人間は、庭園にひとりで出て行って亀を隠す時間があった人間です。ミス・ケントが二階にコートを取りに行った間に」

彼女はまるで告発でもするようにその言葉をシーリアに投げつけて、くるりと踵を返すとホテルの中へ歩み去った。それと入れちがいにマイケル・バトラーがテラス伝いにやって来た。

第十九章

　彼は一瞬足を止め、奇妙な表情を浮かべてルースを見送っていたが、すぐにシーリアとオリヴィエ家の人たちのところへやって来た。

「彼女の話が聞こえました」と彼は言った。

「あれはどういう意味だったの？」マダム・オリヴィエが尋ねた。

　彼がシーリアを見た。「きみにはわかるよね」

「ええ」

「それで？」彼が不安げな目をしていることにシーリアは妙にぞくぞくした。

　彼女は困惑したように首を振った。「どういうわけか、わたしがコートを取りに行ったことと関係があるのはわかるの」と彼女は言った。「今朝コートを取りに上がったとき、何か思い出したの。そのとき霧が降りてたわ――ただ、何を思い出したのかわからないんだけど」

「それで僕が殺人者だと思う？」

　彼女はもう一度首を振った。「あなたは一人で外にいた。だからあなたには電話をすることができたし、ジジを隠すこともできた――十分な時間があったかどうかはわからないけど――ただ、どうも筋が通らないわよね？　何だかどうでもいいことのように思える」

「それに、さっき彼女が言ったことには、彼女が思う以上に重大な意味があったんだ」バトラーはそう言って顔をそむけた。

　マダム・オリヴィエが彼の袖をつかんだ。「ムッシュー・バトラー、何があったか言って。警察は〈ホテル・ミストラル〉で何を見つけたの?」

「もうすぐわかることだ」と夫がぼそぼそと言った。「警察が話してくれるだろう」

　バトラーがうなずいた。「そうです——それに噂をすれば何とやらで、もう来ました」

　シーリアは彼に近づいてささやいた。「スタイン夫妻に何があったの?」

「亡くなったよ」と彼が言った。「撃たれたんだ」

「パトリスに?　パトリスも死んだの?」

　彼は奇妙に聞こえるような答え方をした。「まあ見ていよう」

「ムッシュー・オリヴィエは、彼は警察に撃たれたと言ってたけど」

「警察は何も発砲しなかった」

　そのときシーリアは、食堂にいた間に何の銃声も聞かなかったことに気づいた。何か銃撃があったとしたらもっと前のことだ。彼女とバトラーが丘の上にいた間の。そのときたぶんほかの人々の耳には銃声が聞こえたのだろうが、彼らは霧のことや漁船の安否のことにすっかり興奮していて気がつかなかったのだ。

「あら、見て」マダム・オリヴィエが叫んだ。「警察がパトリスを両側から押さえてるわ。あの男あんなにひどい怪我をしてるのに、それでも歩かせるなんて酷なことをするものね。まあ大変!」彼女はほとんど悲鳴に近い声で言った。「警察はあの男をうちに連れて来ようとしてるわ!」

夫が彼女を抱きかかえてなだめるように言った。「警察が捕まえてるんだ。いくらあの男だってもう何もできんよ」

「だけどうちのホテルが！　世間の人はうちのホテルのことを何て噂するかしら？　どうしてこう何もかもうちで起きなきゃならないの？」

そのときパタパタという足音と高い声でおしゃべりをする声がホテルの戸口のほうで聞こえ、ピンクと白のおそろいのサンスーツを着た、バレ家の六人の子どもたちがどっと庭園に出て来た。

マダム・オリヴィエがあわてて彼らのほうに走って行った。「子どもたちを遠ざけなきゃ」彼女は叫びながら、両腕を振って彼らを追い払った。ちょうどジュヌビエーブがアヒルを追い散らすように。

「あの子たちを引き返させないと！」

子どもたちの後から外に出て来ていたムッシュー・バレは、素早く埠頭のほうに目をやると、すぐに彼らに向き直って家の中に入るよう命じた。彼の声が例によってのヒステリックな調子を帯びていたので、子どもたちはあわてて彼の言葉に従った。もっとも全員が、自分たちが遮断されようとしている何か危険なものが見えることを期待して肩越しに見ていたが。子どもたちがいなくなるとムッシュー・バレはテラスの中ほどまで歩いて行き、ジジを拾い上げ、近づいて来る警察の集団に顔を向けてその場に佇んでいた。その指はジジの甲羅のてっぺんをそっと撫でていた。

食堂の窓辺で人影が動いた。ファンダクリアンだった。彼は救いのない恐怖の表情を浮かべて、口をだらしなく開けて呆然と立っていた。

先頭で階段を昇って来たのは、例のくしゃくしゃのスーツを着た血色の悪い男だった。彼はあまりにも何気なく歩いて来て、自分のふるまいに無頓着な様子だったので、別に目的もなく、ただ飲み物でも注文しに来たのかと思うほどだった。彼の少し後ろから、二人の男がある男を両側から支えながらやって来た。そのまわりを六人くらいの男がゆるやかに取り囲んでいた。二人の男に支えられている男は傷を負っているようで、実際ろくに歩けておらず、男の意識がはっきりしているかどうかもシーリアには判じかねた。彼の頭はだらりと垂れ、顔色はまるで湿った黄色い粘土のようだった。彼の左肩にはざっとではあるが大量に包帯が巻かれていた。

シーリアは、この男が殺人犯のパトリスだと察した。それにしてもこのひどい有様ときたら――。

そのときひゅーという音に続いて銃声が聞こえた。

パトリスの体が揺れ、両側から支えていた二人の男は危うく彼から手を放しそうになった。食堂の窓から金切り声がした。「人殺し！」

二人の男が窓から中へ跳び込んだ。叫び声が聞こえたが、それがさっき金切り声を上げたのと同じ人間のものとはシーリアにはわかりかねた。警官たちが再び姿を見せたときには、恐ろしい形相のルース・ジャメを両側から抱えていた。

すぐに彼女はおおむね平静を取り戻したが、顔はひどく蒼白だった。

「このときをずっと待っていたんです」彼女はいつものたどたどしいフランス語で言った。「彼はわたしの夫を殺した」

顔色の悪い男が指示を出した。彼女の片方の手首にさっと手錠がかけられた。

シーリアはマイケル・バトラーの腕が肩に回されるのを感じた。

「でも警察はこのことで彼女に刑を宣告したりはしないでしょう?」彼女は彼に寄りかかりながら低い声で言った。「よりにもよってフランスで。夫をあやめた犯人を撃ったからといって、それで彼女が刑を宣告されたりなんて絶対にないわよね」

「だけどいくらフランスでも、夫の殺害をお膳立てしたとなると彼女に刑を宣告するんじゃないかな。それと無情にもスタイン夫妻を殺害した容疑でね」

彼女ははっと息をのんだ。「まさか――そんなことありえないわ！」

彼はうなずいてシーリアを抱き寄せた。「警視の考えが当たっていた――僕はまちがってた」

ルースはもう彼らのほうを見てもいなければ、最初に啖呵を切ってから一言の言葉を発することもなかった。体をぴんと直立させて、顔からはあらゆる表情が消えており、おとなしく連行されていった。

テラスのパトリスの死体には誰かの手ですでにカバーがかけられていた。顔の血色の悪い男がもう一度指示を出し、別の数名の部下がホテルの中に入って行った。彼らはファンダクリアンを伴って再び姿を見せた。シーリアがひどく驚いたことに、彼は笑みを浮かべてホテルから出て来ると、みんなに向かって陽気にうなずいてみせた。

「あれは危険な恐ろしい女だった――警察が引っ張って行ってくれて、やれやれです」と彼は言った。

「フランスの警察は非常に優秀だ――それにとてもいい人たちですね」彼は護衛の警官たちににこやかに微笑んだ。また自信たっぷりな様子を取り戻しており、もったいぶった悲しそうな口調で続けた。

「残念ですがもうわたしはここを発たないといけません。でもわたしのことはご心配なく、マダム・オリヴィエ。何人かの友人に電話しましたので、万事段取りがついてます。話は変わりますが、わたしがお詫びを言っていたとマダム・ティシエに伝えてもらえませんか？　アメリカの煙草をご用意すると約束したのですが、あいにくお届けが少々遅れそうでして。それでも必ずお手元にはお届けしますと。わたしはどんなときでも約束は守るんです」そしてシーリアとバトラーに向き直ると英語でつけ足した。「それと忘れないでください。来年こちらに来られた際は、わたしのホテルにお運びくださいね？　来られる折に手紙を一筆書いてください——ラ・マレットのミスター・バーティー・ファンダクリアン宛に——快適な休日をお約束します。なにせすべて最高級ですから」彼は二本の指でちょっとした仕種をした。「最高級」軽快にうなずくと彼は護衛警官に挟まれて足早に立ち去った。

彼が行ってしまうとテラスには沈黙が流れた。やがてマダム・オリヴィエが口を開いた。「わたしには理解できないわ。ジャメ夫人？　ずっとジャメ夫人の仕業だったって言うの？」

バトラーがうなずいた。「で、ついさっき正体を現したんです。きみは気がつかなかった？」

「あの晩わたしがコートを取りに行ったことね」とシーリアが言った。「コートを取りに階上に行ったのを彼女が知ってたということは、あのとき彼女はきっとわたしたちのものすごく近くにいたにちがいないわね」

「それにしてもあなたが気がついたのってほんのついさっきなの？」マダム・オリヴィエが訊いた。

「残念ながら。僕はそんなに利口じゃないんです。考えることがほかにいろいろあり過ぎたし。でも、あのぴかぴかの爪の小柄な彼は僕より早く真実にたどり着きましたよ。そもそも彼が疑っていたのは、ジャメ夫人とマドモアゼル・ケントと僕のことだけでした」

「あなたを？　それにわたしのことも？」

「でも無理もない。あの亀の捜索が始まる前に食堂を出たのはこの三人だったから。彼は個人的な偏見を交えずに問題と向き合ったんだ。いくぶん外国人の悪いところだけを見る傾向があったにせよ。僕もきみもおよそ逆の傾向に苦労してきたのかもしれないけど」

「でも考えてみれば、ムッシュー・バトラー」とマダム・オリヴィエが言った。「何であなたが気がつくべきだったの？　あなたに何の関係があったの？」

「彼も警察官なんです」とシーリアが脇から言った。

「ほんとに？」マダム・オリヴィエはやや怪しむように首を振った。まるで警察官であることは外聞の悪いことで、ミスター・バトラーほど礼儀正しい人間がそうであるとは信じたくないとでもいうように。それでも彼女は肩をすくめて、その事実を冷静に受け止めたことを示して見せた。「さあみんなで何か飲みましょう」彼女は先に立って松の木の下にあるテーブルまで歩いて行った。「それから何があったか全部話してちょうだい」

全員が着席すると、脇の下にジジを抱えたムッシュー・バレが彼らに近づいて来た。彼の後ろで、ストレッチャーを持った何人かの男たちがパトリスの死体を運んで行った。

「マダム、今回の事件もどうやらやっと終結したようですので」とムッシュー・バレが切り出した。「わたしは家族を連れてすぐにここを出たいんですが」

「確かに――お気持ちはわかりますわ」マダム・オリヴィエは威厳をもって答えた。

「ついてはわたしたちをトゥーロンまで乗せて行ってくれる車を一台手配したいんです」

彼女が夫を見やると彼はうなずき、ムッシュー・バレと一緒に家のほうへ歩いて行った。

彼らがいなくなると彼女が続けた。「まあそれが、今からみなさんが一様にされることでしょうね。仕方がないわ。もう今さら誰がここに留まりたいでしょう？　あなたは？　ムッシュー・バトラー。それにあなたは？　マドモアゼル・ケント。二人とももう発つんでしょ？　今夜？　それとも明日？」

「すみません。僕は行かなきゃなりません」バトラーが答えた。「この仕事の結末を見届けにトゥーロンへ行かないといけないんです。もしかして――もしかして戻って来るかもしれませんが――状況次第では」

シーリアは何も言わなかった。彼女はずっと夜行列車で発つことを考えていたのだが、マダム・オリヴィエの口調の何かが彼女を躊躇させた。

「ああ、そうなのね」マダム・オリヴィエが言った。「じゃあここもすっかり静かになるわね。まあたぶん、そのほうがかえっていいわ。主人とわたしはこのホテルの経営をまた始めないといけないし、しばらく現役から離れてたから腕もにぶってるものね。警察があんまり長くジャックを拘留しないことを願うわ――わたしたちにはあの子がどうしても必要なのよ」彼女はため息をついた。「たぶんあの子にはいい薬になるでしょうけど」と彼女はあいまいに言った。

老人がグラスをいくつか載せたトレーを持って、またテーブルに戻って来た。「さあ、うちのホテルで何があったのか、僕たちに話してくれるかね」

バトラーがグラスのひとつを手に取った。シーリアは彼が話しだすのを待ちながら、まだ聞きたくないと思っている自分に気がついた。ほとんど何の興味も感じず、彼女の中にあるのはただ終息を迎えた安堵と痛みが入り混じった感情だった。

「あなたがたもご存じでしょう」バトラーが言った。「一部はここで起きてましたからね？　息子さんのジャックとその妻は、ある組織に関わっていました。人々を偽造パスポートでフランスやアイルランドを経由させて、カナダやアメリカに密入国させる組織です。そのパスポートが作られている間、ファンダクリアンが彼らをこちらのホテルに滞在させていました。彼らは息子さんに、何とか持ち出せたなけなしの貴重品を渡し、彼はそれをパリにいる何某かに送っていました。その辺のことはすべておわかりですよね？」

「わかってるといっても今朝知ったばかりだよ」老人が苦々しげに答えた。

「まあそれはともかく」バトラーが続けた。「このパリにいる人物を見つけることが重要だとわれわれは考えました」

「それがジャメ夫人だったの？」マダム・オリヴィエが驚いたように言った。「ありえないわ。彼女がどうして何かの組織の首領になれるの？　フランス語もろくすっぽ話せないのに」

「その人物はピエール・ジャメでした」とバトラーが答えた。

オリヴィエ夫妻は当惑して一斉に声を上げた。

「だけどあの食堂でのすったもんだは何なの」とシーリアが異を唱えるように言った。「あのネックレスのことでジャメが大騒ぎをしたときよ――彼が犯罪組織の人間なら、どうしてあんなことする必要があったの？　どうしてあのネックレスの価値にあんなふうに注目させたの？」

「それは今から話すよ。実のところ警視が最初に疑惑を持ったのも、あの騒ぎを僕たちがあれこれ説明しているのを聞いていたときだったんだ」

「それにしてもあの難破船やダイバーの話って」とマダム・オリヴィエが口を挟んだ。「本当のことじゃなかったの？　単なるカムフラージュだったわけ？」

「いえ、あれも正真正銘本当の話でした。ジャメは海岸をうろついたり、いくつか沈没船の引き揚げ作業をしていたときに初めて、ある場所から別の場所へと密航したがっている人々に偶然会ったんです。彼はじきにその仲介を仕事にすることに可能性を見出した。そしてファンダクリアンの助けを借りてひとつの組織を立ち上げた。万事うまく行った。パトリスが首を突っ込んでくるまでは。パトリスは秘密裏に何が行われているかに気づき、黙っていてやるから自分にも分け前をよこせと言いだしたんです。それでジャメは、こっちへ来て地元のちょっとした引き揚げ作業をすることにした。その間にパトリスのことをどうするか考えるためもあって。息子さん夫婦はジャメの正体を何も知りませんでした。彼は自分のことを一文無しだと偽って、巧妙に疑われないようにしていましたからね。唯一ファンダクリアンだけが、ジャメの正体と彼がパトリスを殺して口封じをしようとしていることを知っていたんです。ですからファンダクリアンにはもちろん、あの殺人があった夜は水も漏らさぬアリバイがありました。彼は殺人があったことをひどく怖がってみせ、自分はこのことには完全に無関係であると主張しました」

「じゃあ、もともと殺されることになっていたのはパトリスだったと言うの？」とシーリアが訊いた。

バトラーがうなずいた。

「それなのに蓋を開けてみればなぜ彼ではなかったの？」

「それは彼が警告されたからだ」

「あの電話で？」

「そう。夫がホテルを出てすぐにルース・ジャメがかけたあの電話で。ジャメはあの時間にホテルを出ないといけなかったんだ。パトリスと埠頭で会う約束をしていたからね。彼はパトリスを乗せて船を沖まで出して銃で撃ち、死体を海に沈める計画だったんだろう——とにかく彼の船には航海に備えてガソリンが満タンにしてあった。だがパトリスのほうは銛で武装してやって来て、港の中でひっそりとジャメを殺害した——きみと僕が防波堤のところを離れてからものの数分後に。たぶん僕たちがあそこにいたことが、ジャメを数分間生き長らえさせたんだろうな。そうでなかったときより」

シーリアは目の前にあるグラスのブランデーを急いで飲んだ。

バトラーが続けた。「でもパトリスが予想してなかったのは、彼が殺人犯だという噂が翌日には村中に広まっていたことだった。彼はジャメ夫人と取引をしたのだと思っていたからね。彼は電話でこんなようなことを言われたんだ。〝夫はあなたを殺しに行ったわ――あなたとわたしのために彼を始末してくれたら、後はわたしがなんとかするわ〟とか。パトリスは、ジャメが本当に自分を殺すつもりであるのを確信するやいなや躊躇なく彼を殺害し、後はすべてうまく行くものと期待していたんだ。ところがそうではなく、彼は身を隠さなければいけなくなった。それでもあの男はおとなしく逃げるような玉ではなかったよ。彼は〈ホテル・ミストラル〉に身を潜め、ファンダクリアンを脅して食料を持って来させておいて口止めをし、支払われるべきだと彼が考えているものを手に入れる機会を窺っていたんだ」

「それにしてもルースはなぜ夫を殺してもらいたかったの？」とシーリアが訊いた。

「それについちゃ様々な答えが考えられるだろうが、ひとつあげるならこうかな。ルース・ジャメは結婚したときには、自分が悪党と結婚したとは夢にも思っていなかった。彼女は箱入り娘で、それまでは国外に出たことさえなかったから、言葉もろくにしゃべれない異国で違法すれすれのその日暮らしの生活をするのがどういうことか、想像もつかなかったんだ。彼女は絶望的に不幸だった。そのことには誰も異論はないだろう――」

「でも帰国することもできたでしょうに」とシーリアが言った。

「そのつもりはあっただろう――だけど無一文では帰りたくなかった。夫が死ねば彼女は、実際にいくばくかの価値のある、銅を積んだ難破船の彼の権利を、ファンダクリアンのような海外にも手づるのある人間に売ることができる。彼女はかなり長い間ずっとその考えを温めていて、そうしたいと願っていたのではないかと思う。そしてあの晩、夫から解放されるばかりか、まんまと疑惑の目をジャックに向けさせるまたとないチャンスが彼女にめぐって来た。それが彼女の計画だった。パトリスが犯人だというあの噂を広めたのは彼女ではなく、ファンダクリアンだった」

「だけど、ジャメはなぜジャックとあんな口論をしたの?」とシーリアが怪訝そうに言った。「筋が通らないわ」

「彼があんな口論をしたのは、スタイン夫人のネックレスがジャックのポケットから落ちて、ムッシュー・ヴァイアンの足元まで転がって行ったからだ」

「あの宝石商が原因なのね!」マダム・オリヴィエが興奮して大声を上げた。

「そのとおりです。ムッシュー・ヴァイアンは瞬時にあのネックレスの価値に気づいた。そして彼の顔にはそんなものをジャックが持っているなんてという驚きが現れていた。ジャメはそれを見てとり、それに続くであろう詮索を恐れた。そこで故意に周到に馬鹿げた騒ぎをやらかしたんだ。みんなの気持ちを混乱させせて、めちゃくちゃな彼の言い分に比べたら、ネックレスが自分のものだと言うジャックの主張がいたって理にかなったものだと人が思うように。その後彼はパトリスと会う約束をしていたので外へ出た。すぐに彼の妻も夫の後を追って食堂を出て——」

「電話をしに行ったのね?」とマダム・オリヴィエが後を引き取った。

「そうです。そしてパトリスと話をした。彼女が電話をしているとき、僕たちはみんなまだ全員食堂にいました。そしてジャックとその妻は厨房にいた。電話を切ってルースが庭園に出ると、ジジが目に入った……彼女はそのときこう思ったんです。もし暗闇の中でジジの捜索が行われたら、いつ誰がどこにいたなどと誰にもはっきりわかるまい。ジャックがアリバイを証明するのもさらに難しくなるだろうと。ちょうど彼女が動物を隠している最中に、僕は庭園に出て来て、シーリアがコートを取って来るのを立って待っていたんです。ぎょっとしたルースは、僕にみんなの疑いの目を向けさせようとしたわけですが、彼女がそのいきさつを知っているほど僕たちの近くにいたという事実を明かすべきではなかったんです」

「スタイン夫妻のことだけど」とシーリアが言った。

怒りの混じった苦痛の表情がバトラーの顔に浮かんだ。彼はシーリアには聞こえないような小声で何事か言い、つらそうな様子で話し続けた。

「あの件については僕は決して自分を許せない。われわれは、おそらく結局たいして重要でもないことを解明するために彼らの命を危険にさらしてしまった。彼らに監視の男をつけていればそれで大丈夫だとたかをくくっていたんだ……が、ファンダクリアンという男には、自分を監視している男にせよほかの誰にせよ買収することなどお茶の子さいさいだった。彼にかかれば警察も税関の男たち同様、親切ないい人になってしまうらしい。スタイン夫妻に姿を消すよう説得したのは彼だったんだ。彼らの殺害に協力する意図からではなく、単に急いで彼らをそこから移動させ、彼らが偽造パスポートを受け取り再び旅立てるまで、自分も姿を消す意図で。だがスタイン夫妻は疑い深かった。彼らは金品を奪われて拘束されるのではないかと恐れた。それでスタイン夫人はミス・ケントに自分の真珠を託したんです」

「で、わたしの椅子を取って行ったのはファンダクリアンだったの?」マダム・オリヴィエが尋ねた。

「ええ――そして彼は今からそれを使うつもりでしょう。僕が思うにある種のアリバイとして。だいたい彼のような人間が、じきに死ぬことになる三人が快適に過ごせるようにわざわざ椅子を取って行くでしょうか？　彼は耳障りのいいことを言うでしょうけど。そして、つまるところおそらく、もし霧がかからなければあれ以上の殺人は起きなかったんでしょうが。ただルースにはあの霧が、パトリスを始末し、この先ゆすられる危険をなくす好機に思えた。彼女はガソリンを持って〈ホテル・ミストラル〉まで行き、パトリスを撃った。スタイン夫妻にそれを見られたので、彼らも撃った。そして彼らに火を放った。その後ちょうど埠頭に出て来たところで、彼女はシーリアと僕に会ったんだ。あのときもしシーリアが、椅子が三脚と人が三人いなくなったという話をしなかったら、僕は決して〈ホテル・ミストラル〉にスタイン夫妻を捜しに行こうとは思わなかったでしょう。そうなると、あの霧では誰も何の煙にも気づかず、そのうちに火が勢いを増して、人が来る前に証拠はあらかた焼けてしまっていたんでしょう」

「でも、ちょっといい？」とシーリアが口を挟んだ。「なぜ彼女は確実にパトリスの息の根を止めなかったの？　彼が唯一の、彼女にとって都合の悪い重要な証人なのに。なぜまちがいなく殺さなかったの？」

「殺したんだ」

マダム・オリヴィエの顔が真っ青になった。まるで今にも悲鳴を上げそうだった。彼女は喉に手をやるとあえぎながら言った。「殺したの？」

「そうです」とバトラーが手で目をこすりながら疲れたように答えた。「二人の男に挟まれてパトリスがここへ来たのをみなさんがご覧になったときには、彼はすでに死んでたんです。彼女が彼のあの姿を見て、まだ彼に何かしゃべられる可能性があると思えば、何らかの方法で行動に出るだろうとわれわれは踏んだんです」

シーリアは立ち上がった。ひとりで逃げ出したかった。もうこれ以上何も聞きたくなかった。手すりのところへ行ってもたれかかり、静かな小さい入り江をやみくもに見つめた。

彼女の後ろの砂利の上で椅子を引く音がした。足音が遠ざかって行った。最後に明かされた意外な真実に誰もが言葉を失っていた。そのとき彼女は肩に手が置かれるのを感じた。

「僕はもう発たなきゃならない」マイケル・バトラーが静かに言った。「きみも発つんだよね?」

彼女は眼前の景色に無理矢理目を凝らした。さざ波の上で揺らめく太陽の光と温かみのある青い穏やかな空を見つめた。

「いいえ、そうしないと思う」と彼女は答えた。「今あの人たちを置いて去って行くのは酷な気がするの。わたしはここに残ろうと思うわ」

いつのまにか肩に置かれていた手はなかった。一瞬、沈黙があった。やがてバトラーが言った。

「二、三日したら戻って来ようかと思うんだけど……」

彼女は彼を振り向いて微笑んだ。「つまるところあなたは、やっと四巻目にさしかかったに過ぎないものね」

「そうなんだ。まだ四巻目だ――それにちょうど少しおもしろさがわかりかけて来たところなんだ。だからまた戻って来るかもしれない」

彼女がうなずき、彼らの手が軽く触れあった。バトラーは家のほうへ歩み去った。シーリアは入り江に向き直ると、混乱した気持ちを整理しようとしてその場に佇んだ。

背後でかすかな笑い声がして彼女は跳び上がった。

ピンクのピナフォーをはためかせて愛らしい褐色のお尻を覗かせながらジュヌビエーブがテラスをよちよちと歩いていた。幸せそうに砂利がいくつか入った瓶を振り回し、見る物すべてに微笑みながら。

訳者あとがき

本書は、まだ第二次世界大戦の影が色濃く残る一九五〇年に、イギリスで出版されたミステリ小説である。作品の背景も特に明記はされていないものの同様の時期と思われ、当然のことながら登場人物はほぼ戦争の影響を受けたり、戦争の傷を抱えたりしている。主人公のジャーナリスト、イギリス人女性シーリア・ケントも、愛する者を戦争で失った心の傷がいまだ癒えておらず、二人で過ごした幸せな思い出のあるフランスの旧知のホテルを九年ぶりに訪れるところから物語は始まる。折しも、村では盛大なお祭りが始まろうとしていた。

ホテルの支配人を引退したオリヴィエ家の老夫婦や、現在の支配人の若夫婦、アルメニア人の怪しげな闇商人のファンダクリアンや、荒唐無稽にも思える財宝が積まれた難破船の探索に来ているカナダ人のジャメ夫妻、夫が宝石商のヴァイアン夫妻、子だくさんの株式仲買人のバレ、何かに怯えている訳ありげなスイス人の夫婦、押しの強い仕立屋のマダム・ティシエ、徒歩旅行中だとはいうもののいつもホテルの庭園に陣取って読書をしているバトラー、戦時中ナチスの収容所にいたというウエイトレスのジーン、表の顔はカフェの経営者だがならず者のパトリス、個性的な警視等々、くせの強い登場人物が入れ替わり立ち代わり現れては物語を彩り、かつ進行させ、伏線が張りめぐらされていく。やがてひとつの殺人事件が起きる。

その間にも、シーリアとある男性とのロマンスめいたものが浮上したり、またイギリス人作家の小説らしく何気なく幽霊話が織り込まれたり、言葉を失うような脱走兵の悲話がマダム・オリヴィエによって語られたりする。なお小説の舞台はフランスで、もちろんフランス人の登場人物は多いが、主人公はイギリス人であるし、あとカナダ人、スイス人、アルメニア人、アメリカ人、アイルランド人……と様々な国の人々が交錯する。戦争前後という時代背景もあるだろうし、昨今は日本も外国人が増えているとはいえ、いかにもヨーロッパらしい混沌とした雰囲気を醸し出している。当初、一見単純に見えた殺人事件だったが、次第に難民や亡命といった、今なお現実の問題であり続ける複雑な事情が隠されていたことがわかってくる。そして最後に意外な真犯人にたどり着き、その心の闇が露《あらわ》になる。ひとつひとつジグソーパズルのピースを埋めていくように、その謎解きを楽しんでいただけたらありがたい。

作者のエリザベス・フェラーズは日本での翻訳作品も多いので、読者の大半がご存じの作家ではないかと思われる。作者はときに生き物にちなんだタイトルの作品を書いており、本作の原題もHUNT THE TORTOISE《ハント・ザ・トータス》である。ご想像どおり作中では亀がちょくちょく登場する。亀は株式仲買人のバレのペットなのだが、時々行方不明になっては、ホテルの客たちを翻弄するのだ。果たして亀が殺人事件の鍵を握っているのか、どういう役割を果たすのか、その点にも留意していただけると幸いだ。最後に、作者は女性を中心とした人物描写に定評があると聞くが、本作でも様々な個性の人物が登場し、その心情が細やかにせつせつと描かれている。時代と場所を超えて共感できる点も少なくないにちがいない。

〔著者〕
エリザベス・フェラーズ
本名モーナ・ドリス・マクタガート。別名義にE．X．フェラーズ。1907年、ビルマ、ラングーン（現在のミャンマー、ヤンゴン）生まれ。6歳の頃、英国へ移住し、ロンドン大学でジャーナリズムを専攻。1930年代にモーナ・マクタガート名義の普通小説で作家デビューし、ミステリ作家としては、「その死者の名は」（40）が処女作となる。英国推理作家協会（CWA）の創設メンバーとしてミステリの普及に尽力し、1977年にはCWA会長を務めた。代表作に「猿来たりなば」（42）、「魔女の不在証明」（52）など。95年死去。

〔訳者〕
稲見佳代子（いなみ・かよこ）
大阪外国語大学イスパニア語学科卒。訳書に『赤き死の香り』、『サンダルウッドは死の香り』（ともに論創社）がある。

亀《かめ》は死《し》を招《まね》く
——論創海外ミステリ　246

2020年1月20日　初版第1刷印刷
2020年1月30日　初版第1刷発行

著　者　エリザベス・フェラーズ
訳　者　稲見佳代子
装　丁　奥定泰之
発行人　森下紀夫
発行所　論 創 社
〒101-0051　東京都千代田区神田神保町2-23　北井ビル
TEL:03-3264-5254　FAX:03-3264-5232　振替口座 00160-1-155266
WEB:http://www.ronso.co.jp

印刷・製本　中央精版印刷
組版　フレックスアート

ISBN978-4-8460-1900-6